［意］多纳托·卡瑞西——著　陈　波——译

Donato Carrisi

迷宫中的人

L'uomo del labirinto

上海译文出版社

致我的儿子安东尼奥
你是我创造的最美丽的故事

1

对于大多数人来说，2 月 23 日的早晨与其他无数个普通的日子并没有什么两样，但它开启了萨曼莎·安德烈蒂年轻生命中最重要的一天。

托尼·巴雷塔说想和她谈谈。

整个晚上，萨曼莎仿佛被恐怖片吓到了一般，在床上辗转反侧。她一直在猜，到底是什么原因，能让学校里，甚至可以说是整个人类中最帅气的男孩子愿意和她说上几句完整的话。

事情的起因要从昨天说起。萨曼莎并没有亲耳听见这个请求，甚至提出这件事的也不是托尼本人。在这些少年人之间，一些事情有它们自己的规矩。当然，提出整个事情的往往是当事人本身，但之后就是一大套的程序。托尼让他的一个小跟班麦克，向萨曼莎的同桌狄娜说了一句话，随后狄娜又把这句话转述给了萨曼莎。这句话简单、直白，但在中学生那个捉摸不透的世界里，它却可能意味着很多事情。

"托尼·巴雷塔想和你谈谈。"上体育课时，狄娜悄悄告诉萨曼莎。说这句话时，狄娜欢呼雀跃，眼睛和声音都仿佛散发着光芒。一个真正的朋友就是这样，他会为你感到欢欣，仿佛这些好事就发生在他的身上。

"谁和你说的？"萨曼莎立刻问道。

"麦克·莱文说的,我上卫生间回来的时候他把我拦住了。"

如果是麦克告诉的狄娜,那么这件事儿应该算是个秘密,而且八成是真的。"他具体是怎么跟你说的?"她要确定狄娜是否真的理解了麦克说的话。学校里,所有人都不可能忘记发生在吉娜·达布拉乔身上的那件事。这个可怜虫被大伙儿起了个绰号,叫"寡妇"。因为当时有个男孩儿只是问了她一句有没有找到舞伴一起参加年末舞会,而吉娜却把一份单纯的好奇心错当成了邀请。于是,当孩子们看见她时,吉娜正身穿桃红色的长纱裙,流着泪,等待着永远不会现身的幽灵。

狄娜顺从地再次说道:"他和我说:'告诉萨曼莎,托尼想和她谈谈。'"

后来,讨论这件事时,萨曼莎一次又一次地让狄娜重复麦克对她说的话。她想确认,狄娜并没有曲解这句话的内容。也许她还在害怕,害怕某个外星人克隆了眼前的这位小伙伴,只为了捉弄取笑她。

狄娜带来的消息里并没有说明与托尼谈话的时间和地点,这让萨曼莎感到挫败。可能在实验室或者图书馆吧,她想。也有可能在体育馆的台阶座位后面,托尼·巴雷塔的篮球队、萨曼莎的排球队就在那里训练。可以排除掉学校的出入口,也不可能在食堂和教室走廊,毕竟那里人多眼杂。细想下去,除了内心的苦闷,便再也得不到别的什么细节了。不过这也是此事的美妙之处:萨曼莎无法解释听到消息后心中欢愉与消沉交织的感觉,因为最后谈话的内容也许会带来惊喜,但同样也可能产生失望。不过总的来说,萨曼莎还是心怀感激的——是的,感激,为了即将发生的一切。

这一切都将发生在她，萨曼莎·安德烈蒂的身上，而非别人！

妈妈总说，当你回望过去，你会发现一些发生在十三岁时的事情，只有成年人才能做出更正确的评判。但萨曼莎认为妈妈说得不对。因为此时此刻，她心中所感受到的幸福只属于她，这个世界上没有任何人能够理解或体会。正是这种幸福，让萨曼莎觉得自己是这个世界上最幸运的人……不，自己也许只是个充满幻想的可怜人罢了。也许自己很快就会一头撞上残酷的现实：毕竟托尼·巴雷塔也因为对女孩子粗鲁无礼而臭名昭著。

萨曼莎从来不对托尼抱有任何幻想，起码在那方面没有。大自然的力量已经开始让她的身体出现了奇妙变化，而她也早已习惯接受每个月小小的惩罚。可以预料，如果不出意外，这种"惩罚"将在她接下来生命中的大部分时间里如约而至。但到此时，萨曼莎还没有重视这些变化给自己带来的积极影响。她没有意识到自己正变得漂亮可爱——个，也许她意识到了，但这种变化到底还是不太明显。变得与以往不同的体型不仅开始勾起男孩子的好奇心，对于萨曼莎来说，这也算得上是意想不到的事。

托尼也觉察到这种变化了吗？他的目的就是这个？把手伸到背心底下，或者……更下面？天啊，上帝，原谅我，帮帮我吧。

这就是2月23日早晨如此与众不同的原因了！彻夜的失眠让萨曼莎感到筋疲力尽。看着晨曦一点一点蚕食房间的天花板，萨曼莎相信托尼·巴雷塔的话不过是一场幻觉。也有可能是她想得太多了。少年时期每个孩子炽热的想象都如同迂回曲折的小径，穿行其间，所有的想法都会丧失其原本的可信度。只有一个办法能够证明她到底有没有弄错。为此，萨曼莎只能从沾满汗水的床上起身，收拾妥当，前往学校。

妈妈说萨曼莎早餐吃得太少。见鬼，她觉得自己紧张得要命，怎么还能吃得下饭！于是，萨曼莎忽略了母亲的责备，背起书包飞快走出家门，勇敢无畏，却也带着些许顺从的意味，迎向自己无法逃避的命运。

八点差五分，安德烈蒂一家所住街区的道路上几乎空无一人。有工作的人早早就已出门；失业者还躺在床上，仍没有从昨夜的醉生梦死中缓过劲儿来；老年人要等天气再热一些才会出来；而学生们不等到最后一刻是绝不会出门的。其实萨曼莎通常也不会在这个时候出发去学校。她想同往常一样去狄娜家喊自己的好朋友一起上学，但又觉得这个时候她可能还没有准备好，而自己又没有耐心等她。

起码今天没有。

萨曼莎沿着灰色砖头铺成的人行道往前走，与一位正在寻找收货人地址的送货工擦肩而过。她甚至没有察觉到身边有人，而送货工也只是堪堪能记住这个安静的女孩儿——看着她平静的样子，谁又能察觉她内心的风起云涌呢。萨曼莎路过马钦斯基一家的绿房子，他们家有一条黑色的杂种狗，总喜欢蹲在树篱里，每次都能吓她一跳。随后，她又经过一幢小别墅。这幢别墅曾经属于罗宾逊女士，但由于她的亲属们迟迟无法就继承问题达成一致，所以这栋小楼现在已成了一片废墟。沿着圣慈恩教堂后面的足球场，萨曼莎继续向前走。球场边还有一个小小的游乐园，里面有秋千、滑梯和一棵高大的椴树，爱德华神父总会把印着教区活动的传单贴在树上。四周一片寂静，但在道路的尽头，已经能看见大街上开往市中心的汹涌车流。

但萨曼莎完全没有注意到这些。

这条路她已经走了上百遍。萨曼莎现在只是下意识地走向学校。所有的景象仿佛只是一个屏幕，大脑投射出托尼·巴雷塔的笑脸，早就占据了女孩的双眼。

然而，距离自己上二年级的中学还有一半路程的时候，萨曼莎突然怀疑自己今天的装扮是否得体。她今天穿的是自己最喜欢的牛仔裤，裤子后口袋上装饰着水钻，膝盖位置特意撕开了几道细细的口子；大了两号的黑色夹克里面，那件白色运动衫是父亲最近这次出差回来时带给自己的礼物。不过最要命的是一夜未眠之后冒出来的黑眼圈。萨曼莎用了母亲的粉底来遮盖，不过她并不确定还能不能被人看出来——毕竟家人还不允许她化妆，所以萨曼莎对此没有任何经验。

于是她放慢脚步，看向停靠在街边的汽车。萨曼莎很快排除了灰色金属漆的道奇和米黄色的沃尔沃，因为它们太脏了，不符合自己的需求。一辆一辆车看过去，萨曼莎终于瞥见了自己要找的那辆车。那是一辆白色的多功能休旅车，停在街道的另一边，车窗像镜子一样清晰地映照出车外的景象。萨曼莎穿过马路，来到车边，看向车窗中的自己。确定粉底很好地遮盖住了发肿的眼窝之后，她并没有立刻离开，而是仔细端详起自己的脸。她十分喜欢垂落在脸边的栗色长发，却忍不住问自己，她的脸在托尼看来真的足够漂亮可爱吗？萨曼莎尝试着从托尼的角度观察自己。他到底看上我什么了呢？犹疑不定间，萨曼莎目光的焦点突然定格在了车窗后面的某一处。

这不可能。她仔细地看过去。

车窗另一边的阴影里，一只巨大的兔子正一动不动地盯着她。

萨曼莎想跑，身体里的一部分对她叫嚣：跑，快跑！可她没有。那道仿佛来自无尽深渊的目光吸引着她，她像被催眠一般定在车前。这一定是开玩笑，她一遍一遍地告诉自己，这样的事不可能发生在我身上。和无法逃脱自己宿命的人一样，萨曼莎难以置信地看着自己卷入命运的漩涡，却无法解释究竟为何。

两者仿佛对彼此产生了巨大的好奇，女孩和兔子不知相互看了多久。

突然，车门打开了，萨曼莎车窗中的脸消失在她眼前。那一刻，她没有在自己的眼中看到一丝害怕，甚至是片刻的惊讶。

被兔子拖入巢穴时，萨曼莎未曾料到，这会是在未来很长很长一段时间内，她最后一次通过玻璃看见自己的模样。

2

周遭是无尽的黑暗,然而突然有了声音,或杂乱,或规律,但都十分轻微,仿佛乐队演出前乐手在调音。电子仪器有节奏的声音、手机铃声、快速但特地放轻的脚步声,还有小推车从一边被推到另一边时车轮发出的声响,以及车上玻璃器皿相互撞击时发出的"叮叮"声。这其中还夹杂着一些说话声。虽然距离遥远,而且听不明白他们所说的内容,但这毕竟是人的声音——她有多久没听见过别人的说话声了?然后她又听见了自己的呼吸声,规律但沉闷,仿佛身处某个洞穴。不,不是,好像有什么东西压在脸上。

气味,这是她虚弱的意识辨别出的第二个讯息。消毒剂的味道,还有药物的味道。对,药的味道,她想。

她试图动一动,却感觉不到身体的存在,只能判断自己是躺着的。她闭着眼,因为眼皮实在是太重、太重了。但她必须要睁开眼睛,要快,一定要赶在丧失主动权之前。

一定要掌控住危险,这是唯一的方法。

一个声音从她意识的某个角落跳了出来。它不是曾经的记忆,而是一种本能——一种通过种种往事、历经时间积淀之后形成的本能。过去的经历让她不得不学会如何使自己存活下来,这也是为什么尽管昏迷,身体某部分也总是保持警醒的原因。

睁开眼睛！睁开你那双该死的眼睛！好好看看周围。

黑暗中出现了一条狭小的缝隙，眼泪瞬间充满了眼眶。这种反应并没有让她感到激动，反而有些心生厌恶——现在她几乎不再哭泣，因为她不想让那个混蛋看见她的眼泪，感到称心。有一瞬间，她害怕睁眼之后看到的还是黑暗，但没有。一片几近蓝色的光充斥着周围的空间。

就像在海底，那么舒适、那么安静。

不过这也有可能只是一个卑鄙的骗局。她对此十分了解，没有防备之心会多么危险，她可是亲身经历过。待双眼将将适应，她便迫不及待看向四周。

她躺在床上，蓝色的光来自房顶的几盏灯。房间很宽敞，雪白的墙上没有窗户，但左侧有一面很大的单面镜。

他不喜欢镜子。心中的声音接着对她说道。这是怎么回事？

门也是虚掩着的，能看见外面的走廊灯火通明，之前听见的声音便是从那里传来的。

这没有什么意义呀。这不是真的。我在哪儿？

门前站着一个人，身穿深色衣服，背对着房间——她能透过门缝隐约看见，甚至还能看出他的腰边佩带着一把手枪。这又是开什么玩笑？到底怎么回事？

这时，她才发觉床边不远处有一张小桌子，桌上放着一个麦克风和一个录音机。桌边那把铁制椅子是空的，但椅背上搭着一件男士外套。他就在附近，很快就会回来。她想。一阵恐惧席卷而来，如潮水般不断上涨。

"不要害怕。"她告诫自己，"恐惧才是真正的敌人。我必须离开这里。"

这并不容易，她不认为自己有足够的力量。她抬起胳膊，用手肘顶在床垫上支撑起身子，栗色的长发从脸旁滑落。四肢无比沉重，她好不容易把上半身抬起一些，却很快又摔了回去。有什么东西拉住了她的脸：那是一个氧气面罩，另一端连着墙上的阀门。还有一条胳膊，连着一根输液管。她一把拽下氧气管、拔出针头。但一停止吸氧，她很快就感觉到了呼吸困难，并开始不停咳嗽。尽管大口吸进周围的空气，她还是愈发明显地感觉到之前的氧气对她来说是多么重要。眼前的黑点越来越多了。

黑暗再一次占据了上风，但她并不想就此妥协。

掀掉盖住下半身的被单，昏暗中，她模模糊糊地看见大腿根那儿有一根细小的管子。管子另一端是一个透明的袋子，里面有黄色液体。

她保持着仰卧的姿势，把右腿伸出床外，但左腿似乎被什么沉重的东西拖住了。这让她突然失去平衡，从床上摔了下去。她的脸砸在又硬又冷的地板上，左腿随后也掉了下来，像一块石头般发出低沉的声音。

这动静显然引起了某些人的注意，因为她清楚地听见大门打开又关上的声音。随后，一个影子向她跑来：有什么东西在影子的腰间叮当作响，那应该是一大串钥匙。影子把手中冒着热气的杯子放在地上，双手伸到她的腋下。"别紧张。"被一股力量往上拉的同时，她听见一个男性的声音安慰她道。"放松。"陌生人一边说，一边小心翼翼地扶起她几近瘫软的身子，"已经没事儿了。"

她有些喘不上气，感觉自己马上就会昏死过去，于是只能把头靠在男人的胸口。有古龙水的味道，还能感觉到他戴着领带。领带？这让她觉得既残酷又荒唐。

恶魔们不会戴领带的。

把她扶到床上之后，男人拂去她脸上的头发，帮她重新戴好氧气面罩。氧气填满肺部的每一个角落，让她松快了不少。她在他的帮助下躺好，左腿下又被塞进一个枕头。这条腿从脚踝到膝盖都打着石膏。"这样你就能舒服一些。"男人关切地说。最后他走到之前被她扯下的静脉注射管旁边，帮她重新把针插上。这期间，她一直惊愕地注视着这个男人。

她早就忘了什么是亲切与关怀，更不习惯于另一个同类的存在。

她还是试图认出眼前这个男人。她认识他吗？好像从来没有见过。这个人大概有六十岁，外表强壮。他戴着深色边框的圆形眼镜，头发蓬乱。除了挂在腰带上的那一大串钥匙之外，蓝色衬衣的口袋上还别着印有照片的证件，衬衫袖子也被他挽到了胳膊肘。

做完这一切，男人拿起之前放在地上的杯子，把它放到了床头柜上。柜上还有一部黄色的电话。

电话？怎么会有电话！

"你现在感觉怎么样？"他问道。

她没有回答。

"能说话吗？"

她还是没有出声，只是瞪大眼睛看着他，好像随时准备扑上去一样。

他又往前走了几步。"你能听懂我说的话吗？"

"这只是一场游戏，是吗？"氧气面罩下，沙哑的声音异常沉闷。

"什么？"他没听明白。

"这只是一场游戏吧？"声音更清楚了些。

"对不起，我不清楚你在说什么。"他又说道，"我是格林医生。"

她并不认识哪个叫格林的医生。

"这里是圣凯瑟琳医院，一切都会好起来的。"

她虽然十分努力尝试，但仍无法理解眼前这个人所说的话。圣凯瑟琳、医院，这些信息显然超出了她的理解范围。

不，什么一切会好起来，都是骗人的。你是谁？你到底想从我身上得到什么？

"我知道你现在心里肯定乱得很。"格林说，"这很正常，毕竟你刚醒过来。"他用怜悯的目光静静地看了她一会儿。

还从来没有人这么看过我。

"两天前你被送到这里。"他接着说道，"到现在为止，你已经昏迷了将近四十八个小时。不过你终于醒过来了，萨曼莎。"

萨曼莎？谁是萨曼莎？

"这只是一场游戏吗？"她又问了第三次。

也许格林发现了她的茫然，因为他开始显得有些担心。"你还记得你的名字吗？"

她仔细想了想，不敢回答。

格林勉力挤出一丝笑容："没关系，我们一件一件事慢慢来回忆……你认为你现在在哪儿？"

"迷宫。"

格林快速看了一眼单面镜，接着问道："我刚才告诉你这里是医院，你不相信我吗？"

"我不知道。"

"很好，这已经比刚才好多了。"格林坐到椅子上，身体前倾，手肘支在膝盖上，双手交握。这是一种亲切友好的姿势。

"你为什么觉得这里是迷宫呢？"

她看了一眼周围："这儿没有窗户。"

"对，是有点奇怪，不过这只是一间特殊的房间。我们现在是在医院的烧伤科，因为你的眼睛无法适应自然光线，它对你来说是有害的，就像烧伤一样。这也是我们在房间里使用紫外荧光灯的原因。"

两人同时抬头看向那几盏散发着蓝光的灯。

格林又转身看着单面镜："医生或者家属可以直接从那里观察、探访病人，以免其有感染的风险……我知道你可能会觉得这儿有点像警察局里的审讯室，就像你在电视或者电影上看到的那样。"格林试着让气氛轻松一些，"反正我的第一感觉是这样的。"

"他不喜欢镜子。"她冷不丁说道。

格林一脸严肃地转过身："他？"

"绝对不许用镜子。"直到此时此刻，她还刻意不让自己转向左边。

"谁不让用镜子？"

她觉得保持沉默就够了，于是不再说话。医生的目光里又多了一丝纵容，如同温柔的爱抚，但她还是感到愤怒。她依然不相信眼前的任何人、任何事。

我才不会上当。

"好吧，那我们这样假设一下吧。"格林并不期待她的回答，"如果他不让用镜子，但这里偏偏就有一面，那么也许就能证明你不在迷宫里了，对吗？"

这个推理直接明了，但是在那么多的骗局、那么多的"游戏"之后，尝试着去相信某个人变得那么困难。

"你还记得你是怎么到迷宫的吗？"

不，连这点她也记不得了。她知道有所谓的"外面"，但在记忆中，她从来没有走出过迷宫。

"萨曼莎，"医生的声音再次响起，"我想现在应该和你说明一些事情，因为我们的时间并不多了。"

他要说什么？

"我们现在的确是在医院，但我并不是一个真正意义上的医生，自有比我厉害的人关注你的身体健康。我的工作不是治好你，而是抓住那些坏人，比如那个绑架你，随后又把你囚禁在迷宫里的人。"

绑架？他到底在说些什么？

她把头转向另一边，不知道自己是否还愿意继续听下去。

"我知道这会让你很痛苦，但我们必须这么做，只有这样我们才能阻止他。"

"阻止他"是什么意思？她不确定自己是否愿意这么做。

"我为什么会在这儿？"

"也许你是自己逃出来的。"格林立刻回答，"两天前，一队巡警在路上发现了你。那里靠近沼泽，无人居住。当时你的一条腿断了，而且没有穿任何衣物。"他又补充说了一句："我们是从你身上的擦伤判断你当时也许是在逃跑。"

她看了看自己的双臂，满是细小的伤痕。

"你能逃出来可真是一个奇迹。"

然而她一点也不记得。

"当时你已经昏迷了，警察把你带到医院，并通知了相关部门。通过和失踪人口记录的比对，他们找到了你的名字，萨曼莎·安德烈蒂。"

格林把手伸进挂在椅背上的外套口袋，从里面拿出一张纸，递给了她。

她仔仔细细地看着。这是一张传单，传单照片上的女孩拥有栗色头发和一双栗色眼睛，正冲着她微笑。照片下面印着两个红字。

失踪。

胃像是被人狠狠捏住。"这不是我。"她把传单还给格林。

"你这么说我并不惊讶。"格林说，"不过不用担心，你现在的情况比起他们刚找到你时已经好了很多。为了让你听话，从而更好地控制你，绑匪给你使用了镇静催眠的药物。医生在你的血液中找到了该药物的大量残留。"他指着输液管："他们给你输的是一种解毒剂。药物起作用了，因为你已经恢复了意识。很快你也能找回你的记忆。"

她想相信这一切——上帝啊，她多想这么做。

"你安全了，萨曼莎。"

听到这个词，她的内心神奇般地安静了下来。"安全了。"她重复着这个词。眼角汇聚起一颗小小的泪珠。她祈祷眼泪就停在那里不要动，因为她还不允许自己放松警惕。

"但我们等不及解毒剂完全发挥作用了，这就是我来这儿的原因。"格林盯着她，"我需要你的帮助。"

"我？"她很惊讶，"我能怎么帮助您？"

"回忆。尽可能多地回忆起一些事情，就算是那些无关紧要的事也行。"格林再一次指着单面镜，"镜子后面有几位警官，他们能够听见我们的对话，并且会把我们对话当中他们认为重要的细节转告给外面那些警察，帮助他们抓到绑架你的人。"

"我不知道做不做得到。"她疲惫、惊恐，只想好好休息。

"听我说，萨曼莎。这个人他对你所做的事，你是想让他付出代价的，是吗？更重要的是，你不希望他再对别人做出同样的事……"

眼泪终于顺着脸颊流了下来，停在了氧气面罩的边缘。

"我不是警察。"格林继续说道，"我没有枪，也不会冒着挨枪子儿的危险四处追捕犯人。说实话，我甚至还没有那个勇气。"他为自己的话笑了起来，"但我可以向你保证一件事：我们会一起抓住他。对，我和你。他不知道，有一个地方他永远都跑不出去。不是外面的任何地方，而是你的记忆，我们就在那儿抓他。"

格林的最后一句话让她浑身一颤。尽管不愿承认，但她一直知道，那个人像寄生虫一样，已经钻进了她的脑子。

"怎么样，你愿意相信我吗？"

片刻之后，她向格林伸出了手。

格林赞许地点了点头，把传单又递还到她的手上。"很好，很好，我的孩子。"

她努力地回忆着照片上的这张脸。与此同时，格林走向放着麦克风和录音机的小桌子，打开了机器。

"你几岁了，萨曼莎？"

她认真地看着照片："我不知道……十三？或者十四？"

"萨曼莎，你知道自己在迷宫里待了多久吗？"

她摇了摇头。不，我不知道。

格林写了些什么。

"那张照片，你真的一点都认不出来了？"

她又细细看了看："头发。"她摸着自己的一缕头发，"我喜欢它们。"

在迷宫里，没事儿的时候我最爱做的就是摸自己的头发。

突如其来的记忆如同一道光，不知在何处闪现。

等待下一个新游戏时，我会用手指梳理头发来打发时间。

"别的呢？"

我想要一面镜子，但是他不给我。

她突然有些疑惑："我……漂亮吗？"她胆怯地问道。

"是的，你很漂亮。"格林温柔地回答，"但我希望对你坦诚相待……我知道他为什么不让你用镜子。"

她突然感到焦虑。

"我希望你向左转，看看墙上的镜子，你就能知道原因了……"

在随之而来的一片寂静中，她只能听见自己不断加快的呼吸声，就像一个呼吸困难的人渴求着氧气。她又看向格林的双眼，以期得知自己是否该为此举感到恐惧。然而医生看上去十分平静。她明白这是一个无法回避的考验，于是躺着慢慢让头向左转动。她能感觉到氧气面罩上的皮筋在自己脸上不断被拉长。

马上就能看见照片上的那个女孩儿了，可惜我竟然认不得自己。然而事实比她认为的还要糟糕千百倍。

看见镜中的身影后，她花了好长时间来看清它的眉眼。

"2月的一个早上，你在上学路上被人绑架。"格林向她解释道。

镜中那个拥有一头栗色头发，却显然已经长大的"女孩"开始哭泣。

"对不起。"格林说，"那已经是十五年前的事了。"

3

"……十五年来，没有任何消息、任何线索、任何希望。十五年的沉寂。现在，一场仿佛永远没有尽头的噩梦终于迎来了它喜出望外的结局。直到两天前，还没有人能够想象萨曼莎·安德烈蒂依然活着……"

电视中，特派记者就站在圣凯瑟琳医院的大门前。布鲁诺想仔细听听新闻，但一阵击打声打断了他。老昆比正在用扫帚柄拍打着酒吧里那台和他年岁差不多大的旧空调，希望它能重新运转起来。

"上帝啊，昆比，你是想彻底废了它吗？你以为用棍子打两下就能把东西修好吗？"大厅尽头某个角落传来戈麦斯的大呼小叫。他是酒吧里来的最勤的顾客。

"你知道个屁啊？"酒吧老板恼火地说。

"我知道你应该破破财，确保能够给你的顾客提供一些凉爽清新的空气。"这个大汗淋漓的胖子一边从面前一大堆酒瓶中举起一瓶喝了一半的啤酒一边回答道。

"当然，如果来喝酒的人都能按规矩每次及时结账，我肯定不介意掏点钱。"

昆比和顾客之间激烈的争论早就成了 Q‑Bar 常见的一景，而且每次不消几句，最先冒火的肯定是酒吧老板。不过现在，对戈麦斯来说，酒吧里唯一的观众只有布鲁诺·金柯，而且他今天下午似乎没有什么说笑的兴致。

布鲁诺正坐在吧台边的椅子上，手里拿着一杯龙舌兰，目不转睛地盯着放在高处架子上的电视。他头顶的电扇搅动着酒吧里本就炎热潮湿的空气，与一股子烟味混杂到一起。半个小时前，布鲁诺在酒吧后面的小巷子里吐得七荤八素，直到现在酒精也没能完全压下嘴里呕吐过后的味道。因为不想让别人知道自己身体出了问题，所以他没有使用酒吧的卫生间。

不过他现在脸色极差，恶心的感觉还时刻困扰着他。这时他突然想起自己亚麻外套右边口袋里的东西。

那张"护身符"。

布鲁诺一口灌下杯中的龙舌兰，赶走眼前的幻觉。一定是因为天气太热了。他给自己打气。幻象慢慢消失。不能让别人知道自己身体出了问题。布鲁诺不再理会身边的争吵、扫帚柄的击打声和空调"嘎吱嘎吱"垂死挣扎的响声，努力让自己的注意力集中在电视内容上。

近来，一股强烈的热浪袭击了该地区。温度早已超出了常年水准，湿度也达到了有史以来的最高纪录。然而四十八小时以来，萨曼莎·安德烈蒂现身的消息带来的关注热度甚至超出了这波热浪，在地方和国家各个媒体网络上占据着头条。

"非官方消息来源称，现年已二十八岁的萨曼莎·安德烈蒂正在接受专家的心理治疗，以期尽早提供关键信息，帮助警方逮捕绑架并囚禁她的恶魔……部分人士声称，此事很快就会有巨大进展……"

"这帮人屁事儿都不知道。"昆比用手势表达着自己对电视上这位女记者以及所有新闻记者的不屑。他坐回到吧台后面："换个台内容也是一样的，我今天已经第五还是第六次听到同样的东西了。什么'很快有进展，很快有进展'，那是他们已经不知道再说些什么了。"

"不过我敢打赌，那些个警察绝对会争抢着给媒体透露些消息。"布鲁诺说。

"负责的长官已宣布调查完全保密，以防那个他们正在追捕的混蛋得到什么消息……如果抓不住他，警方一定会因为多年来没有发现萨曼莎·安德烈蒂仍然活着这件事付出代价的。到时候他们脸上可就好看了。"昆比不说话了，他突然意识到一件令他胆寒的事，"天啊，十五年……我想都不敢想。"

"是啊。"布鲁诺晃了晃空杯子。

昆比拿来装着龙舌兰的酒瓶，给他又倒上了一杯。这酒现在对布鲁诺来说就像是一剂口感香甜的良药。"问题是这么长时间，她是怎么活下来的……"

布鲁诺·金柯知道问题的答案，但他不能说。也许昆比也不愿意听他的回答，因为他和绝大部分普通人一样，都愿意相信童话，那就是这个勇敢的小英雄顶过了这么多年的煎熬，最终从恶魔的手中逃了出来。然而她之所以能够活下来，仅仅是因为囚禁她的那个人想让她活着。当然，他决定不杀她，但其后他还要给她吃的，还要确保她不会生病。

换句话说，他在照顾她。

日复一日，他倾注在女孩身上的是一种病态的情感。这种情感与人类对于那些动物园里动物的情感别无二致。布鲁诺把龙舌兰送到嘴边。我们可以对那些动物很好，但在内心深处，我们还是认为它们的性命比不上我们的命。萨曼莎·安德烈蒂就是这种伪善的试验品。她就是笼中的动物，供人观赏。拥有决定她生死的权利，这让绑架她的人能够感到一种变态的满足感。每一天，他都决定让她活下来。当然，他会为此感到骄傲，甚至觉得自己无比崇高。不过这个恶魔会这么想也许并不是完全没有道理，说到底毕竟是他保护了女孩，让她在自己的恶意中活了下来。

不过昆比和那些普通人并不应该知道这些，他们并没有见过布鲁诺曾经身处的人间地狱。所以布鲁诺不会怪罪他们，而且通常还会让他们自由表达意见和看法。因为在他们的谈话中，很有可能就隐藏着推动调查的关键线索。

所有人都认为布鲁诺·金柯是一个私家侦探，但他真正的工作是倾听。

Q－Bar 就是一个好地方，在这里他可以获得各种各样的传闻，或是不经意间透露的消息。大约二十年前，酒吧老板昆比在一次搜捕行动中肾脏中弹，这使得他不得不提前结束职业生涯。昆比用保险赔偿金开了这间酒吧，从那时候起，Q－Bar 就成了警察聚会的场所。每次当他们要庆祝些什么——比如某位同事退休、孩子的出生、获得某个嘉奖或是某件事的周年纪念——他们都会来到这里。

布鲁诺没有从事过警察这个行业，但由于经常来酒吧，他也被大家认为是他们这个大家庭中的一员。当然，他必须接受警察的嘲讽与玩笑，不过无所谓了，这是收集信息要付出的代价，毕竟这些信息在他日后工作中可能会非常有用。昆比算是他最大的"耳目"，因为所有的警察，包括那些已经离开这个行业了的，都知道要时刻对这些私家侦探保持警惕和怀疑。但这对昆比来说并没有什么意义，因为他还希望能够借此获得一些回报。也许与老百姓分享一些保密消息能让他觉得自己依然是警察。当然，布鲁诺从不会逼迫昆比去说些什么，面对一个单刀直入的问题，这位前任警察会选择闭口不言。所以布鲁诺只是坐在酒吧里，有时候甚至会一连待上好几个小时，等待着昆比自己开始说话。

那天也是如此。

不过今天不一样，剩下的时间不多了。

等待的时候，布鲁诺把手伸进亚麻外衣的口袋，想拿手帕擦擦脖子上的汗。手指触到一张折着的纸。布鲁诺管它叫"护身符"，因为这张纸无时无刻不被他带在身上。一股热流沿着胸口涌了上来，他害怕自己还会呕吐。

"昨天晚上是鲍尔和德拉克鲁瓦的班。在那之前他们上我这儿坐了一会儿。"昆比突然说道。

布鲁诺压下恶心的感觉，也忘记了口袋里的那张纸，因为昆比口中提到的那两个人恰巧就是被指派负责萨曼莎·安德烈蒂一案的警员。好，终于来了。为了等这一刻，布鲁诺已经在酒吧里待了好几个小时。现在是得到回报的时候了。

提到鲍尔和德拉克鲁瓦后，酒吧老板不等布鲁诺提出要求，就给他的杯子倒满了龙舌兰。这是他想聊天的标志。昆比从吧台探出身子："他们昨天告诉我，有一名专家正在和那个小女孩儿谈话，据说是个有那么两下子的侧写师。他是个逮捕连环杀人犯的专家，我也不知道他们是从哪儿把他弄来的。"昆比解释道，"不过据说他用的方法和咱们的不太一样，不是那么常规……"

布鲁诺知道，从概率上来说，要从一个心理变态的手中活下来是不太可能的事。各式的臆想、无法抑制的冲动、偏差的天性、令人作呕的败坏行径。但现在这一切发生了。警方手中有了一名宝贵的证人，对于这种复杂的犯罪种类，他们也有了深入其中、一探究竟的机会。所以警方找来一位专家，希望弄明白萨曼莎·安德烈蒂都知道些什么。

布鲁诺注意到，昆比在提及萨曼莎时，仿佛她仍然只有十三岁。这并不是个例。很多人，包括那些电视节目，提到她时说的都是"女孩"或者"小姑娘"。这是不可避免的一件事，因为在人们的印象当中，萨曼莎·安德烈蒂最后留给他们的形象仍然来自她失踪后随即发布的那张照片。尽管媒体还没有将她最近的影像公之于众，但萨曼莎现在确实已是成年女子了。

"那女孩儿还在昏迷中。"昆比压低嗓音继续说道，"但警方对之后的调查抱乐观态度。"

布鲁诺不想表现得太过好奇，但他相信昆比一定知道些什么。"乐观？怎么说？"

"你是知道德拉克鲁瓦的，这家伙不怎么说话，从来都是谨慎得很……不过鲍尔说他们一定能抓住那个混蛋。"

"他就会吹牛皮。"布鲁诺评论道。他继续装作不感兴趣的样子，重新专注地看起电视。

昆比上当了："那倒没错。不过他们好像有一条线索……"

线索？萨曼莎已经提供给他们什么决定性的细节了？"我听说警察正在寻找囚禁萨曼莎的地方。"布鲁诺直截了当地说道。他希望对话朝着他感兴趣的方向发展："据说他们圈定了南边一块无人居住的区域，就在沼泽地边上。巡逻车就是在那儿发现萨曼莎的吧？"

"的确……警方在外围拉了警戒线，任何人都不能通过。他们可不希望有人在附近探头探脑的。"

"他们找不到那个地方的。"布鲁诺故作怀疑，这样也许就能让昆比觉得必须反驳他，从而透露更多的消息，"十五年他们都没把这地方找出来，谁知道它被伪装成什么样子呢。"

"萨曼莎·安德烈蒂当时没有借助任何交通工具，而且还折了一条腿，所以逃跑后她不可能离关她的地方太远。你觉得呢？"昆比似乎对他的怀疑有些不满。

看来这位前警察的自尊受到了伤害，私家侦探决定再丢出一块诱饵："我觉得整个案件的关键还是在萨曼莎身上。如果她能合作，那还有些希望抓到那个魔鬼。"

"她会合作的，"昆比肯定地说道，"不过警方手里还掌握着别的信息……"

所以线索不是从女孩那儿来的。那是从哪儿来的呢？布鲁诺默不作声地喝了口酒。这个关键性的停顿是为了留给酒吧老板一些时间，让他决定是否要把剩下的内容告诉他。

"发现女孩儿的过程其实和警方透露出来的版本并不完全一致。"昆比说，"她是在路边被发现的，当时身上没穿衣服，腿也折了一条，这些都没错。但巡警会去那边并非偶然。"

布鲁诺迅速捕捉到了这条信息里的隐藏内容。警方为什么要对找到萨曼莎的过程撒谎？他们到底在隐瞒什么？

"警方提前得到了消息，"昆比冒失地继续说道，"有人告诉他们萨曼莎出现了。"

酒吧老板接着只是点了点头。

"所以是个善良的路人。"

"是一通匿名电话。"昆比纠正道。

4

闷热紧紧纠缠着刚走出 Q‐Bar 的布鲁诺，像老虎钳一样死死掐住他的脖子和胸膛。这种热就像活了一样，像一头看不见的野兽，让人无处可逃。布鲁诺感觉呼吸有些费劲，但还是叼起一根烟，把它点燃，等待着尼古丁在身体里发挥作用。

反正都已经这样了，吸根烟还能让自己差到哪里去呢？

他看向四周。下午三点，市中心的街道荒无人烟。在这样的时间、这样的地点、这样一个工作日，这种景象很是不寻常。商店、办公楼大门紧闭，路上也不见一个行人，只余红绿灯仍在滑稽地指挥着并不存在的车流。诡异之极的安静。

鉴于异常的高温天气，政府不得不采取特别措施以保障市民健康。建议人们白天在家睡觉，只有到晚上才能出门。为了度过这段特别时期，警察、消防员以及医务人员的交接班时间也进行了更改。公共服务部门下午晚些时候才会开门，天亮后关门。甚至包括法院也要到晚上才会进行其各项工作。企业、公司也必须适应这种改变：晚上八点左右，工人、职员涌上街道前往各自的工作地点。这种情形和上班高峰时间的样子并无二致。没有人出口抱怨。有的商场和商店在这段时间甚至创下了最高营业额，因为太阳落山时，所有人都迫不及待地想要走出家门，就像在这个时间点从藏身之处钻出来的老鼠。

大概有一星期了吧，人们的一天是从日落时分开始。

老天爷是疯了吧。布鲁诺心下抱怨。一年前，罗马也出现了极端天气的情况。一场暴风雨席卷了这个城市，引发了全城性的大停电和一场几乎毁灭了整个罗马的洪水。这是报应：污染、全球变暖，总之谁让人类用这种混蛋方式对待地球呢？活该！也许过不了多久该死的人类就要把自己弄灭绝了吧。谁知道呢，可能到那个时候他们都还没有反应过来。这可真的是罪过了。不过他随即又想起了自己口袋里的那个"护身符"：如此看来，最终人类如何与他是无关了。

布鲁诺决定抓紧时间，给人类的堕落再添上新的一笔，他又吸了两口烟，把烟蒂往发热的人行道上一丢，踩上去碾了几脚。然后向街角走去，自己的汽车就停在后面。

一通匿名电话。

老旧的萨博行驶在空荡荡的街道上，布鲁诺还在思索着从昆比那儿得到的消息。车载空调好几年前就坏了，所以他开着车窗。一股热浪突然扑了进来。虽然热浪很快退去，但布鲁诺还是觉得自己走入了某个火灾现场的中心。他需要找个藏身的地方，却不是为了躲避眼下的酷热，而是自己脑海中的念头。别想了，跟你又没什么关系。然而一个个疑问还是不断纠缠着他。谁打的电话？他为什么没有亲自去帮助萨曼莎？他为什么隐藏身份？此次事件中，这个人明明可以成为一个英雄，还是说他不愿意出现在公众视线中？他在害怕什么？还是说在隐瞒什么？

布鲁诺觉得自己头脑不够清醒，实在是想不出什么。喝太多了，也有可能只是因为口袋里那页该死的纸。一周之前，他就在旅馆订了个房间。布鲁诺可以躲到那里，再喝上几口酒，让在Q‐Bar里就已涌起的醉意更加浓厚。然后他可以跌入沉沉的睡梦，希望此后不必再醒来。

听天由命吧，老伙计，以后就不会那么痛苦了。

布鲁诺决定最好还是不要一个人待着，但眼下的情形，能忍受他的也只有一个人了。

琳达开门时，布鲁诺从她的表情得知自己现在的状况一定很糟糕。

"老天，这么热的天气还出来，你是疯了吧？"她一边抱怨，一边把布鲁诺拉进屋子。"你怎么还喝酒了。"琳达做出一副嫌弃的表情。她认为布鲁诺苍白的脸色和黑眼圈是高温与酒精的缘故。

布鲁诺没有否认："我能进去吗？"

"你已经进来了，呆子。"

"好吧。那我可以在这儿待一会儿吗？还是说你手头有事要忙？"他有些头晕，衣服已经被汗水浸透。

"一小时之后我有客人。"琳达的皮肤是健康的古铜色。她披上真丝的蓝色和式晨衣，过低的衣领展现出她娇小却坚挺的乳房。

"我睡几分钟就行。"布鲁诺走进屋子，寻找沙发。这里和Q - Bar不一样，空调是好的，放下的百叶窗让屋子里的光线半明半暗，十分舒适。

"你身上有吐过的臭味儿，知道吗？先去洗个澡吧。"

"我不想太麻烦你。"

"要是你把我的屋子弄得臭气熏天的，那才更麻烦呢。"

布鲁诺重重地坐到沙发上。这是一张白色的沙发，位于客厅中央，下面垫着同色的割绒地毯。沙发周围是黑色家具和各式各样的独角兽：独角兽的海报、独角兽的小雕像、独角兽的长毛绒玩具，甚至还有几个水晶球，里面是漫天的大雪和独角兽。它们是琳达的最爱。"我就是一只独角兽，"她曾经说道，"这是传说中一种美丽的生物。没有任何一个头脑正常的人会承认自己相信它的存在，但古往今来，人们总是执著地寻找着它，希望真的能够探寻到它的踪迹……"

有一件事琳达说得没错，她真的很漂亮，所以男人会来找她，愿意花大价钱与她共度春宵一刻。

"让我来帮你吧。"琳达发现布鲁诺连外套都脱不下来后说道。她还帮布鲁诺脱下鞋子，把腿放到沙发上。然后她拿起一个靠垫，一番拍打后把它放到布鲁诺的头下。她温柔地摸了摸布鲁诺的额头："你发烧了。"

"只是天热的缘故。"他并未说实话。

"我去给你拿些凉水。天太热了，很容易脱水的……尤其是那些下午还喝龙舌兰的人。"琳达训斥他道，"我把这破玩意儿放到烘干机里去。"她拿起亚麻外套，"也许能去掉一些臭味。"随后，她消失在走廊里。

布鲁诺深深吸了口气。头疼，浑身也酸痛得要命。尽管他极力否认，但他确实感到害怕。紧张与焦虑铺天盖地地袭来，他已经失眠好几个星期了。当身体实在支撑不住时，他会突然睡过去。然而布鲁诺知道，那不是真正的睡眠，而是对现实的投降与妥协。然而这种无虑的状态最多持续半个小时，现实随即将他唤醒，告诉他未来的归宿已无法改变。

布鲁诺可以把这件事告诉琳达，让她与自己共同承担这份压力。不，这么做对他来说甚至还可能是一种解脱。不可否认，他身体的一部分曾经叫嚣着想要对琳达吐露一切，因为她不仅仅是一个好朋友那么简单。尽管他们从未跨越男女之间的那条界限，但琳达对布鲁诺来说甚至比妻子的角色还要亲近。

六年前，琳达哭着给布鲁诺打电话，请求他的帮助。当时的琳达从事卖淫已经有一段时间了，却依然沿用着原本的名字——迈克尔。她还没有完全变成女性的样子，美丽的容貌还囚禁在男性的外表之下；高高的颧骨、丰满的双唇、湛蓝色的眼睛，这天使般的脸庞还能影影绰绰看见胡子的轮廓。迈克尔找到布鲁诺是为了逃离一位客人对他的虐待。那时，这位变性人可谓十分放纵，可以与任何人搞到一起。所以他遇到了一个家伙，一开始还和迈克尔在床上打得火热，之后却对他拳脚相加，说他迫使自己做出了有违天理伦常的事。但是此人总会回来找迈克尔，表示自己对之前的暴力行为感到万分懊恼。然而同样的事依旧一遍遍发生，每次都是一样的结局。

迈克尔不知道自己还能够忍受多久。他尝试过逃离，却没有成功。身上被殴打后的青紫越来越难以遮掩，迈克尔心里怕得要死。

布鲁诺工作中见惯了人间的罪恶，他能够想象迈克尔的结局。对于那些有暴力倾向和因嫉妒而心理扭曲的人来说，变性人是最好的犯罪对象。所以当布鲁诺深深地凝视着迈克尔的双眼时，这位私家侦探立刻明白了后者的危险处境，也知道没有警察会愿意帮助他。如果他不出手相助，这位饱受惊吓、敏感脆弱的天使一定会香消玉殒。

想要那人彻底离开迈克尔的生活，光靠威胁和暴力是不够的。身体的疼痛根本无法磨灭心中的执念，正如仅凭劝说不能熄灭滔天的怒火。最保险的方法是让那个人彻底从这个世界上消失，但布鲁诺自认不是杀手，所以他制定了一个方案。因为那家伙在某家知名商业银行做经纪人，于是布鲁诺花钱雇了一名黑客，黑进了银行的信息系统，并将大笔资金从投资者的账户转移到了那个家伙的私人账户。随后只要等待某个人发现资金被盗就行了。此人最终因诈骗和挪用公款被判入狱十年。在监狱里，他也许能随意发泄自己的情绪，也许会成为别人发泄的对象。但不论如何，迈克尔终于自由了。

"这是什么？"

声音有些微微的颤抖。无需观察，布鲁诺立刻就明白了琳达内心的激动与不安。他慢慢转过头，看见琳达正站在客厅门口，一只胳膊上搭着他的亚麻外套，手里拿着一张纸。他知道怎么回事了：把衣服放进烘干机之前，琳达为了不弄坏口袋里的东西，把它们都掏了出来。

"这是什么？"琳达再一次问道。这回她有些生气了。

布鲁诺稍稍坐起。该来的还是来了。他心想。布鲁诺还没有和任何人说过这件事，因为他担心一旦说出来，此事就会变成事实。如果它们不过是纸上的只言片语，也许他还有幸免的希望。

不，没有任何希望了。

"这是我的护身符。"布鲁诺回答。

琳达有些迷惑。

"你知道什么是护身符吧？我们认为那种东西有保护我们的力量，就和你的独角兽一样。"

"胡扯些什么呢，布鲁诺？"琳达彻底恼了，"这上面说你会死啊……"

布鲁诺知道刚才琳达都经历了什么。发现这是一张诊断证明后，她快速地阅读了纸上的内容，但是那些句子对她来说是如此难以理解，因为她在拼命地寻找她最关心的内容。在诊断证明的最后一行，她终于找到了那个可怕问题的答案。只有四个字：

"预后不良。"

布鲁诺看到这份诊断证明时，同样的事也在自己身上发生过。最后一行之前写的那些东西都不重要，甚至也没有人会在意写了什么。反正也没有什么区别吧？那些词句只属于过去，而从此刻开始，所有的过去已失去了价值，之前所有的生活也都失去了意义。这两个冰冷的、官方的词汇构成了一道分水岭：之后所有的一切都不会再和从前一样了。

"到底发生了什么？"琳达很害怕，"为什么？"

见她已经吓得挪不动脚步，布鲁诺起身向琳达走去。取下她手中的诊断证明，布鲁诺领着她坐到沙发上。"我现在尽量给你解释清楚，但你一定要听我说完，好吗？"

琳达点了点头，一副泫然欲泣的样子。

"我受了某种感染，"布鲁诺指了指自己的胸口，"一种细菌钻到了我的心包里。我不知道是怎么回事，医生也都不知道。"某种不知名的怪物正在吞噬他的心脏。"他们说已经治不了了，因为我们发现得太晚。"

琳达很慌乱："你应该在医院里啊。他们总该试着做点什么……不能什么都不管，就这么让你死了呀。"她的声音变得尖锐起来，甚至有些歇斯底里。

布鲁诺握紧她的双手，摇了摇头。他不敢告诉琳达，当时他也问过医生是否有什么治疗方案，但医生的建议是让他去临终安养院。布鲁诺不愿意待在那种地方等死。

"好在发病是突然间的事，实际上连我自己都察觉不到。只不过是胸腔里一个小小的破裂，几秒之内我就会死掉。这就和中枪一样。"一颗看不见的子弹，直接射入心脏——这样想想似乎还不赖。

"多久……"琳达问不出口,"还有多久……"

"两个月。"

"只有两个月?"琳达急了,"你知道这个消息多久了?"

"两个月。"布鲁诺没有怎么想,几乎是脱口而出。

这个消息来得措手不及,琳达不知该说些什么。

"昨天是两个月的最后一天。"布鲁诺的笑容下隐藏着恐惧。"真的很奇怪:直到昨天为止,我还有一个目标,我要做的仅仅是等待倒数最后一天的到来。可是从今天开始……今天之后还会发生些什么事呢?"他低下头,貌似看着地毯,目光却不知望向了哪里,"我觉得自己就像一个被判了死刑的犯人,却不知道行刑的具体时间。"这一次,布鲁诺发自内心地笑了。"昨天晚上我一直盯着钟看,以为半夜十二点会发生些什么,就像灰姑娘一样,你能想象吗?简直傻透了……"不,他其实十分愤怒:六十天了,他一直准备着迎接那个时刻的到来。然而现在他不知该怎么做了,一切都是那么地混乱。"所以说这张纸是我的护身符,"布鲁诺认真地把诊断证明又折了起来,"它能让我不那么无措。毕竟有时候等待死亡会让人变得疯狂。"

但是琳达做不到像布鲁诺那样头脑清楚:"你到现在才肯告诉我吗?"

"其实连我自己都无法接受……之前我总觉得,如果告诉别人,这件事就会变成真的,我就真的会死。"随后布鲁诺又更正道,"不,也许换个角度来说,我已经死了。"这可能会是一个有意思的哲学命题。人到底是从何时开始走向死亡呢?从患绝症那时起,还是发现自己得病的那一刻起呢?

琳达站了起来:"我去打几个电话,跟客人把预约取消了。今天你不许离开这儿。"她终于恢复了先前的果断与坚定。

布鲁诺温柔地拉住她的手:"我过来不是为了死在这儿的,尽管此刻我确实有可能死去。"他尽力缓和紧张的气氛,也希望琳达不要感到那么内疚。

"那是为什么? 为了来和我说永别吗?"琳达怄了一肚子气。

布鲁诺走到琳达身边,亲吻了她的额头:"我知道了,你是怕我冲自己嘴里开上一枪,这样就不用等待,所有的一切就都结束了。我不否认曾经有过这样的想法,而且如果事情拖得太久我也不排除这么做的可能。但让我待在这儿并不能躲开最坏的结果,因为它早就写在那张纸上了。"

"你不可能让我就这么放弃的,明白吗?"

是的,他明白,因为布鲁诺知道琳达爱他。"你应该已经听到电视新闻里说的了吧? 四十八小时之前,有个女人在被监禁了十五年之后终于逃了出来。"

"嗯,不过那和你又有什么关系?"

"我在想,如果一个十三岁的小女孩都能忍受这么长时间的恐惧,那么一切都是可能的……甚至包括奇迹。"

琳达不解地看着他。

"不,我不是说自己能痊愈。"这方面不应该有任何幻想,"但这一切正好发生在此刻也许并不是偶然……"他想起来了,那是一通匿名电话。但布鲁诺不能把昆比透露给他的消息告诉琳达。

"向我保证,你不会自杀……"

"我做不到。但我能向你保证,就目前来说,自杀一定会是我最后的选择。"布鲁诺赶紧换了一个话题,"一周之前,我在安布鲁斯旅馆订了一个房间。那家旅馆不大，就在铁路桥附近。"他拿出钱包，从里面抽出一张小纸条。"房间号是115，我已经付了接下来七天的房钱。"其实布鲁诺之前没有想到会用这么长时间。他之所以搬到旅馆，是担心万一自己死在家里，没有人会发现他的尸体。由于没有亲友的关心，自己只能在地板上慢慢腐烂，这种想法让布鲁诺不禁毛骨悚然。但旅馆里就简单多了。某个早上，打扫卫生的女服务员走进房间，就能发现他干瘪的尸体。这也是计划的一部分，但他不会告诉琳达。"房间里有一个保险箱，密码是 11 - 0 - 7。"

"正好是我的生日。"琳达很意外。

"我知道，所以我才设置了这个密码。现在，仔细听好了：当你知道……"布鲁诺实在说不出口，"总之，当该发生的一切都发生之后，你就去拿回保险箱里的东西……你会找到一个密封的信封。"

"里面是什么？"

"是什么不重要，跟你也没有关系。"布鲁诺警告琳达，"你绝对不能打开它，尽快把它处理掉，明白了？不是扔掉，而是把它彻底销毁，要确保什么都没有留下。"

琳达不明白这样的安排有什么必要："你为什么不自己处理？"

布鲁诺对她的问题避而不答："我已经和门房说过了，他会让你进去的。"

琳达没有再问，但布鲁诺知道她一定会按自己说的去做。于是他站起身，穿上亚麻外套，看了看时间——下午四点，他确实该走了。

"晚些时候给我打个电话？"琳达用那双小鹿一般的眼睛看

着布鲁诺。

布鲁诺走到她跟前，温柔地摸了摸她的脸庞："也许我会忘记给你打电话，你却以为我死了……"

"你别忘了自己还活着就行。"琳达握住他的手，放到嘴边亲吻，"记住，只要还有呼吸，一切就没有结束。"

布鲁诺喜欢这句话里简单却富有哲理的看法：只要还有呼吸，就不要忘了自己还活着。"别担心，在事情变得无法挽回之前，我还有一件要抓紧处理的事……"他迈步向门口走去。

琳达不知道是否该相信他的话："你去哪儿？"

布鲁诺转过身，向她微笑："地狱。"

5

　　"杂物之家"说白了其实就是仓库，位于距离市中心不远的工业区。这里本是一块用于堆放工业材料的空地，不知何人接手后把它改造成了一个存放私人物品的仓储区。每年只需支付十分低廉的费用就能在这里租一个小间，用来存放自己不需要的东西。一般这里存放的都是旧家具，以及各式各样的废弃用品。

　　布鲁诺把车停在入口处，缩着身子在驾驶室里寻找能够打开自动大门的钥匙。终于，他在中控台下面的抽屉里摸到了它。特制的门锁安装在门前的一根矮柱里。希望门没坏吧，布鲁诺把钥匙插了进去。

　　大门的栏杆升了起来。

　　内部道路构成一个个整齐的矩形，将一排排小间分隔开来。穿行其间，布鲁诺发现这里已经不单单是储存物品的地方，因为通过一些并没有完全关上的卷帘门，他能清楚地看到小间里有人居住的迹象。租户们已经把这里变成了临时居住地。布鲁诺非常了解这种现象，因此他并不感到惊讶。"杂物之家"里的住户都是男性：他们有可能是因某次危机失去工作的单身汉，也有可能是离婚后的男性，除去购买食物，剩下的钱已经不够让他们再租一套公寓甚至仅仅一个房间。某些人也许两种原因都有。穷困潦倒、绝望沮丧，最后变得卑鄙龌龊。这些躲在巢穴阴影里的人，带着怀疑的目光盯着从他们跟前驶过的萨博车，布鲁诺从他们落在自己身上的眼神中感觉到了羞愧与怨恨。然而占据他们内心主要位置的其实是恐惧，因为离开这里，他们就只能住在街上了。

终于找到许多年前租的那个隔间了。

下车之后，布鲁诺俯身打开沉重的门锁。因为实在关了太久，在布鲁诺把卷帘门抬到头顶高度位置的过程中，它不断发出巨大的金属摩擦声。刺眼的阳光堪堪停在隔间门口，仿佛没有勇气越过这条界线。一边等待着噪音消失，等待着掀起的尘埃慢慢散去，布鲁诺在亚麻外套的两侧蹭了蹭沾满油污的手，同时好让自己的眼睛适应隔间内昏暗的光线。

视线中，一排排高度直达屋顶的架子慢慢显现出来。在其中一层上，整整齐齐地摆放着五个灰色的纸盒，每个纸盒上都有一张标签，注明了年份、编号与盒中的物品。

布鲁诺不喜欢来这儿。这里封存的一切记录了他过去少有的几次失败，对他来说那都是些不光彩的证据。其实盒子里封存的也是他人生的一部分，是那些他无法弥补的过错、无法挽回的机遇，以及没有人能够或者愿意原谅的罪过。

也许还能再做些什么，布鲁诺心想。他决定为自己在这个世界上留下一点痕迹。

布鲁诺抽出五个盒子当中的第三个，打开盒盖，开始翻看里面的文件。终于，他找到自己需要的东西了。

那是一个薄薄的文件夹，里面仅存放着一页纸。只有一页。

但是，正如之前他透露给琳达的部分信息所说的那样，这张纸有可能成为打开地狱之门的钥匙。

6

手。我的手不是这个样子的。这不是我的手，这双手属于另一个人。

但是她可以控制手指的每一个动作，所以这里必然有什么原因。她没有勇气再次看向那面单面镜，却一直盯着双手，试图弄明白这究竟是怎么回事。

十五年，她完全没有察觉到时间已经过去了十五年。

"萨曼莎。"格林的声音穿过一片寂静将她带离纷扰的思绪。"萨曼莎，你必须相信我。"

她将目光投向小桌上的录音机。我听着呢，说吧。

"我知道，你现在一定觉得这很荒唐。但是我向你保证，如果你能配合我的工作，我们肯定可以解决这件事。"格林一直坐在床边，给她留出一些时间，让她消化自己再也不是十三岁女孩这个事实。"治疗已经有了效果，你的身体正在逐步摆脱药物的控制，记忆也开始恢复。"

她又看向输液管。在那慢慢滴落的药水里，有他们需要的答案，也有那漫长噩梦的片段。

我不知道自己是否真的愿意恢复那些记忆。

格林医生在她身上寄托了很大的希望。她发现一件奇怪的事，那就是自己并不想让他失望。这是一个好现象吗？自己毕竟才刚认识他不久。是的，这是一个好现象，因为每次医生请她相信自己的时候，她对医生的信任就真的多了一点。"好吧。"她回答。

格林似乎很欣慰。"我们一步一步慢慢来。"他说，"人的记忆作用过程是一种非常罕见的机制，它和这个录音机不一样，绝不是倒带、重听那么简单。甚至很多时候，记忆之间还会相互影响、混淆。或者有的时候记忆不完整，存在一定的空白和缺陷。这时大脑就会以自己的方式来填补、修复它们，往其中注入过多的、现实中并未发生的虚构片段，从而导致记忆混乱。所以我们必须采用一定的标准，以区分记忆的哪一部分是真实的，而哪一部分不是。到这儿为止你都能听明白吗？"

她点了点头。

格林等了一小会儿才接着说道："现在，萨曼莎，我需要你和我一起回到迷宫。"

医生的这个提议让她感到害怕。不，她再也不要回到那里，她想留在这张舒适的床上。医院的嘈杂声中夹带着模模糊糊的说话声：房门外的世界疯狂地变化着，她愿意置身在喧嚣之中。求求你了，不要把我带回那个死一般寂静的地方。

"别担心，这次有我陪着你。"格林设法让她安心。

"那好……我们开始吧。"

"我们从简单的地方开始吧……现在，我希望你回想一下墙的颜色。"

她闭上眼睛："灰色。"回答很果断，"迷宫的墙是灰色的。"她的脑海中瞬间闪过一个画面。

"什么样的灰色？深灰还是浅灰？就只有墙吗？还是说，比如有裂纹或是水渍？"

"就是整面的墙，墙面也很平整。"她觉得自己好像又摸到了迷宫的墙壁。睁开眼睛看了一下，格林正在笔记本上做着记录。看见医生让她十分宽慰，就像看见这个房间洁白的墙壁，在蓝色荧光灯灯光的映照下显现出温和的颜色，仿佛置身海底。

"你能告诉我是否有什么声音吗？"

她摇了摇头："迷宫里，声音是进不来的。"

"那气味呢？"

各种各样的感觉不知从何处纷至沓来，快速地聚集在回忆之中。她力图准确地表达出来："泥土……有泥土潮湿的味道。还有一股霉味……"她把所有的信息结合到一起：没有窗、没有声音、潮湿的气味。"是地窖。"

"你是说，迷宫在地底下？"

"是的……我觉得应该是……不，我很确定。"她最后更正道。

"是谁管它叫'迷宫'？"

"是我。"她立刻承认了。

"为什么？"

她仿佛又一次看见自己穿过长长的走廊，两边是许多不同的房间。

头顶的荧光灯让这里光线十分充足。不冷，却也不觉得热。她光脚走在这里，探寻着周围的环境。两边各有一排铁门，有的门开着，里面是空空的房间；有的门则锁着。她走到走廊尽头，右转：眼前的景象和之前一模一样。还是门，还是灰色的房间，所有的一切都没有变。她继续向前走，碰到一个岔路口。但不管她选择哪个方向，最后都会回到起点。起码她是这么觉得的。根本没有办法辨别方向，但显然这里没有任何出口或入口。那我是怎么进来的呢？

"那个地方没有终点，也没有起点。"

"所以除了你之外，没有别人住在那里。"格林总结道。

"不，那里不像是住的地方。"她果断地反驳，"我已经和你说过了，那是一个迷宫。"

但是格林想了解得更细致一些："比如说，那里有卫生间吗？"

有一间又小又窄的屋子，里面只有一个马桶。臭，臭极了。马桶的水箱也是坏的。她不想在那儿上厕所。

"我不想在那儿上厕所。"她有些局促不安地观察着格林的反应，"所以我就憋着，一直憋着。"

但是不可能就这么一直憋下去。她捂着肚子，感觉到温热的液体已经弄湿了她的内裤。

"实在憋不住，就不能在那儿上卫生间吗？"格林问道，"到底是什么原因？"

"我会觉得难为情。"她承认说。

她站在卫生间里，盯着眼前的马桶——原先洁白的表面已经发黄，还有破损的痕迹，一串铁锈在下水管上蜿蜒，静止的水面上也浮着一层厚厚的绿锈。真恶心。重心不停地从一只脚换到另一只脚，快憋不住了。

"为什么觉得难为情？"格林猜测，"你真的是一个人吗？"

她顿时僵住了。

踩在马桶上小心翼翼地蹲了下来，尿液喷涌而出，自己的膀胱终于解放了。空旷的空间中只有液体碰撞的声音。

"你看见什么人，或是听见什么声音了吗？"

"没有。"

格林低头记着笔记，没有再说话。

也许让医生失望了吧，她应该说得更清楚一些。"是迷宫在看着我。"心下的冲动变成声音脱口而出，她很快发现自己的话唤醒了医生的关注。格林不露声色地看了一眼单面镜，给镜子另一边一直看着他们的警察使了个眼色。"迷宫什么都知道。"她又说道。

"里面有监控摄像头？"

她摇了摇头。

"那它是怎么做到的？告诉我吧……"

"魔方。"她立刻察觉医生并不明白她在说什么，"是第一个游戏。"

"和我说说。"

"我醒来的时候，它就在那儿……"

她不停地在迷宫里游荡，希望能够找到什么人来帮助她。几个小时之后，她走进一间屋子，躺在了地上。筋疲力尽的她很快就睡了过去。等再睁眼的时候，她用了一小会儿的时间才回想起自己的处境。这段时间里，她难得平静，可恐惧随后便占据了她的内心。那个东西就在地上，离她的脸大概有一米的距离。看上去很熟悉，应该是个老物件。那是一个色彩缤纷的立方体：绿色、黄色、红色、白色、橙色、蓝色。

我知道它叫什么。鲁比克方块，就是这个名字。

"它有六个颜色各不相同的面，每个面上有九个小方块。"

"我知道了，"格林说，"我小的时候，那是一种非常流行的游戏。你可能无法相信，但当时人们都快玩疯了。"

"不，我相信。"因为在迷宫里时，她也为之疯狂，但其中的原因可一点都不有趣。

格林似乎发觉了她内心低落的情绪。他用一种近乎道歉的口吻说道："不好意思，请你接着往下说吧……"

"我看见它的时候，颜色是打乱的。"

这东西有什么用？用它来打发时间吗？太荒唐了。她不知道自己在哪儿，也不知道是谁把她带来了这里。好害怕，好饿。"求求您了，我想回家……"没有人应答。

"我也不知道自己缩在房间的角落里看了那个东西多久。我连碰都不想碰它。因为我感觉得到，如果碰了它，一定会发生不好的事情。但我心里总是想着一件事，就是我待在这里，再也出不去了。我很难过，却没有办法把这个想法撵走。"她停顿了一下，"不，也许有。"

"然后呢，你做了什么？"

她抬起双眼看着医生，眼眶里充满了泪水："我拿起了那个魔方。"

她盯着魔方看了一会儿，随即开始复原六个面的颜色。所有的一切只是为了打发迷宫里讨厌的时间。注意力总会被焦虑分散，一点也集中不起来。但是逐渐地，压力似乎减轻了，恐惧虽然依旧近在咫尺，却比刚才退却了不少。现在可以好好解决眼前的问题了。所有的注意力都集中在手中纷乱的色块上，几分钟之后，她就复原了其中橙色的一面。把魔方放回地面，恐惧又一次追寻而来。她仔细看着地上的魔方，摆弄了一下没有对齐的部分。现在，复原的一面整齐干净，让她有了些许安全感。发生在她身上的事情一定有什么原因。这时，她警觉的感官捕捉到了一些东西。

有变化。

大脑花了片刻的时间来分析新出现的信号。是气味，和魔方一样，那个气味，她也是熟悉的。她站起身，走出房间的角落，来到走廊。四下看了看，没有发现任何人。跟随嗅觉小心谨慎地开始寻找气味的来源，内心却害怕这只是一场幻觉。不，这一定不是幻觉，是真的。房门半掩，她站在一个房间的门口，整个手掌抚上铁门。推开门，屋子的中央有一个纸袋。

是麦当劳。

"汉堡、可乐、炸薯条。"她一项一项数着。随后，为了让格林更明白，她又补充说道："很多的薯条。"

根本来不及考虑要小心谨慎，饥饿早就替她做了决定。她扑向地上的食物，狼吞虎咽起来。不想知道食物是怎么出现的，也不想知道是谁买的，她正在学习自己的第一课。

生存。

直到吃饱之后，大脑才开始思索刚才发生的事情。她回到发现魔方的房间，她必须继续破解这个谜题。沿着长长的走廊，她一边走，一边低头继续手中的游戏。稍稍有些费力，但她还是复原了绿色的一面，并开始着手复原第三面——红色。要同时搞定三种颜色一点都不容易。路过一间屋子的门口时，眼角的余光好像瞥见了什么。她退了回去，便再也迈不开步子了。

复原魔方第二面的奖励是一个床垫，几张毯子和一个枕头。

短短的时间里，她就干成了好多事：填饱了肚子，而且以后再也不需要睡在地上了。但是复原第三面比预想的要困难得多。

"也许过去了好几天，但最后我还是明白复原红色的那一面是不可能的。我并没有自己想象的那么厉害。那几天没有食物，也没有水。"

"那之后呢，又发生了什么事？"格林问，"你是怎么活下来的？"

　　她躺在床垫上。衣服已经开始显得肥大，力气也快一点都没有了。她不吃不喝已经有多久了？她几乎整天都在睡觉，但总是噩梦连连。有时候她甚至不知道自己到底身处梦境还是已经醒来。对食物的渴望早已消失，所以现在折磨她的已不再是狭义上的饥饿，而是腹部突如其来的抽搐，就好像她的胃为了出来，正在身体里为自己开凿一条通道。

　　过了一会儿，也有可能是过了几天，这种疼痛感消失了。然而情况变得更糟，因为口渴的感觉来了。从来没有人跟她说过，口渴比饥饿更加难熬。因为口渴会让你失去理智，那时的你只会想着要喝些什么，甚至会为此咬开手腕，咬破血管，吸吮自己的鲜血……

　　她知道有一种方法可以驱散这种渴望，但是自己从来没有试过。单单这个想法就已经让她觉得很恶心。

　　可是如果想要活下去，就别无选择。

　　于是，凭借着身体里仅存的一些气力，她艰难地爬到了卫生间。肮脏的马桶里，黏稠的排泄物散发出令人作呕的恶臭。她把一只手伸了进去，感受到了黏腻的触感。一闭眼，把手抽出来，脑海中一个声音不停地提醒她：不要想，千万不要想。小时候蹭破膝盖时，只要注意力集中在别的地方，就感觉不到疼痛了。所以现在也是如此，她必须忽略那个味道。她把嘴埋进手掌。吮吸中，液体穿过双唇和齿间，一刻都没有在口中停留便被她匆匆咽下……回到房间时，她觉得自己身体里脏透了。不过她还活着。然而还没有到可以松一口气的时候，因为她知道这一定不是最后一次。

　　该死的魔方正在枕头上盯着她。

她一把抓起魔方，气急败坏地打乱了之前复原好了的两面……

"我几乎立刻就后悔了。我哭了，绝望地想要把打乱的颜色重新复原。"

"听到这些我真的很难过。"格林说得很诚恳。

"我最终只复原了绿色那面，然后我就睡着了……等我再睁眼的时候，发现房间里有一个小筐，里面放着一碗已经凉了的浓汤和一瓶热的苏打水。"

医生点了点头："那你觉得自己为什么会收到这份礼物？"

"这不是礼物。"她纠正格林的说法，"每次我需要一些简单的东西，比如食物、干净的衣服或者牙刷时，只要把第一面拼好就行。我不知道逼我玩这个破游戏有什么意思，毕竟复原一面是很简单的事情。后来我明白了……"她闭上眼睛，一滴眼泪顺着脸颊流了下来，一直钻进了她的氧气面罩，"如果我能拼完六面，他就会放我离开。"

"他？他是谁？"

"迷宫。"她回答道。

"这就是我们能发现你的原因吗？你拼完了整个魔方，所以迷宫就让你出来了？"

她摇了摇头，彻底哭了出来："不，我最多只拼到了第四面。"

7

　　对于别人来说，今天最大的新闻是萨曼莎·安德烈蒂的出现；而对于布鲁诺·金柯来说，最大的新闻则是自己还没有走到生命的尽头。

　　萨博车大敞着车窗，收音机里，史蒂夫·米勒乐队正演唱着他们的歌曲《拿了钱就跑》。布鲁诺现在的状况实在令他沮丧，但听听这个乐队的歌多少让他快乐了一些。然而这种快乐并没有持续多久。这首歌是唱给那些依然能够畅想自己未来的人的，而不是他。他已经深陷于现在，而且很快就会成为过去。很多人认为，垂死之人往往会为自己一生当中没有做或者没有及时做的事悔恨不已；但对于布鲁诺来说，最糟糕的事情莫过于无法好好享受生活里那些看似平常的小快乐，比如在收音机上听一首逍遥自在的歌。

　　因为每一次都有可能成为最后一次。

　　满怀对他人的羡慕与嫉妒，布鲁诺关掉了收音机，开始专心开车。他已经驶离了市中心，沿着与海岸相反的方向开往沼泽地。随着与海岸渐行渐远，炎热也愈加令人难以忍受。但布鲁诺发现，尽管他仍然有些忧伤，却已经不再感到害怕了。

　　萨曼莎的出现改变了一切。

　　布鲁诺并没有请求上帝再给自己一段时间，所以多出来的这些日子对他来说并不是礼物，倒更像是一种折磨。所以在死亡来临之前，他需要给自己找个目标。

最后一项工作……他不断想着琳达对他说的那句话：只要还有呼吸……

不久之前刚从仓库拿出的那个文件夹就放在布鲁诺身边的副驾座位上。吹进车厢的风不断掀起它的封皮：里面那份文件是布鲁诺唯一的希望。

很快就要到达目的地了。不知道那位负责萨曼莎的侧写师有没有告诉她，在她失踪的这段时间里，整个世界发生了翻天覆地的变化；也不知道她有没有询问起家人的状况。他们是否已经告诉她，她的母亲无法忍受女儿失踪带来的痛苦？他们有没有告知她，六年前，一场恶疾带走了她母亲的生命？

圣凯瑟琳医院中的那位病人已经被证实是萨曼莎·安德烈蒂，幸亏失踪人员档案中保存了女孩的 DNA 样本。若非如此，警方在身份确认的问题上会碰到不小的麻烦，因为萨曼莎的父亲在妻子去世之后决意开始新生活，所以他已经搬往别处，完全失去了联系。警方直到现在也没能找到他，无法通知他唯一的女儿仍然活着。而且就现在的情况来看，他也没有看到电视中滚动播出的相关消息。

对于布鲁诺来说，此人在接下来的这段时间里最好还是不要出现。

行驶在国道上，只有几辆车迎面开来。随着道路逐渐往沼泽地区深入，布鲁诺就再也看不到别的人了。沥青马路仿佛悬浮在半空中，因为放眼望去，周围都是沼泽。平静的水面波澜不兴，就像其上覆盖着的低矮植被，安安静静，一动不动。然后他穿过一片桦树林。树木早已死去，发黑的树干倒映在一片死水之上，仿佛一众舞蹈的幽灵。

萨曼莎被发现的区域已经封锁起来，周围散布着众多路卡。布鲁诺远远就看见了一辆巡逻车。车上有两位警察，其中一位看见布鲁诺后随即下车，并向他出示了指示牌，示意他立即返回。但布鲁诺还在向前开。为了避免不必要的麻烦，他放慢车速，把双手放在方向盘上，保证对方一眼就能看见。开到路卡附近，布鲁诺停了下来，等待着手持指示牌的警察走向他的萨博车。

"您不能从这儿过，请您立刻回去。"警察的语气不容置辩。

"我知道，警官。但这件事非常重要，请您听我跟您解释。"布鲁诺·金柯知道，这种顺从的语气能让警察心里十分舒服，但他真的讨厌拍这帮人的马屁。

"我对您的解释不感兴趣。您最好还是按我说的去做。"警察摸上腰侧的枪套，命令道。

真是个顽固的家伙，看来得徐徐图之。"我叫布鲁诺，是私家侦探。如果您想看我的证件的话，就在我的钱包里。"

"那也不能从这儿过，谁都不能。"这就是个穿制服的傻子。

"我不是要过去，"布鲁诺打断警察的话，补充说道，"我只是想和鲍尔警官与德拉克鲁瓦警官谈谈。能麻烦您叫他们一下吗？"

"我认为他们现在应该不愿意被外人打扰。"

"不好意思，我可不同意您的看法。"有时候，场面上的话就是用来迷惑那些缺乏判断力的人的，"我手上正好有一些关于萨曼莎·安德烈蒂一案的消息。我觉得刚才跟您提到的那两位警官一定会对此很感兴趣。"布鲁诺转头示意警察看副驾座位上的文件夹，"这些文件，我认为他们应该马上看看。"

警察伸出手："把文件给我，我会把它们转交给您说的那两位警官的。"

"那可不行，我要亲自交给他们。"

"如果这些文件真的很重要，您就应该把它们给我。"

"请让我再向您重复一次：不行。"

警察快被磨得失去了耐心："我能以妨碍司法公正的罪名逮捕您，您信么？"

"不，您不能。"布鲁诺不复之前普通小市民的模样，尖锐的眼神让车外的警察愣在当场。"根据现行法律，若私家侦探掌握对警方破案有利的证据，则有责任保管证据，直至将其交由案件调查的责任人。所以请恕我直言，您是我到这儿之后遇见的第一位警官，应该只是个普通的巡警？所以我不能把手头的东西交给您。您应该是能理解这点的吧？"

车窗外的家伙虽然还是一副威风的样子，但一时间竟也无话可说。片刻之后，他转身向自己的巡逻车走去。

接下来的十五分钟漫长而寂静，唯一的声音来自沼泽地里的蝉鸣。布鲁诺靠在萨博车的发动机车盖上吸着烟，两位警察则在道路的另一边紧紧盯着他。

然后，在道路的尽头，地平线开始发生一些变化。

很快，稀薄、炙热的空气中，一辆棕色小轿车的车头冒了出来。尽管还不能听见发动机的轰鸣，但眼见轿车飞快地逼近，在车后卷起一片尘土。

车上的家伙应该快气疯了吧。布鲁诺猜想。

轿车一个急刹车后堪堪停下，随之从车上下来两个健硕的男人。他们都穿衬衣、打领带，其中金色头发的那位就像杂志上的模特，而另一位黑人面容沉着冷静。嗯，简直就是电影里经典的警察搭档形象。布鲁诺一边看着他们，一边想道。

"我真不知道该不该给你的屁股来上几脚，然后撕了你那张嘴脸。"鲍尔抢先发难，"如果不老老实实把你手上的证据都交出来，信不信我不需要通过法官就能把你扔到监狱里去。"他威胁布鲁诺道。

德拉克鲁瓦只是站在搭档身后，观察着整个场面的局势，但也是一副随时准备出手的架势。之前的两位巡警一脸揶揄地看着他们。布鲁诺知道这两位心中想着什么：这下你的麻烦来了吧，侦探。

"别激动，伙计们，"布鲁诺堆出自己最和善的笑脸，"我可不是来这儿挑事的，我只是来尽一个好市民的义务。"他知道这种无礼的态度绝对会把警察惹得火冒三丈，但他必须让眼前的两位相信自己握有某些重要的东西。

"布鲁诺，我建议你把手上的东西拿出来交给我们，然后立刻离开这里。"德拉克鲁瓦说话了，"就算没有你来搅和，这一天对于我们来说也已经够糟糕了。"

"别呀。"布鲁诺装出一副苦苦哀求的样子。

"我们可没有工夫浪费在你身上。"

"我只需要你们五分钟的时间。"

鲍尔热得满头大汗，现在更是气得满脸通红："你最好真的有什么重要的线索。"

布鲁诺走到萨博车副驾的一侧，从敞开的车窗中取出放在座位上的文件夹。他一边走向两位警察，一边打开夹子，抽出那张纸，把它递给了德拉克鲁瓦。

"能是什么好东西？"鲍尔看都不看，语气里满是轻蔑。

"一份合同。"

这似乎有些出乎他们的意料，两人赶紧低头看向纸上短短的几行字。

布鲁诺没打算等他们看完："十五年前，就在你们这帮警察在外面瞎忙活的时候，萨曼莎·安德烈蒂的父母找到了我，希望我能够帮忙找到他们唯一的女儿。"

布鲁诺仍记得他们碰面时的情形。那是一个星期一的上午，在一家人头攒动的快餐厅一角。萨曼莎已经失踪了好几周，她的父母手牵手坐在自己面前，看上去也不知几夜未眠。他们解释说，是警局的一位警察给了他们布鲁诺的联系方式，他甚至还暗示他们，如果只依赖官方途径，也许永远都没有希望找到他们孩子的踪迹。

那位好心的警察说得没错，随着时间一分一秒流失，解决一桩失踪案的可能性也在快速降低，三天之后，几乎就没有什么希望了。当然，如果有什么线索，便该另当别论。但萨曼莎一案既没有任何线索，也没有目击证人，仿佛在那个 2 月寒冷的早上，她在上学途中就这么凭空消失于惨淡的阳光中。

布鲁诺还从来没有接过寻找失踪儿童的案子，而且案发时间距离现在已经太久了。时隔几个星期，所有的证据都已经被污染，证人的记忆也不再那么清晰。他也尝试过向女孩儿的父母解释这一切，但他们仍然十分坚持。"我们看过您的履历，知道您非常厉害。求求您了，让我们知道我们的女儿到底在哪里。"萨曼莎的父亲如是说。

私家侦探基本原则之一，不可同情委托人。

这听上去很无情，但布鲁诺知道，绝对不能让委托人的情感控制影响自己。不论仇恨还是怜悯都是会传染的，通常它们会阻碍本该明晰、公正的推理。有时，这些情感甚至还能带来危险。

他曾经就遇到过这么一个人，因为妻子罹患癌症需要治疗，所以偷了自己老板的钱。布鲁诺找到了他，但是因为同情他的遭遇，侦探决定给他一些时间，以便让他凑齐窃走的款额并自行将其归还给它的法定所有人。但布鲁诺低估了这个窃贼的决心：为了挽救心爱的妻子，他毫不犹豫地表示自己愿意按照布鲁诺说的去做，但实际上只是为了给自己争取逃跑的时间罢了。

布鲁诺知道，接手安德烈蒂一家的案子有很大风险。所以他虽然最终接受了委托，但也立下了许多明确的规定："你们必须提前向我支付两倍的委托金。不能给我打电话询问我调查的进度，我也不必定时向你们汇报工作进展。如果查到了什么可以告诉你们的内容，我会主动联系你们。如果一个月之内我都没有消息，那就说明我什么都没有查到。"

萨曼莎的父母听后十分不解，布鲁诺也希望他们能够就此打退堂鼓。但出乎他的意料，两人二话不说就签了合同。事隔数年之后，这份合同出现在鲍尔和德拉克鲁瓦的面前。

"你他妈的什么意思？"金发警官抬起头，恼火地瞪着布鲁诺。

"意思就是，根据那张纸上的内容，我是有权跟进这桩案子的。"

"这张合同已经是太久之前的事了。"德拉克鲁瓦语气平静，伸手将纸递还给布鲁诺。

但布鲁诺并没有把合同接过来。"你在开玩笑吧？合同上又没有说委托什么时候到期。除非客户撤销委托，否则合同一直有效。"

鲍尔又一次冲向布鲁诺，但德拉克鲁瓦举手示意他别动："也是。不过既然萨曼莎·安德烈蒂已经找到了，我觉得这儿就不需要你了。如果你还想接着干什么，随意……"鲍尔听见搭档的话不再生气，甚至还笑了起来。德拉克鲁瓦又一次把手中的纸递给布鲁诺。

布鲁诺依旧不理睬对方的动作："报纸上说，萨曼莎是在两天前被途经这块区域的几个巡警偶然发现的。不过就我所知，怎么好像是因为一通匿名电话呢？"

鲍尔脸上的笑容骤然消失，德拉克鲁瓦的表情看上去则没有什么变化。

"我知道，因为当时没有及时找到这个女孩，警方面临着民心涣散的危机。"布鲁诺加了一把火，"但是你们直接把找到萨曼莎的功劳揽到了自己身上，区区两个看守路卡的警察甚至还因此觉得自己成了英雄，坦白讲，我真觉得有些过了。"他一边说一边看着巡逻车边的两个警察。听见自己被作为典型给提了出来，两人都尴尬地移开了目光。

"我们没有义务向你说明什么，也没有义务和你分享我们的保密信息。"德拉克鲁瓦依然沉住气，但也实在忍不住要好好教训布鲁诺一顿，让他明白玩笑开得实在有些大了。

"你恰恰就错在这儿了。"布鲁诺指着合同反驳道，"根据合同当中的第十一条第二款，萨曼莎·安德烈蒂的父母授权我可以在警方面前全权代表他们，甚至还指定我在没有其他家人的情况下作他们女儿的监护人。"合同条文中规定，如果布鲁诺找到当时还未成年的小萨曼莎，在把女孩儿送回家之前，他有义务保障孩子的安全。虽然合同中所描述的情况从未出现，但那些话他倒可以用来达成一些别的目的。

"这条款早就没用了，"鲍尔的语气一如既往地冲，"萨曼莎已经是个成年人了，而且两位委托人中母亲已经去世，父亲也找不到行踪。"

"就算她已经不是未成年人，我们也需要看她有没有辨认和控制自身行为的能力。坦率地说，我对此抱有怀疑，因为她仍处在昏迷状态……现在她只有父亲了。但除非你们找到他，或他亲自撤销对我的委托，我都有义务尽可能地表达我的客户，也就是萨曼莎·安德烈蒂的需求。"

德拉克鲁瓦显然比他的搭档更加沉稳，也更加实际："我们会去找法官废除你的合同。我觉得说服他并不是一件多麻烦的事，只要让他看你一眼就行。"

布鲁诺知道德拉克鲁瓦说得没错。这毕竟是一个十五年前的案子，考虑到这一点，法官就会怀疑自己有什么企图。他已经打算好了之后的行动，但还是装出认真考虑的样子："好吧，那我跟你们定个协议吧。"

两位警察等着他接着往下说。

"在我的档案里，有很厚一沓文件是关于我十五年前的调查结果的。"布鲁诺希望这个十分符合逻辑的谎言能够打动眼前这两个人，但实际上，他所谓的文件只有他们面前的这张纸而已。萨曼莎·安德烈蒂一案是他遇到过的最棘手的案子，因为他和警方一样最终一无所获。

没有任何人类活动可以丝毫不留下踪迹，尤其是犯罪行为。

这条黄金原则贯穿私家侦探职业培训的始终。甚至可以说，这个简洁的论断与另一条黄金原则一起构成了私家侦探这个职业的基础：

没有完美的犯罪，只有不完美的调查。

这就是为什么在布鲁诺·金柯职业生涯中少数几个没有破获的案件中，安德烈蒂一案是最让他在意的。在调查此案的那段时间里，布鲁诺甚至一直怀疑是否真的有一个绑匪。

这混蛋最高明的把戏就是让所有人都认为他并不存在。

"你是在跟我们提交换条件吗？"鲍尔问，"我没理解错吧？你把文件给我们，前提是让你插手我们的调查。是这个意思吧？"

"不。"德拉克鲁瓦比鲍尔更快察觉到了这个协议的本质，他纠正自己的搭档道："他是想帮我们收拾这个烂摊子……"

布鲁诺点点头："我的文件里包括警方收集的证据、证人证词，以及当时不知为何被忽略的一系列重要线索……总之，它们能证明你们警方当时过早放弃了对萨曼莎·安德烈蒂失踪案的调查。"他跟两人彻底摊牌，"如果这些东西被媒体拿到可就糟糕了啊。不过这件事确实令人感到遗憾，而我作为萨曼莎合法的监护人呢，有义务通过各种方式披露此次案件中尚存的疑点。"

两位警察默不作声，一脸严肃。

布鲁诺知道，把警察们逼到无路可退的地步不会是件好事儿，因为他们早晚会让你付出代价，而鲍尔和德拉克鲁瓦现在的态度绝对让人有一种不好的预感。如果请求他们让自己加入警方的调查无疑是异想天开，这样的要求不但他们不会接受，还会给自己惹来一身的麻烦。再加上自己也是在虚张声势，所以布鲁诺决定重新和他们谈谈："我无意散播手头的这些文件。"他不慌不忙地向两位警察保证，"我知道，如果我这么做了，我就没什么理由阻止你们弄死我了。我还没这么傻……我只是想让你们帮我一个小忙，之后立刻从你们眼前消失，我保证。"

"我可不想对他做出任何的让步，"鲍尔对搭档说道，"我倒是要看看，这混蛋是不是真的有种把事情都告诉媒体。"

这满脑袋金毛的家伙很可能已经在幻想拳头落在布鲁诺身上的美妙感觉了。"不过你也不能把我怎么样。"侦探一边腹诽，一边盯着鲍尔呆蠢的眼睛。这是将死之人仅有的几个优势之一：人生的终点近在眼前，反倒成了一种超能力，让人变得似乎无懈可击。

"成交。"德拉克鲁瓦突然说道，"你想要什么？"

布鲁诺转身看向他："我要听那通匿名电话的录音。"

8

警方正在沼泽地区搜索萨曼莎·安德烈蒂之前被囚禁的地方，而协调、领导这些搜索行动的指挥中心正位于这个区域中心的一片空地上。空地上还有一个废弃的加油站，如今只剩下钢筋混凝土的骨架。每一年，沼泽都会吞噬掉一片陆地，毫不留情地将那些试图征服这片土地的人类驱逐出去。

就算有那么多警察，这块地方看着还是很凄凉啊。布鲁诺心想。

下车后，他看向四周，立刻被那些从帐篷与拖挂房车中不断进进出出的一众技术专家与警员晃花了眼。

众多配备水陆两用车和警犬的搜索小队在沼泽地上忙碌着，专家组也加入了警察的队伍，在他们的流动实验室内检查分析每一份收集来的样本。加油站原先安装油泵的位置上现在停着一架直升机，用于从高空巡查这片区域。

在前头带路的鲍尔和德拉克鲁瓦下车后朝布鲁诺走来。

"你该知道自己有多幸运吧？"鲍尔说，"居然勒索警察。我们本不该向你这样卑鄙的人妥协。"

布鲁诺笑了笑，正准备好好回击一下，却被别人打断了他们的对话。

"德拉克鲁瓦。"一个声音恼火地喊道。

布鲁诺转过身，看见一个身着蓝色西装，打着领带的家伙朝他们走来，脸上的表情看上去不怎么友善。他的身边跟着一条毛茸茸的大狗。

"我去处理一下，很快就好。"德拉克鲁瓦回头向来人走去。

鲍尔拉着布鲁诺外套的袖子命令他道："我们走吧。"

布鲁诺一边向前走，一边盯着远处两人的一举一动。

"现在都没有人接我的电话了。"那个陌生人抱怨道，"你们什么时候开始找她？"

布鲁诺思索了片刻，不知道他们指的是谁。找谁？萨曼莎·安德烈蒂已经找到了呀。但是陌生人身边的大狗突然发出的狂吠声盖住了两人说话的声音。

"乖了，希区柯克。"狗主人命令道。

布鲁诺放慢脚步，观察着两人之间激烈的争论。

而鲍尔则站在房车的台阶上，不耐烦地等着布鲁诺："嘿，你到底决定没？"

房车里配备了精密的仪器，正在对匿名电话的录音进行分析。音频文件被分解成了不同颜色的图表，显示在几台电脑的屏幕上。四个技术人员正在文件的背景噪音中寻找线索，希望能以此确定来电人的身份。

在图表的任何一个波峰上，都可能隐藏着某个来电人之外的声音，也有可能是某个钟楼的钟声。如果运气再好一点，或许还能听见某人的名字。分析的目的在于找到来电的地点以及有可能指向来电人身份的证据。

布鲁诺可做不到待在转椅上一动不动，所以在足足五分钟的时间里，他双手抱在胸前，一直打量着周围的环境。而鲍尔则站在一边死死盯着布鲁诺，被他不停的动作弄得心烦意乱。在德拉克鲁瓦回来之前，两个人都一言不发。

"不好意思。"德拉克鲁瓦登上房车时满头大汗。借着在自动饮水机接水的空当，他问自己的搭档："你跟他说什么了吗？"

"还没有。"

德拉克鲁瓦拖过一把椅子，放在布鲁诺的面前："接下来我们对你说的一切必须保密，"他让鲍尔拿来一份表格和一支笔，"如果听见任何相关的风言风语，我们会直接去找你算账。"

"那我可得祈祷周围的警察没有人会收受媒体的贿赂。"布鲁诺反唇相讥。他在表格上签了字，把它递还给鲍尔。

"来电人用的是偷来的手机。"德拉克鲁瓦开口说道，"之后手机就关机了，或者直接被毁了，所以我们根本查不到手机的所有人。"

"我们追踪到，打电话时手机所在地点距离萨曼莎·安德烈蒂被发现的地点大约有十二公里。"鲍尔补充道，"所以不论是谁发现了她，都有充分的时间决定是否要报警。"

"你们没有考虑过报警人就是绑匪吗？"布鲁诺问。但他其实早已否定了这个猜测，因为他并不认为在不知道用多少种方法虐待并监禁了萨曼莎十五年之后，那个恶魔会做出此番怜悯他人的行为。

"我们排除了他是绑匪这种可能，因为电话里声音的频率显示对方是一个年轻人。据推算，绑架案发生时，他应该刚步入青春期。"德拉克鲁瓦解释说，"不过他也可能是个共犯，现在对自己的行为感到后悔，而且害怕被警方发现。"

布鲁诺觉得摆在眼前的情况很是复杂。在他看来，警方的调查似乎已经走进了死胡同。面前的两位警察看似十分配合，不过谁能说得清楚，他们是否只是营造了一个假象，实则却对许多重要的信息闭口不言呢。"我现在可以听一下电话录音吗？"

鲍尔示意一位技术人员开始播放录音。一阵沙沙声从仪器里传了出来，但很快便被来电时那种最常见的、有规律的铃声打断了。

"紧急事件处理中心。"接线员的声音。

"嗯……我想找警察……"随后是一个男性犹豫不决的声音。

"请问是什么事呢，先生？"接线员不慌不忙地说道，"请您告诉我是什么样的紧急情况，然后我会为您转接电话。"

一阵短暂的沉默。"有一个没穿衣服的女人，我觉得她可能受伤了。也许她还断了一条腿，现在需要你们的帮助。"

训练有素的接线员知道不能引起报案人的惊恐与不安，所以她依然十分平静："是交通事故吗？"

"我不知道，但我觉得应该不是……我没有看见汽车。"

"您认识那位女士吗？是您的亲属吗？"

"不，不认识。"

"您知道她叫什么名字吗？"

"不知道……"

"您所说的那位需要帮助的女士在哪儿？"

"嗯……在 57 号公路上，但我不知道确切的位置。就是那条向北穿过沼泽地的公路。"

"她现在有意识吗？"

"我觉得应该有吧……当时给我的感觉是有意识的。"

"她现在和您在一起吗？"

对方没有回答。

"先生，您能听见我说话吗？您现在和那位女士在一起吗？"

片刻的犹豫之后，男声回答道："没有。"

"请问能告知我您的身份信息吗？"

男声听上去很急躁："好了，我已经都告诉您了，现在这事儿和我没有任何的关系……"线路突然断了。对方已然挂掉了电话。

技术人员关掉了录音。鲍尔和德拉克鲁瓦转头看向布鲁诺，示意侦探这就是他想听的所有内容，他们也没有什么要告诉他的了。

但布鲁诺觉得这还不够："既然这个人既不是实施绑架的人，也不是此案的同谋，那他为什么不愿意说出自己的身份呢？"他早就对此事疑惑不已，"他为什么要躲在暗处呢？"

"就算我们知道，也肯定不会告诉你啊。"鲍尔回答。

布鲁诺装作没有听见他的话，因为德拉克鲁瓦看上去突然对侦探的看法很感兴趣。"发现萨曼莎的时候是在深夜，"他继续说道，"可是谁会在大晚上的时候去沼泽地呢？还带着一部偷来的手机？"其实他能猜测到大概是哪两类人，房车上的人也得出了同布鲁诺一样的结论："贩毒的和偷猎的。"

"这个人想要隐瞒些什么，他绝对不能把自己的名字告诉紧急事件处理中心。"德拉克鲁瓦肯定地说。

但这样的回答不能完全说服布鲁诺，他还察觉到了一丝异样。"我能再听一遍录音吗？"他的要求出乎所有人的意料。

"凭什么啊！"鲍尔咬牙切齿道。他可不打算再做出任何让步。

布鲁诺直接看向德拉克鲁瓦，无奈地摊了摊手。这位可比他的搭档理智得多，当下便点头示意技术人员。

录音又重新响了起来。

这一次，布鲁诺尽可能地想要记住来电人的声音，捕捉里面的每一个细节、每一个声调、每一个隐藏其中的变化。

地方口音；声音沙哑，应该是个抽烟很厉害的人；在颚辅音的发音上有很明显的缺陷。

他之前的感觉没错，此人的话语中隐藏着小小的异样，那是任何仪器都无法捕捉到的一丝颤抖。这还不仅仅是毒贩或偷猎者之流对自己的非法行为可能被揭露的害怕。还有别的，布鲁诺对此十分肯定。

是恐惧。

9

"那你现在感觉怎么样？"

"很好。"

"真的？"

"和今天下午比起来没有什么变化……"

随着夜幕降临，促织的低吟取代了白日里蛄蟟的高歌。酷热不减，但空中挂上了一轮满月。萨博车停在路边，几乎被一棵杨柳低垂的枝条完全盖住。布鲁诺借此机会正在给琳达打电话。

"那你至少吃了些东西了吧？"

"还没，不过我保证晚些一定吃。"朋友的挂念对布鲁诺来说是一件令自己高兴的新鲜事，还从来没有人这么关心过自己。也许这也与他一直将别人拒于千里之外有关。不过布鲁诺对这样的选择并不后悔，就算从医生那儿得知自己命不久矣后仍然如此。无需反省，不必惋惜，只是有些遗憾。

"安布鲁斯旅馆115房间的保险箱里装的到底是什么？"琳达突然问道。

布鲁诺沉默不语。他想就此结束这次通话，但电话另一端的人显然没有这样的想法。

"我今天一直在想这件事……如果我必须毁了它，那么你应该告诉我，密封的信封里到底有什么？"

侦探一手搭着方向盘，一手拿着手机。他突然觉得手中的这个小玩意儿变得无比沉重："没有人强迫你去这么做，"布鲁诺的声音异常冷漠，"我只是觉得自己可以信任你而已。"

"我知道房间号，知道密码，甚至可以现在就去把东西打开。"琳达非常固执地回答道。

"那个信封和你没有任何关系。"

"我怎么觉得你想要对我隐瞒的远不止这些呢？"

因为一切都是真的，因为我害怕。但布鲁诺不会把这些话告诉琳达。他闭上眼睛，深深地吸了口气，而后发觉琳达哭了。

"你救了我的命。知道这意味着什么吗？可我现在却救不了你……你能明白我的感觉吗？"

不，他确实不明白。对感情的认知和理解从来都不是布鲁诺的强项。这时，一辆黑色货车从他车边经过。布鲁诺立刻看了看手表。二十一点零六分。"我该走了。"他说。

"只要还有呼吸……"琳达抽着鼻子提醒他。

布鲁诺觉得自己仿佛看见了琳达，蜡烛发出的光在房间里投下斑驳的影子，而她正紧裹着晨衣，蜷缩在床上。"当然。"他语气温柔地做出保证后，便挂了电话。随后布鲁诺抬起头，目光越过汽车的挡风玻璃向前方看去。

距离他大约一百米处是一家叫做"杜兰"的酒吧。酒吧外，霓虹灯的招牌色彩斑斓；里面则可以打台球，还有卫星电视供顾客观看体育比赛。停车场里约莫有二十来辆车，其中大部分是越野车和皮卡。

看上去里面应该有不少人。

过去的三个小时中，布鲁诺一直在观察这里的情况。在车里进行监视是他工作中最困难的部分，有时甚至需要持续好几个星期。电影里，私家侦探为了打发时间，经常会做做填字游戏，或是带上一壶咖啡。但真正在这个行当里摸爬滚打过的人知道，哪怕是片刻的分心，都有可能使之前长时间的努力付诸流水；而咖啡因的摄入，会让他们不断地想去卫生间。

仅靠耐心是不够的，还需要高度的纪律性。因为这项工作最大的问题不是无聊，而是每天例行公事般的工作内容。日复一日盯着眼前一模一样的场景很容易让人产生一种惯性，而这种现象无疑是危险的。

现在，布鲁诺活在死亡馈赠给他的时间里，但他之前从没有想过还要把这当中的一部分投入到监视工作中去。深凹下去的车座椅就是他花费在车上无数时光的证明。

有一次，布鲁诺受委托追查一名债务人。与雇佣他的债权人想法不同，他认为此人绝对还没有离开这座城市。于是布鲁诺在这个债务人的屋外蹲守了整整二十天，每天的内容不过是盯着房屋的每一扇窗户和入口处的大门。从早到晚，时时刻刻都有他的家人在此间出入，却始终不见他的踪迹。布鲁诺决定把他逼出来。一直以来每一个人类都会被两样东西所惑，有时甚至会因此失去理性：性和金钱。布鲁诺所要做的仅仅是伪装成外国大使馆的官员给债务人的妻子打一通电话。他告诉对方，她的丈夫有一位远亲在许多年前移民国外，现在过世后留下了大笔的遗产交由她丈夫继承。但受益人必须亲自前往相关部门接受遗赠物并办理常规的官方手续。一个小时后，债务人从自己的住所里走了出来。

就在布鲁诺回忆这个案件之时，之前从他车边经过的那辆黑色货车又从反方向开了回来。不过这一次，它在经过杜兰酒吧门前的停车场时放慢了车速，让人觉得它似乎想要停车。但几秒钟之后，它却加速离开了。当它经过萨博车跟前时，布鲁诺看了看表：二十一点三十一分。

他最多只有二十五分钟的时间。

　　布鲁诺把车停在杜兰酒吧门前，下车后便径直向酒吧的大门走去。

　　甫一跨过门槛，布鲁诺便觉得至少有三十余道怀疑的目光向自己投来，把他从头到脚看了个遍。这并非多难理解的事：在穿戴着格子衬衣、长筒靴和鸭舌帽的人群当中，身着全套浅色亚麻西服、神情疲惫沮丧的布鲁诺无疑是个异类。

　　因为有人抽烟，酒吧的吧台上变得烟雾缭绕；通过立体声音响设备播放的民谣中，时不时传来台球相撞的清脆响声。

　　为了查明发现萨曼莎·安德烈蒂的人到底是谁，警方的调查范围限定在了那些经常出入沼泽地区的人之间。通过与鲍尔和德拉克鲁瓦的对话，布鲁诺几乎已经可以确定嫌疑人是毒贩或者偷猎者。但布鲁诺把赌注压在了后者的身上。毕竟，对于毒贩来说，一旦被发现就要锒铛入狱坐上几年牢，为了救个女人，太不值当了。

　　"你想来点什么？"酒吧招待问道。这个年轻女子穿着一件军绿色背心，可见之处刺满了纹身。

　　"一杯白啤，一杯龙舌兰。"布鲁诺并没有坐着等待酒吧招待送上他要的酒，而是走到正在播放足球比赛的大屏幕前。电视开了静音，他可以装作对比赛感兴趣的样子，借机观察周围的情况，更能够让酒吧里的顾客习惯他的存在。酒吧招待很快便端来了酒水。布鲁诺一口喝下龙舌兰，把钱交到女子手上，便开始端着啤酒在酒吧里四处转悠。

他感受到了周围人的敌意：沼泽地区的人们早已对生活的艰辛感到麻木，也不屑于什么优雅的举止，尤其是面对那些沼泽地区以外的人。布鲁诺在台球桌前转了转，看了他们几杆球，却也不过是为了看清在场人员的面孔。

杜兰酒吧不仅是这片地区唯一的娱乐场所，还是偷猎者、偷渔者碰面的地方。布鲁诺并不确定自己要找的人就在这里。不过两次从酒吧前经过的那辆黑色货车几乎证实了他的方向没错。

"我们排除了他是绑匪这种可能，因为电话里声音的频率显示对方是一个年轻人。据推算，绑架案发生时，他应该刚步入青春期。"德拉克鲁瓦之前说过。于是布鲁诺开始排除在场那些年龄超过三十五岁的人。人数降到了十个左右，不过这还是有些多。为了进一步缩小范围，他走过其中几个人的身边，力图从他们的说话声中捕捉到一些熟悉的声音。

布鲁诺只听过两次电话录音，所以想要仅靠耳朵认出那个他要找的人是不可能的。但是一个人的声音能够说明很多东西：他来自哪儿、他有什么习惯，甚至他拥有怎样的相貌。

地方口音；声音沙哑，应该是个抽烟很厉害的人；在颚辅音的发音上有很明显的缺陷。布鲁诺概括总结了他要寻找的声音特点。但是前两条几乎没什么用，因为他要找的这个人出生、成长于这片区域，而这里烟民所占的比率可谓相当之高。第三条也不算是什么不一般的特点：发音上的缺陷有可能是因为那人少了几颗牙，也有可能仅仅由于他打电话时正好在嚼口香糖。

当布鲁诺转身看到玻璃门边的几张桌子时，他有了新发现。

一位强壮健硕的年轻人正独自坐在桌边，一脸沉思地望着门外。第一眼看上去，这人大概不到三十岁的样子。年轻人的面前放着一瓶啤酒和一盘吃了一半的薯条，而他正拿着一根牙签在番茄酱里划来划去。

吸引侦探注意力的是他那双布满老茧的手，而他裸露在外的皮肤看上去就像熔化的蜡一般。布鲁诺立刻想到了烫伤。一条更显眼的伤痕顺着脖子一直延伸到脸颊的底部。年轻人蓄着稀稀拉拉的胡子，显然是想借此掩盖烧伤的痕迹。

布鲁诺决定把希望押在他身上。

"我能坐在这里吗？"布鲁诺把啤酒杯放在他面前的桌上。

年轻人抬起头："我们认识吗？"声音沙哑。看来并不是因为抽烟太厉害，布鲁诺心下想。应该是在火灾中吸入浓烟导致的后果。这也能解释他发颚辅音时为何有明显的缺陷：那道伤痕很有可能不仅仅是表面上看到的那点，也许口腔到咽喉部位也存在损伤。

布鲁诺告诉自己，这个年轻人一定在火灾中吸入了烟雾。只有煤油才会造成这样的结果。偷猎的人经常会用它生火，以便把野鸭从矮树丛中驱赶出来。

布鲁诺不等年轻人同意便坐了下来。对方还来不及提出抗议，就因为他短短的几个字愣住了："警方知道是你打的电话。"

"你说什……"年轻人一下急了。

但布鲁诺并不打算给他反驳的时间："他们会逮捕你，并指控你参与绑架。你明不明白？"

年轻人被布鲁诺的话吓得目瞪口呆。

从他的反应来看，布鲁诺知道自己猜对了："一辆黑色的货车已经在外面来回经过了两次，这说明警方正在监视杜兰酒吧。也许这里四处早就都被装上了微型麦克风，对此我并不会感到惊讶，他们有电话录音，也有相应设备能够从人群中识别出特定的声音。假如事情果然如我所想，警方知道你在这里，那么他们在附近肯定已经布置了人手，而且随时有可能从那扇门冲进来。"布鲁诺转身看向酒吧入口。

年轻人呆愣地随着他的目光看着同一个方向。私家侦探的话已经把他吓坏了。

"等那辆伪装过的货车第三次从酒吧前面路过，就是警察发动突袭的信号。"布鲁诺指着玻璃门说道。然后他又看了看手表："我们还有不到十分钟的时间。"

就像刚刚迎面挨了好几记勾拳的拳击手，年轻人现在一脸的茫然。

很好，不要给他留下任何思考的时间。"你叫什么无所谓，我只对你说的话感兴趣。"

"你想让我做什么？"年轻人还没有从侦探的话中缓过神来，仍旧震惊地盯着玻璃门。

布鲁诺想让年轻人觉得自己是他唯一的希望，现在他马上就要成功了。"我会问你几个简单的问题，你只需要回答我，我所说的是否和事情发生的经过一样就可以。"

年轻人转过头，慌乱地看着布鲁诺。

"两天前的晚上，你在沼泽地里围猎。回来的途中，你发现了躺在路中间的那个女人。"

年轻人点了点头。

"你停下车，然后从车上走了下来。"

"是皮卡。"尽管没有必要，年轻人还是纠正道。

"好，你从皮卡上走了下来，还和她说了话，但她当时表现得很惶恐不安。"

"她祈求我不要离开。"

布鲁诺想象了一下当时的场景：不着寸缕的萨曼莎攀着年轻人的腿，显得那样脆弱与惊恐。这是她这么多年来看见的第一个人类，而不是绑架囚禁她的那个恶魔。就她的判断，从她被绑架那天起，囚笼外的这个世界应该已经过去了一段时间。

　　"她的身上有很多擦痕，而且还断了一条腿。"年轻人接着说道，"我当时认为她可能经历了一场交通事故。"

　　"交通事故？"布鲁诺重复着年轻人的话，意在让对方知道自己并不会轻易相信他的说辞，"那你倒是说说，你为什么会丢下她不管，独自离开那里呢？"

　　"我有一些前科，"年轻人辩解道，"所以不想惹什么麻烦。"但他一边说着，一边垂下了眼眸。

　　看来他不仅仅是在撒谎，布鲁诺想，还有羞愧。"什么样的交通事故能让你弄折一条腿，还一丝不挂？"私家侦探想起听电话录音时，自己察觉到年轻人声音中被刻意压制的情绪。

　　恐惧。

　　"你跟我说的都是一堆屁话。"布鲁诺突然说道，"其实你当时已经吓尿了吧。"说这话时，他居然感到一丝奇怪的悲悯。从脸色看，这年轻人的生活一定相当不易。

　　对面的人惊恐地看了看四周："嘿，我没有……"

　　随着时间一分一秒地流逝，布鲁诺不能再让自己有分毫的同情："你害怕，因为那个女人告诉你有人在追她。"对方沉默了一会儿，布鲁诺觉得自己说中了。

　　然而年轻人随后摇了摇头。

　　"当时确实有人在追她，对吗？"布鲁诺坚持道，他确信自己没有说错。侦探觉得自己的肾上腺素在激升。

　　年轻人依然沉默。但这一次的犹豫已经等同于承认。

布鲁诺根本没有预料到会得出这样的结果。这个年轻人此刻的表现真的意味着他面对面看见了那个绑架萨曼莎·安德烈蒂的人吗？那个十五年来都没有被发现身份的人？早已病入膏肓的心脏正疯狂地跳动，布鲁诺希望它千万不要在这个时候罢工不干。要控制自己激动的情绪，要冷静，这样才能更好地处理眼下的新情况。"你能描述一下他的样子吗？"他从外套口袋里掏出一支笔，然后又摸出了那张诊断证明——这是他手边唯一能用的一张纸了。

年轻人显得有些情绪激动。

"别着急，我们一步一步慢慢来。"布鲁诺做好记录的准备，"他是长发还是短发？"

"我不知道……"

"那高、矮、胖、瘦呢？……他的穿着是怎么样的？"

年轻人耸了耸肩，躲避着侦探的目光。

时间飞逝。太快了，留给布鲁诺的时间已经不多了。他必须尽快离开这里，以免卷入警方的突袭之中。"你怎么可能不记得？警察可不吃你这一套，他们会要你好看的，你知道吗？"布鲁诺直觉地感到年轻人还在害怕，可现场并没有警察给他这样的压力。对方的眼中涌起泪水。恐惧。侦探再次肯定。他必须弄明白当时到底发生了什么，必须。"那人有武器？"

"我不知道……"

"你当时起码是带着枪的吧？"鉴于对方是一名偷猎者，这样的推论非常容易。

"步枪。"年轻人小声承认道。

"所以就算在最坏的情况下你也可以做到自卫。那你为什么还要逃跑呢？"

年轻人坚决不肯开口了。

布鲁诺看了看时间。十分钟马上就要过去，现在待在这里已经不安全了。但他来这一趟不能一无所获。"嘿，听着。那个可怜的女人曾经祈求你的帮助，你却抛弃了她。就冲这一点，也能让你在牢里待上二十年。不要第二次犯这样的错误……你以为靠一通匿名电话就能洗刷你心中的罪恶感吗？就算是混蛋的罪犯也从不会忘记自己是个人，要有良心。我可以向你保证这样的人我见过不少。这很可能是你最后一次机会，能让你的良心日后不受谴责。"

"可就算我说出来，你也不会相信的……"年轻人抬头看着布鲁诺哀求道。

"有什么是我不能相信的？妈的，说啊……"侦探开始失去耐心——三分钟，玻璃门外的街道上还看不见人。

"他是从树林里出来的。我知道他要找的就是那个女人。当他看见我们时，就停下了。"

"然后呢？"

"没有什么然后。他就站在那里，盯着我们……他让我觉得毛骨悚然。"

"为什么？"

"因为那家伙……"

"那家伙怎么了？"

年轻人对这个问题有些逃避："我不能告诉紧急事件处理中心的人，否则他们会把我当成疯子，这样就没有人来帮助那个女人了。"

他说什么？他当时有什么不能说的？布鲁诺正在想着该怎么从年轻人口中得到自己想要的信息，眼角却瞥到酒吧门外有一个黑色的影子晃过。

那辆伪装的货车。时间到了。

布鲁诺猛地站了起来，准备尽快离开这里。当他正准备把诊断证明和笔塞进口袋时，年轻人一把抓住了他的胳膊。

"你是来帮助我的吗？"他的双唇不住地颤抖。

"不是。"欺骗之后，布鲁诺终于向他坦承道。失望和害怕浮现在年轻偷猎者的脸上，但他对此已经无所谓了。布鲁诺紧紧盯着杜兰酒吧的大门。特警会使用闪光弹令潜在的对手失去反抗能力并消除一切可能的威胁。侦探在心中计算着，在灯光突然熄灭，特警打碎玻璃，扔进闪光弹之前，他需要多少时间才能跑到门口。

"是一只兔子。"

布鲁诺正准备挣脱年轻人的手，却突然停下了。"什么？"他惊愕地问道。

年轻人从布鲁诺手中一把夺过诊断证明和笔画了起来，线条粗糙而幼稚。随后他又瑟瑟发抖地把纸递还给了布鲁诺。侦探看着手中的东西，一头雾水。

纸上画了一个人，却长着兔子脑袋，和一双心形的眼睛。

10

  格林向她探出身，帮她摘下了脸上的氧气面罩。然后医生看着她，微笑着问道："现在感觉怎么样？"

  自主呼吸还是会有些费力。

  "没事，你的肺会慢慢适应的。"格林把双手放在胸前，告诉她该怎么做。

  随着每一次的呼吸，情况确实在不断好转。"谢谢。"她转头看向一边的床头柜。

  黄色的电话还在那里，并不是她的幻觉。

  "你想给什么人打电话吗？"格林察觉了她的动作。

  "可以吗？"她难以置信地问道。

  医生笑了："当然可以啊，萨曼莎。"

  于是她试着想坐起一些。

  "等一下，我来帮你。"格林扶住她的胳膊，又往她的背后垫了一个枕头。随后医生又拿起电话，放进她的怀里。

  她拿起话筒，放在耳边。什么声音都没有。

  "打外线的话，你要先拨9。"格林解释道。

  照着医生说的话做完，电话中果然传来线路畅通的声音。真美妙啊，她因为自由和喜悦而发颤。然而她看着键盘上的数字，脸色又突然暗了下来。

"怎么了？"格林发现事情有些不对劲。

"我一个电话号码都不记得了。"

"这是情理之中的事。"格林安慰她，"毕竟已经过去这么长时间了，原来的电话号码也许都已经变了，你不觉得吗？"

医生的话让她松了口气。

"你不在的这段时间里，萨曼莎，这个世界发生了太多的事。"

"比如？"

"相信我，你会有很多的时间自己去发现这件事。"格林拿起电话，把它又放回到原来的位置上。"电话就在你手边。之后你想起什么号码，马上拨出去就行了。"

她点点头。医生如此耐心礼貌地向她解释一切，让她安心，对此她是心怀感激的。"他们也忘记我了，是吗？"话中所指的那些家人和朋友，她同样一个都不记得了。

"唉，对于任何人来说，接受你失踪的事实都不是一件容易的事。"格林坐回自己的座位，"面对死亡，我们尚能妥协，因为不久之后，怀念便会取代悲痛在我们心中的位置。然而当你所爱之人一直没有下落时，你心中仅存的唯有疑虑和担心。在你得到一些相关消息之前，它们会一直紧紧纠缠着你。"

"那我的父母呢，他们怎么还没来？"

"你的父亲很快就会来的。他搬家了，所以警方还在查找你父亲的住址，以便告诉他这个好消息。至于你的母亲……"格林的神色黯淡下来，"抱歉，萨曼莎，你的母亲几年前就已经过世了。"

她应该感到伤心才是。作为一个女儿，当被告知自己的母亲已经去世时，就该是这个样子的，不是吗？可她什么感觉都没有。"知道了。"她语气冷静，让人觉得她完全接受了这个事实，内心根本无需"与死亡妥协"，尽管死去的那个女人曾把她带到了这个世界上。

"等你恢复记忆你就会发现，等待你的除了对母亲的思念，也会有伤痛。"医生向她保证。

"没有悲伤不是更好吗？您说得好像它是对我有什么好处的事情一样。"

"我们没人能够逃避苦痛，萨曼莎。那样的人生并不完整。"

"难道您不认为我经受的痛苦已经够多的了吗？"她勃然大怒，"您又知道些什么？您又知道些什么，嗯？您有您自己完美的家庭，有孩子、妻子。我呢？他们抢走了我整整十五年的时间。不，情况可能更糟，也许我已经失去了人生的一部分。"

"你对托尼·巴雷塔这个名字有什么印象吗？"

谁？他和现在这事儿又有什么关系？

"你当然不记得他了。"格林自己回答道，"你有一个朋友叫做狄娜，也是你的同桌。很可能你现在完全记不起有这么一个人。你失踪的时候，她和警察说，那天你原本和托尼约了要见面。她还说，你们总是一起上学，所以是她告诉你托尼有话想和你说。"

她觉得自己不会喜欢医生接下来要说的话。

"那个男孩仅仅因此而成为警方的首要怀疑对象。"格林接着说道，"他们甚至猜测托尼杀了你，并进行了抛尸。"医生神情严肃地盯着她，"而我认为托尼·巴雷塔只是喜欢你，并且想告诉你这件事罢了……和你一样，托尼当时也只有十三岁。"

一时间两人都没有说话。

"对不起，我无意给你带来烦恼。我并不是说这是你的错，只是想告诉你，发生在你身上的事也影响到了很多人。他们和你一样，都是无辜的受害者。所以他们值得我们的同情，当然也包括你的，相信我。"

　　她的心因为内疚狠狠一抽："那我现在怎样才能帮到他们？"

　　"帮我抓住那个魔鬼。"格林给设备更换了新的录音带，"你还要加把劲，萨曼莎。"格林的话出人意料地严厉，"我们的时间并不多，你必须给我一些有用的信息……你能明白这一点吗？"

　　"我不知道……"她犹豫着没有把话说完。

　　"也许要你记起所有的事情还为时尚早，但起码有一些细节也是好的，比如他大概多高，说话时声音如何……"

　　她盯着医生："他从没有和我说过话。"

　　格林并没有立刻回应她的话，而是先打开了录音机。"十五年里，他甚至连一个字都没有和你说过吗？"

　　"您认为我一定是疯了，对吧？"

　　"当然不是。"医生赶紧回答道，"这只是信不信的问题。"格林看着她的眼睛，"你看，萨曼莎，很多人都相信有一个更高等的存在守护着他们的生命。他们把他称作上帝，认为他能够掌控、支配这世界上的一切。尽管看不见他，但他们知道，上帝就在那里，而且与他们之所以来到这个世界以及存在于这个世界的目的休戚相关。如果没有上帝，这些人会觉得迷茫无措，会觉得自己被抛弃了。上帝对他们来说就是一种需要。"

　　"您是说我需要那个魔鬼？我在保护他？"

　　"不，不是。关于那个人，你从没有看见过他，也没有听见过他说话。现在你要我相信他的存在，好，关于这点我当然信任你，因为我是站在你这边的。但是有些事情必须要有一个合理的解释，比如这么长时间之后，你到底是怎么跑出来的？"

她实在搞不明白格林医生想从她口中得到什么讯息。他到底想干什么？这时，她发觉有什么东西在缓慢地振动。

格林从搭在椅背上的外套口袋中掏出手机。是一条短信。"我们给你使用的神经型解毒药物很快就能帮助你恢复记忆。"他一边读着手机上的短消息，一边对她说道，"现在的话，抱歉，我得离开一小会儿。"

格林站起身，看了一眼萨曼莎的输液瓶后向房门的方向走去。

"格林医生……"她喊住了格林，"您能开着门吗？"

格林微笑道："我只是把门掩上，可以吗？"

见她点头同意，医生便为她留了一条窄窄的门缝。通过那条细缝，她可以看见医院的走廊。看不出来现在是白天还是晚上，但门边那个背对着房间的警察还在那里。这种安静让人感到十分舒服：医院里各种各样的声音远远传来，能让人听见，却并不喧闹。真想闭上眼睛啊，但她又害怕就这么睡过去。因为她相信，在梦里，"他"一定会回来的。

黄色的电话冷不丁响了起来。

一阵寒意遍布全身，让她僵在床上丝毫动弹不得，仿佛身下有一块巨大的磁铁紧紧地吸住了她。然后她慢慢地转过头，看向身边的床头柜。

电话尖锐的铃声依然响着，妄图吸引她的注意力。

她用眼角的余光看了看门外警察的反应，却发现他丝毫没有任何的动作。她想喊他，请求他的帮助，但恐惧死死掐住了她的咽喉，阻止她发出任何声音。

一片寂静中，电话一声接着一声，不依不饶地响着，像是召唤，抑或是威胁。

心中有一个声音告诉她，不必理会这铃声；然而还有一个声音也在悄悄说话，但内容却让她不愿接受：电话的另一端是她的一个老熟人、老朋友，打来电话的目的是想让她知道，自己很快就会去找她的。

带她回到她的家，回到迷宫。

她想起身，离电话越远越好，但打着石膏的腿却让她不得动弹。于是她转头看向另一边的单面镜。格林说过，警察就在那面墙后，听着他们的每一句对话。也许那儿现在没人？她举起手，试图引起警察的注意，同时又扭头看向门外。这次，她终于发出了微弱的声音，向门外的警察求助："不好意思……打扰了……"她的声音里有恐惧，也有羞愧。因为她知道害怕，害怕会使人显得很是愚蠢。

然而铃声消失了，和它来时一样突然。

现在，她能听到的只有自己急促的呼吸声，以及刚才那个可恶的铃声留在她耳边的回响。她转头再一次看向电话，想确定它是否真的不响了。是的，没有动静了。

幸好，一阵熟悉的声音拯救了她：叮叮当当的声音来自格林医生挂在腰带上的那串钥匙。很快，门打开了，格林随后走了进来。"萨曼莎，你没事儿吧？"

"电话，"她伸手指了指，"刚才电话响了。"

格林走到床边："没事的，也许只是有人不小心拨错了电话号码。"

她没有注意，甚至根本没有听医生在说什么。脑海中冒出一个模糊不清的印象，刚才的电话铃声在她尘封的记忆上打开了一个出口，有什么东西正喷薄而出——一段亦真亦幻的往事，一份刻骨铭心的记忆。

"不好意思……打扰了……"

那是她的声音，那是她不久之前试图引起门外警察注意时所说的话。但此时，这句话又在她的脑海中响起，因为她记得，自己说过同样的话语，只不过是在另一个时间、另一个地点……

她行走在迷宫之中。灰色的走廊显得如此漫长，它的尽头有一扇紧紧锁着的铁门。这门一直锁着——她对此十分肯定。然而这次，门的另一边却传来了什么动静。

像是有东西在金属表面摩擦。

声音很小，小到如同老鼠或昆虫在啃噬食物。但在寂静的迷宫之中，再小的声音也会显得异常清晰。她在自己的房间里就听见了，于是立刻跑出来查找声音的源头。

她一步步慢慢走近铁门，想着门后会有什么。她害怕看见房间里的东西，却也知道自己不能逃避。这绝非只是好奇。来到这里之后，她学会了要关注牢狱生活中的每一个细节，深究任何一个改变。

因为她不知道一场新的游戏会在什么时候、以何种方式开始。

直觉告诉她，门后一定有什么东西正在等着她。

"不好意思……打扰了……"她可笑地执着于自己的礼貌，期望有人能够回应她。

"您说得没错，"她看着格林，"我不是一个人。"

11

离开杜兰酒吧之后，布鲁诺正好从萨博车的反光镜中看到了警察发起的突袭。

还没有到城郊，收音机中就传来消息，说警方已经逮捕了萨曼莎·安德烈蒂绑架案中的首位嫌疑人。布鲁诺开着车，不停回想着酒吧里发生的一切。关于年轻人口中那个长着兔子脑袋的人，他到现在仍然感到难以置信。

"我们还不知道警方基于何种原因扣留了汤姆·科里迪，"播音员说道，"此刻，他正被带往秘密地点，并且很快会在那里受到警方的审讯。"

原来那个年轻人叫汤姆·科里迪。警方一定会把责任都推到他的身上。布鲁诺心想。这年轻人正好用来分散媒体和舆论的精力，这样一来，警方对真正绑匪的追捕工作就不会受到那么多的关注。一旦他们抓不住那个混蛋，这黑锅怕是只能由这个年轻的偷猎者来背了。

不过假如汤姆也向鲍尔和德拉克鲁瓦提起那个"兔头人"的话，也许警方会认为他有精神方面的疾病，这样他反而能逃过一劫。想到那两个警察发现不能用这个可怜的年轻人做替罪羊时脸上精彩的表情，布鲁诺忍不住想笑。

然而笑意被一阵阵的咳嗽压了回去。布鲁诺觉得有什么重物突然狠狠地压在了胸口上。萨博车危险地驶离原本的方向，插进了另一条车道。另一辆汽车恰好在此时突然出现，布鲁诺堪堪在事故发生前将方向盘转了回来。就在他以为自己的生命已经走到尽头时，疼痛与它来时一样一瞬间消失得无影无踪。

布鲁诺明白这应该是一个警告，他的心脏在提醒他注意休息。可是有什么必要呢？警方握有深入调查的手段和资源，而他的调查注定是有局限性的。何况他唯一的一条线索最终也断在了汤姆·科里迪和他虚妄的幻觉上面。

巨大的空虚和失望席卷而来。人生已经没有了目标，等待他的只有死亡而已。

布鲁诺回到市里时已经将近凌晨一点。道路堵得水泄不通，备受高温困扰、只在夜晚出门的人们涌向一条条街道，寻找消遣的地方。当然还有那些需要工作的人：办公楼灯火通明，里面也是人头攒动，川流不息。

布鲁诺觉得除了他之外，每个人都有事可做。而且他不知道该去往哪里。也许他可以回到昆比的 Q - Bar 散散心，转移一下注意力，和某个酒客闲聊几句；他也可以钻回自己位于安布鲁斯旅馆的 115 号房间，躺在满是污渍的床罩上，等待着困倦或是死亡来临。当然还有琳达的公寓，在她的那些独角兽中间，自己一定能感受到人类的温暖和友善。然而他们两人之间的关系现在已经夹杂进了一缕悲伤，可他不愿伤心忧郁，起码不是今晚。他希望今天能和过去无数个普通的日子一样，忘记还有明天，忘记自己尚且活在这世间。他曾经度过了多少个这样的日子？它们平凡无奇，在时光中成了过去，自己从未考虑过它们会对生活带来什么影响。然而此刻，它们却成了自己最渴望的东西。如果能够选择过去的某一天重活一次，只有一天，那他一定不会选择最令自己难忘的一日，而会是最普通的那一天。

我要回家。布鲁诺心下想道。因为最后是否有人能够发现他的尸体，对他来说已经不重要了。

与往常一样，布鲁诺将自己的萨博车停在两个街区之外，然后步行返回住处，以确保无人跟踪。累年的经验告诉他，这项举措十分必要：不能让别人知道自己到底住在哪儿。

这片区域就隐藏在市中心，还保留着一丝老式迷人的风貌。那些新近富起来的暴发户尚未发现这里，否则他们一定会花钱把这里改造一新。然而现在，此地的"商业活动"仅仅只有毒品交易而已。

布鲁诺来到自己居住了将近二十年的大楼，侧身避过一个醉醺醺的流浪汉后走进了楼门。因为电梯持续故障，他只能选择步行上楼。然而布鲁诺突然觉得自己提不上一点劲儿，每登上五六级台阶，他便不得不因为闷热的感觉停下来喘上儿口气。

每一层楼都不乏争吵和喧闹声，不过好在他的邻居们再怎么打闹也只是在自己的家里。所以尽管时不时警方会过来带走几个人，但总的来说，这里是一个藏身的好去处。

走到五楼的楼梯平台，布鲁诺把钥匙插进锁眼。进门后，他快速地将身后的房门关上，之后便静静地待在黑暗中。设置好的空调会准时自动运行，布鲁诺享受着屋里扑面而来的清凉。他深吸一口气，让房间的气味浸润自己的身体。

那是干净、整洁的气息。

打开灯，客厅里只有可怜的几件家具。一张沙发、一台电视、一张餐桌，除了必要的，没有任何多余的东西。厨房一眼就能看见，每一样东西都摆放在自己该在的位置上——厨房用具、咖啡机，还有一台榨汁机以及它边上的果蔬盆。食物就在架子上，冰箱里也是满的。

鞋、外套、内衣，布鲁诺将自己脱得一丝不挂，然后把皱巴巴的亚麻外套和满是汗臭味的衬衣一起用西服套里的衣架挂好，拉好拉链，布鲁诺又把套子挂到了衣帽架上。

赤脚踏上木地板，布鲁诺走进卧室。房间里甚至还有健身器材：一架跑步机和一张杠铃床。柔软的床垫、新近才洗过的床单和被罩，布鲁诺迫不及待想要躺上去。但在此之前，他必须先去冲个澡。

外面，他表现得懒散、不修边幅，可是回到家之后，布鲁诺还是更愿意表现出自己的真性情。

"不要引起他人的注意，"这并非私家侦探工作的首要准则。外表其实很重要，陌生人通常会把他们的注意力集中在七皱八褶、散发着烟味儿和汗臭味的衣服，以及拉碴的胡子上。寒酸的外表是最好的掩饰，毕竟人们的观察力只流于表面。当看到一个可怜卑微的人，他们通常都会认为自己比对方更加机智聪慧，这样他们的警惕性也势必会降低。

伪装，这才是真正的诀窍。

热水冲刷着身上的汗液与疲惫。布鲁诺闭上眼，尝试着平复心中的不安。又失败了，这是第二次。十五年了，萨曼莎·安德烈蒂回到他的视野只是为了折磨他而已。可为什么偏偏是现在？他都已经把这个人忘了，都已经把这个案子和其他未曾解决的案子一起埋藏在"杂物之家"的那个盒子里了。如果她晚一个星期再出现该多好，那时很有可能他已经永远无法得知这件事了。太可笑了，他居然以为自己可以解决这个案子。其实他又能做什么呢？抓住那个混蛋？还是能帮上谁的忙？

起码不能帮上萨曼莎。她不需要自己的拯救，她自己就已经做到了。

自己真的认为找到这个绑架犯就不会对萨曼莎感到愧疚了吗？现在最让布鲁诺煎熬的，实际上是他内心认为自己就是那个罪犯的同谋。萨曼莎的父母找到自己时，应该拒绝的。可他接受了委托。他把他们的钱塞进了口袋，还对他们如此苛刻。"你们必须提前向我支付两倍的委托金。不能给我打电话询问我调查的进度，我也不必定时向你们汇报工作进展。如果查到了什么可以告诉你们的内容，我会主动联系你们。如果一个月之内我都没有消息，那就说明我什么都没有查到。"

其实一开始布鲁诺对解决这个失踪案并不抱任何希望。那他当时为什么要撒谎呢？难道这只是一个可笑的考验，看自己的自控力是否能凌驾于自身的意志力，甚至有时，自己的灵魂之上？他会同情这个十三岁的女孩儿和她那苦苦哀求的父母吗？如果可以不受这种同情心的影响，他能认为自己通过了这场考验吗？这就是一切的真相？他只是想为自己那该死的自控力再添一份所谓的荣耀？

布鲁诺睁开眼，挥拳朝浴室墙上砸去。但是他停下了。不，他告诉自己。事实恰恰与之相反。

我不相信这个案件。这是我唯一犯下的错。

没错，我确实应该拒绝这个委托，但是我当时表现得不够理智。可是十五年前我真的尽全力了吗？不知道。现在我什么也做不了了。真的已经太迟了？

长着兔子头的人。他活该得到这个讽刺的答案。

布鲁诺希望能和某个人一起嘲笑这个结局——如果今晚他能带人回家就好了。一个女人，或是一位朋友。然而还从未有别人踏足过他的家。不过他并不后悔，一些事情总是要做出选择。

孤独能使人们对事物的感知力更加敏锐。布鲁诺提醒自己。

干他这个行当，拥有一种类似第六感的能力至关重要，它能让你直视别人的内心。但设想他人的观点和想法需要全神贯注，而家人、朋友显然会让你分心。

布鲁诺回到卧室，在镜子前擦干身子。镜子里的人明显消瘦了许多，每日训练塑造出的坚实肌肉正在飞快消失。不用在外人面前扮演一个颓废的私家侦探时，布鲁诺私底下其实并不抽烟，也不喝酒，而且十分严格地控制饮食。尽管这么做没能阻止疾病的侵袭，但是如此程度的自我克制和约束确实让他成为行业中的翘楚。

我的专长是狩猎，而最难猎捕的动物无疑是人。

布鲁诺在镜子前重复着这句话，像是在说服自己，这就是他的使命。

想要抓住一个人，必须要拥有一系列完美、过人的技能。智慧、观察力、对科技产品的精通使用、迅速的反应、沉着冷静、强大的抗压能力，以及勇气。

最重要的是，你需要深刻地了解人性。

油盐不进的债务人、大大小小的骗子、网络罪犯、职业窃贼。他们就是布鲁诺的猎物。为了抓到他们，确保他们归还所欠的债款或是交出那些不义之财，布鲁诺·金柯从那些举足轻重的私人公司收到了不菲的报酬。他把这些钱存在国外银行的户头上，想着有朝一日彻底脱下这身脏衣服，金盆洗手的时候再花了它们。

然而这一刻被推迟了太久。

最让人惋惜的是没有别人可以享受他留下的财富。当然，布鲁诺可以把钱捐给慈善机构，或是全部留给琳达。但这意味着他曾经为挣得这些钱而所作的一切也将随之曝光。欺骗、谎言、妥协，他并不为此感到骄傲。而且如果有人质问这些钱的来源，客户的隐私就会有暴露的危险。

那就顺其自然吧。布鲁诺心想。

用行话说，他死后，他在银行的账户就会成为"休眠账户"。过了一定的年限之后，这笔钱就归银行所有了。

现在，他唯一能够留下的遗产是一个恶魔，而这笔遗产的继承人是一位叫做萨曼莎·安德烈蒂的十三岁女孩。

安布鲁斯旅馆保险箱里的那个信封能改变什么吗？那里面的东西实在太危险了。自己为什么不立刻把它毁了呢？为什么要让琳达去做这件事？

布鲁诺知道答案，但他选择忽略它。

布鲁诺掀开床罩，坐在平时入睡的那一边。躺下之前，他打开床头柜的抽屉。里面有三个装了药丸的橙黄色瓶子。它们也是保守治疗的一部分，"它们能让你更好受些，"当时医生就是这么说的。其实这不过就是些抗抑郁的药物。布鲁诺打开其中一瓶，往手心里倒出两颗粉色药丸。愣了一会儿，他决定加大药量，于是手心里的药丸变成了五颗。布鲁诺无意自杀，当然也因为这点药还无法置人于死地，不过在帮助自己走向死亡的路上，它们也没有什么坏处就是了。从床头柜上的水壶里倒出一杯水，在吞下药物之前，布鲁诺又想到了萨曼莎·安德烈蒂的事儿。

她得救了，就像自己之前所想的那样，她靠一己之力做到了自我救赎。可她是怎么从囚禁之处逃脱的呢？

不可能是因为打赢了绑架她的人。经历了十五年的折磨与煎熬，她的身体势必受到了损害，所以她在丛林中奔跑时才折断了腿。那是因为她欺骗了对方？或是利用了他一时疏忽的机会？经过了如此漫长的时间之后，那个恶魔过于自信了，而萨曼莎恰好抓住了逃跑的时机。

但这样的想法依旧不能说服布鲁诺，想要完整还原整个逃跑的过程还缺了些什么。

他试图想象萨曼莎在林间逃跑的景象，绑架她的人紧随其后。有那么一瞬间，兔头人的诡异形象冒了出来，但布鲁诺很快将其从脑海中赶了出去。萨曼莎浑身赤裸。她为什么没穿衣服？绝望的奔跑中，她跌倒了，还摔折了一条腿。也许她艰难地从树林中爬到了公路上。她又与身后的人拉开了多少距离？尽管爬到公路上以后她已经丝毫不得动弹，但萨曼莎还是希望着、祈祷着有人能够经过这里。然而一个人也没有来，尾随她的人却很快就要到了。

但是她听见了什么动静：声音从远处传来，令人感到无比熟悉。那是汽车发动机的声音，有一辆车正朝着自己开来。她看见了皮卡的前灯，于是竭力挥手引起对方的注意。她可能已经看到了司机脸上惊讶的表情，所以她害怕，害怕司机会加速离开，把自己留在原地。那可就真是一个让人无法忍受的玩笑了。

但汽车到底是停下了，一个面容受损的年轻人从车上走了下来。他看上去像个魔鬼，但似乎又不是。萨曼莎幻想年轻人能帮助自己，带她离开这里，把她从噩梦中唤醒。然而年轻人发现有人在树林里。"我知道他要找的就是那个女人。当他看见我们时，就停下了。"汤姆是这么说的，"他就站在那里，盯着我们……他让我觉得毛骨悚然。"萨曼莎在她幻想的救世主眼中看见那丝熟悉的恐惧，布鲁诺对此毫不怀疑，他从电话录音那个晦涩的声音中听出来了。萨曼莎知道，她又将被独自留下。确实，汤姆跳上车离开了。不久之后，他拨打了紧急事件处理中心的电话。

从那一刻起，侧写师在医院收集整理受害者的描述内容，而警方则开始在沼泽地区一寸一寸地进行搜索，寻找曾经囚禁萨曼莎·安德烈蒂的地方。

不过这帮人怎么还没找着呢？

布鲁诺没有发觉自己已经一手端着水杯，一手举着药呆愣了许久。突然，他感到一阵恐惧。

警方之所以找不着，是因为囚禁萨曼莎的地方根本就不在沼泽地区。他心想。是绑匪自己把萨曼莎带到了那里。

但是他为什么要这么做呢？

"和汤姆去沼泽地的原因一样。"布鲁诺喃喃自语。那个年轻的偷猎者已经提醒他答案了。沼泽地是完美的狩猎场……而最难狩猎的动物，是人。

萨曼莎不是自己跑出来的，是绑匪把她放了出来。

这个结论让布鲁诺豁然开朗。这个魔鬼把萨曼莎带到了沼泽地，然后放她离开。赤裸的女人迷失在布满沼泽的丛林中，而绑匪让她先行跑开一段时间后，便循着她的踪迹跟了上去。

就像是一种试验，布鲁诺心想。一种残酷、变态的游戏。

逃跑过程中，猎物摔折了一条腿。猎手原本肯定能追上她，但意外的情况出现了。

偷猎者的皮卡。

布鲁诺把杯子和药放在床头柜上，一时间忘记了它们的存在，甚至忘记了死亡正在其身后步步紧逼。他从床上站起身，开始在房间里来回溜达。肾上腺素显然已经掌控了他的大脑，四散的碎片拼凑到一起，整个画面很快就会展现在他眼前，布鲁诺对此十分肯定。

还有什么没想到的？对，一定有。

汤姆离开之后，绑匪为什么没有趁此机会抓回萨曼莎？他原本是可以拖走猎物的。也许是担心年轻人很快就会报警吧，布鲁诺想。可能他认为如果带上萨曼莎，自己就没有充足的时间逃走。

但绑匪完全可以杀了这个女人。

可现在呢，她也许正在将一些有用的线索提供给警方，以帮助他们抓住这个魔鬼。绑匪为什么要冒这样的风险？

对于如此反常的行为只有一种解释：绑匪害怕了。就像汤姆一样，他也决定逃跑。不过这又是为什么？到底是什么让他害怕了？他一定是必须要躲到安全的地方去。那他在躲什么？或许他害怕被认出来，或者说汤姆很快就能提供出一些能够追查出他身份的信息。但是只有汤姆看见过他的脸，这样的假设才会有意义。然而年轻人看到的只有……

"兔子。"布鲁诺大声说道。他被自己得出的结论吓了一跳。

一个已经蒙了面的人为什么还要逃跑？

因为面具本身就是线索。

12

不管看起来多么荒谬，他也必须去验证这个猜测。

布鲁诺别无选择，究其原因，其中有一点也是因为他曾经并不相信能够解开萨曼莎·安德烈蒂失踪案的谜团，这导致了女孩被世人整整遗忘了十五年。

他走到门口，打开西服套，在亚麻外套的口袋里摸索着那张诊断证明。若不是因为被自己当作护身符，他大概一早就把这张纸扔了吧。布鲁诺仔细地看着汤姆画的图案。

纸上的图案粗糙幼稚，但仍能看出这个兔头人身量正常，除了心形的眼睛之外，并没有什么引人注意的特别之处。

布鲁诺仔细思索了一会儿。是时候打开公寓的第三间屋子了。

自从两个月前，医生宣告他将不久于人世之后，他便不曾踏足其间。布鲁诺在防弹门边的键盘上按下一串七位数的密码。

电子门锁开了。

曾经，布鲁诺非常喜欢把自己关在书房里。其原因除了这里保存着他最敏感的秘密之外，也是他思考的好地方。书房里有一个档案柜和一排书架，书架上摆放着各式的法律书籍、调查技术和军事战略战术手册，以及一整套马基雅维利的著作。

房间墙壁漆成了绿色，其中一面墙上挂的是汉斯·阿尔普①的一件令人难以理解的拼贴风格作品。

布鲁诺痴迷于达达主义流派的艺术品，这幅画作便是他在一次拍卖会上花大价钱买下的。他一生当中值得为之付出代价的疯狂行为毕竟为数不多，此事便是其中之一。走进书房，布鲁诺在这幅艺术家的杰作之前走过。他径直走向立体声音响，并没有对画作投去任何目光，心中却涌起一丝丝遗憾，只为死后不能让画作在坟墓中伴其左右。布鲁诺挑选了一张唱片，将其放进唱片机。唱针一滑入唱片凹槽，格伦·古尔德②于1955年录制的巴赫作品《哥德堡变奏曲》便充斥了整个房间。

布鲁诺坐到了他的圆形办公桌前。

写字台上，一台苹果电脑通过安全线路登上互联网，并连接到一个外部服务器上：侦探的珍贵档案就储存在那里。它们是布鲁诺从业二十年来收集起的珍贵数据，一旦落入那些心存歹念之人的手中，必将造成无法挽回的后果。

通过这一台电脑，布鲁诺还能够进入每一个政府机构与警局的数据库，入侵每一家私人企业、机构的计算机系统，或是染指银行及保险机构的敏感信息。而做这一切，都没有任何被识别的风险。

年轻偷猎者的涂鸦就在诊断证明的背面。布鲁诺拿起这张纸，用一截透明胶带把它粘到了一旁的万向灯上。这样一来，电脑屏幕就和处在差不多同样高度上的兔头人画像并排展现在侦探的面前。"来看看我能不能找到你。"布鲁诺对眼前拥有一双心

---

① 汉斯·阿尔普(1887—1966)，德国艺术家，以雕刻出名，热衷于诗词和版画创作，致力于达达主义的推广和宣传，超现实主义的代表人物。其代表作为《绝妙的丑角》《花》和《矩形》。
② 格伦·古尔德(1932—1982)，加拿大钢琴演奏家。

形眼睛的怪异形象说道。随后，他开始搜索数据，在电脑中输入了关键字：兔子。

布鲁诺搜索的第一个地方是警方的数据库。绑架了萨曼莎·安德烈蒂的人很可能在过去也曾犯下一些哪怕是较小的罪行。而在犯罪过程中，他也许同样使用了面具来掩盖真实身份。

屏幕上出现了一长串的犯罪记录。从盗窃兔子到虐待兔子，甚至还有人装扮成一只巨大的兔子在大街上骚扰过往的女性。布鲁诺快速地浏览了所有内容，但一无所获。于是他决定加入第二个关键词来进一步提高搜索的准确度。

"孩子。"

一串新的搜索结果出现在他面前。人类的残忍是没有极限的。一名女性心理变态者在复活节小兔①巧克力中下毒，并在学校门口将其分发给孩子们。毒品藏在兔子外形的毛绒玩具里，未成年的孩子也被用作了运输毒品的工具。还有那些"兔子女孩"，她们在网络摄像头前赤裸着身体，以此在网上换取商品或是手机话费。

这一次布鲁诺也没有找到他感兴趣的内容。于是他决定扩大搜索范围，逐渐把案件的起始时间点定到更早的时候。

这时，上世纪八十年代，一个名为 R.S. 的孩子的档案引起了他的注意。因为此次案件可能牵涉性犯罪，所以孩子的名字被隐藏了。

那时 R.S. 只有十岁。他于某个星期一的早上失踪，却在三天

---

① 象征春天的复苏和新生命的诞生。相传春季女神埃斯特尔曾经救了一只在冬季被冻伤的小鸟，将它变成了一只兔子。由于它曾经是一只鸟，它依旧保留了生蛋的能力，它便是后来的复活节兔子。因此，现在兔子是作为给孩子们送复活节蛋的使者，兔子形象的巧克力也是复活节极受欢迎的礼物。

后仿佛什么都没有发生一般又出现了。

这起案件和萨曼莎·安德烈蒂绑架案之间相隔了将近二十年的时间，要说他们两人的失踪都是同一人的手笔似乎不太可能。

此外，关键词"兔子"并未出现在警方空泛的报告正文中，只是作为一个简单的注释被放在了页脚的位置，而且还很可能只是个拼写错误。

"未成年人失踪—心理支持—兔子—社会服务—最高机密。"

关于剩下的内容，档案提示需到失踪人口办公室查找相关数据。

失踪人口办公室，人称"灵薄狱"①，这是警察系统最隐秘的部门，人口失踪的相关数据一直是个谜。据统计，大约每天都有一起新的案件发生，但确切的官方数据不得而知。原因很简单：其中确实有一部分并非迫于外力而失踪的人最终选择重新回到大家的视野中，但另一部分人的命运究竟如何却始终是个谜团。这对警局的声望来说绝对不是一件好事。

因此，"灵薄狱"的档案从未录入到计算机系统中，在互联网上也丝毫找不到其相关内容。

"二十年啊。"布鲁诺考虑了一下，想继续查找别的案件资料。但 R.S.的案子似乎是他现在仅有的着手点，也许值得自己花一番心思深入调查一下。他现在有两个选择：一是前往失踪人口办公室请求查看纸质资料，但很可能会被他们一脚踹出来；二是尝试一种更为聪明的方法，从打一通电话开始。

布鲁诺选择了后者。

---

① 地狱的边境，在基督教中是地狱和天堂的中间地带，暗指人的去向不明。

他登录了警局的网站，查找"灵薄狱"的联系方式。部门负责人叫玛利亚·埃莱娜·瓦斯克兹——他之前听说过这个名字。

布鲁诺记下号码，然后拨通了电话。一阵阵的铃声显得徒劳无力。不应该这样啊，侦探心想。虽然现在是晚上，但根据新的规定与安排，这会儿正是上班的时间才对。

"喂？"终于有一位男性的声音从电话那头传来。

"啊，您好，打扰了……我是特别探员鲍尔，我想和你们的负责人通话。"电话那头的人没有说话，布鲁诺很快有了一种不好的预感。

沉默被一阵狗吠声打断。"乖了，希区柯克。"电话那边的人说道。

一听见这条狗的名字，布鲁诺就知道自己选错了方向。前天，在警方设置在沼泽地的大本营里，德拉克鲁瓦曾和某人发生过争论，而现在接电话的那位正是此人。这么说那个穿着蓝色西装、打领带的家伙也是一名警察，那么他肯定也认识鲍尔。

"负责人现在不在。不过如果您不介意的话，我也可以给您提供帮助。"电话里传来的声音波澜不惊，"我是特别探员西蒙·贝里什。"

布鲁诺知道再这么演下去十分危险。"是一件老的失踪案。"侦探豁出去了。他把档案的关键内容告诉贝里什，然后屏住呼吸，直到电话那头传来对方将数据输入电脑时的键盘敲击声。

贝里什嘟囔着说了些什么。"数据库里的内容不多，只有警方结案报告的副本。"接着他读道，"R.S.，十岁……失踪三日……主动归家……"

"怎么没有注明孩子的真实姓名？"布鲁诺觉得很奇怪。

"而且数据库里没有提及在他失踪的七十二个小时里究竟发生了什么。"

"怎么会这样？"

"完整的档案还是纸质版的，是最老的一批卷宗……您可能必须亲自来一趟了，鲍尔警官。"

布鲁诺没有理会对方的建议。"您能告诉我，您现在能看见的报告里还有什么别的内容吗？"

"这里只写了事件发生之后，孩子的父母放弃了亲权，其后孩子便被寄养到了威尔逊农场。"

威尔逊农场，布鲁诺将名字写在他的笔记本上。

"如果您感兴趣的话，这里还有一份精神病学鉴定报告的摘要，需要我发给您吗？"

"不必了，您读给我听就行……如果您不介意的话。"

"没问题。"贝里什回答。接着他读道："尽管未患有任何精神缺陷，但该未成年人在情绪调节方面表现出一定的困难。这种情况通常体现为过度焦虑，并伴随有性抑制的缺失、异食癖及遗尿症状。"

所谓异食癖就是不断进食非营养物质，例如土壤和纸张。至于遗尿，布鲁诺觉得有可能是此次失踪导致的后果。真正让他感到不安的是性抑制的缺失。这会意味着什么？

"其复杂的情况在于该未成年人患有一定的睡眠障碍，该问题通常导致其在醒来后产生病态的幻想。这种情况体现在该未成年人的绘画作品中，明显反映出了其对客观现实不成熟的理解。"贝里什停顿了一下，突然说道，"鉴定报告里附有一些他的画。"

这个消息出乎布鲁诺的意料。对客观现实不成熟的理解，布鲁诺心下再三想道。"对不起，我改主意了：能麻烦您把副本给我发过来吗？"

"请您把邮箱地址告诉我。"

如果他提供的不是警局的邮箱地址，对方肯定会立刻明白自己根本不是什么鲍尔警官。"我把传真号给您吧。"

"您可比我们坏得多啊。"贝里什说。

布鲁诺不确定对方只是想开个玩笑，还是想让自己明白，他从一开始就不相信侦探拙劣的演技。"那是当然。"布鲁诺勉强地笑了笑，把一个无法追踪的号码给了对方。

"等我重启一下我们那台老古董，然后就把东西都给您传过去。"贝里什保证道，"不过我还是建议您亲自上我们这儿来，因为档案里的这些卷宗总能给人意料之外的惊喜。"

"也许我会去一趟，"布鲁诺撒谎道，"谢谢您的帮助。"他挂断电话，盯着房间里的传真机，等待传真的到来。

但侦探怀疑那个西蒙·贝里什根本不会给他发任何东西。

借用鲍尔的身份绝对是一件冒险的事，但他还是这么做了，因为交由"灵薄狱"处理的案件对于警局来说都不是那么地重要。何况 R.S.的案件毕竟发生在八十年代，而且最后失踪男孩重新出现，案子也就结了。

死亡迫在眉睫，这让布鲁诺变得有些轻率，要是放在过去，他绝对不会如此思虑不周。然而正当他深陷忧虑之中时，传真机启动了。不一会儿，一张接一张的纸从机器里吐了出来。

布鲁诺松了一口气，但他的心情并没有轻松多久。

一开始，他以为是传输出现了问题，因为所有的页面看上去都一模一样。但他很快意识到这是不同的画，绘画的人像有强迫症一样不停地重复着同样的内容。

满天的小鸟、一座城市或仅仅是一个街区，里面有一些普通的住宅。画面中心是一所巨大的教堂，教堂后面有一片足球场。

　　但真正让布鲁诺震惊，让他觉得喘不过气来的，是 R.S.绘制人物的方式。

　　对客观现实不成熟的理解。画面中，这个地方小小的居民们都长着一颗兔子脑袋和一双心形眼睛。

13

当车辆行驶在乡间时，地平线上还看不出黎明将至的样子。月亮已经消失不见，星星仍在天空闪烁。最多三个小时，太阳就会升起，热浪也将再次开始灼烧整个大地，迫使人们躲藏起来，以逃避这个如末日般的夏季。

出门之前，布鲁诺又穿上了他那身皱皱巴巴、气味难闻的亚麻外套，然后把"护身符"塞回口袋。"护身符"上，正是那个叫做汤姆的偷猎者粗略绘制的兔头人形象。

侦探直奔档案中提到的寄养家庭。在父母放弃亲权后，年仅十岁的男孩就被收留在这里。他在网上查到了具体的地址，但看上去农场已经很久不曾收留孩子了。

离开主干道后，萨博车驶上一条土路，然后沿着一条如迷宫般曲折的羊肠小道穿过向日葵花田。当汽车大灯终于照到指示威尔逊农场所在方向的路牌时，布鲁诺都开始怀疑自己是不是已经迷路了。

大约又行驶了六公里之后，在漫天的星空下，布鲁诺看见了一所大房子影影绰绰的轮廓。它位于一座小山丘上，旁边两棵柏树犹如它的哨兵。

穿过木制的拱门，萨博车停在干草仓附近的一片空地上。布鲁诺走下车，环顾四周，想弄明白这里到底还有没有住着人。没有灯光。他想，也许乡下并没有采用黑夜白天生活节奏颠倒的权宜之计。布鲁诺把手伸进驾驶室，按了按车喇叭，希望有人能够注意到他的到来。

房子里传出两条狗的叫声。二楼的某扇窗户后面，房间的灯亮了。不一会儿，屋子的前门打开了，有人从里面走了出来。布鲁诺根本来不及看清来人的样子，因为一束手电筒光线很快直直地照在了他的脸上。

"谁啊？"一个女人的声音问道。两条狗跟了出来，仍在她身边不停吠叫。

"威尔逊太太，"布鲁诺举着手，挡住刺眼的灯光，"很抱歉如此贸然来访，但我有事需要和您谈谈。"

"你还没有告诉我您的名字。"女人出言抱怨道。

"啊，您说得没错。我叫莱纳德·穆斯特。"布鲁诺当然不会说真话，他从外套的口袋里掏出一张伪造的证件，"现在在检察官办公室工作。"

威尔逊太太放下手电筒，沉默了一会儿。也许她正在考虑这位意料之外的访客是否能够得到自己的信任。"检察官在这个时候找我这个可怜的老太婆有什么事？"

布鲁诺笑了笑："只是走走程序。"

"好吧，进来说话。"

塔米特里亚·威尔逊和她的两条杂种狗领着布鲁诺走进了屋子。她的睡衣很长，一直垂到脚踝；而且虽然已是满头银丝，却仍留着及腰的长发。走路时拄着的那根拐棍，很可能是她自己从树枝上砍下来的。威尔逊太太一直把布鲁诺带到了一间宽敞的厨房，厨房正中间是一张硕大的橡木桌子。

她做了个手势，两条狗便乖乖地卧到了熄灭的壁炉旁。"我能为您做些什么，穆斯特先生？"威尔逊太太一边说，一边点燃炉子，加热一壶已经做好的咖啡。

莱纳德·穆斯特是布鲁诺之前用过的一个假身份。这张灰色的官方证件虽然不像警察的警徽那么有威慑力，但总归能让他少了许多阻碍。布鲁诺知道，人们有时会向执法者提供一些误导性的信息，因为他们私下里其实还是看不起这些公职人员的。所以为了能让对方全力配合自己，一名优秀的私家侦探必须把对方放在与自己平等的地位上来对待。

"我得再一次向您表示歉意，很抱歉这个时候来打扰您。但是因为天气炎热，市里改变了工作时间。我们现在是晚上上班。"布鲁诺尽可能简单地为自己的行为做出解释，"我给您打过电话，但一直没有人接。"

"电话线路一年前就坏了。"威尔逊太太语气尖锐，"但电话公司根本不管这事儿。"

布鲁诺完全能理解这件事，因为一路过来他根本没看到别的住户。"我来这儿是因为检察官让我汇总一下未成年人失踪案件的相关资料，以防有所忽略……您应该能理解，萨曼莎·安德烈蒂出现之后，我们这些部门都受到了不小的压力，上面的头头们可不想再出现类似的尴尬丑闻。"

"我明白了，"威尔逊太太的语气里依旧透露着怀疑，"不过我又能帮上您什么忙呢？"

"您能告诉我，在您农场收留的孩子当中，多少人曾经有过类似安德烈蒂这样的经历呢？"

威尔逊太太转过身看着他："所有。"

布鲁诺努力克制着自己的惊讶，他从未想到过会是这样的回答。"所有？"他最终还是问道。

威尔逊太太放下拐杖，从炉子上拿起咖啡壶，一瘸一拐地端着它和两个红色的铁皮杯走到橡木桌旁。她让布鲁诺坐在一张凳子上，随后自己也坐了下来。"我和我的丈夫很多年前建立了这个农场。"她指了指布鲁诺的身后。

侦探转过头，这才明白威尔逊太太想让他看的是壁炉上的一张照片。照片上的男人面带微笑，拿着一杆猎枪，被一群孩子围在中间。

"我们没有自己的小孩，所以决定把精力放在别人家那些不幸的孩子身上。"

"这是高尚的使命。"

"希望如此……"威尔逊太太说道，"我过去一直叫他们'我特别的孩子们'……从第一个到最后一个，我爱他们，就像爱我自己亲生的孩子那样。而他们也没有让我失望。尽管不知道他们现在都在哪里，但我相信他们一定还想着我，而我教给他们的一切也必然会对他们的生活有所帮助。"

威尔逊太太絮絮叨叨地谈论着她的孩子们，好似他们一个个都杰出非凡，而并不仅仅是有着各式各样问题的孩童。布鲁诺想，大概只有爱的力量才能把某种缺陷变成一项天赋吧。

"您听人提起过'黑暗中的孩子'这种说法吗，穆斯特先生？"

"没有。"布鲁诺坦承道。但这个说法让他浑身的寒毛都竖了起来。

"所谓'黑暗中的孩子'指的是那些失踪后又被警方找到，或是像萨曼莎·安德烈蒂这样不知何故又重新出现的未成年人。"塔米特里亚·威尔逊解释道，"他们被那些无法无天的人绑架、利用。当中有的孩子自己逃了出来，有的被绑架他们的人放了出来。但无论如何，那段被囚禁的日子终会在他们身上留下痕迹，伴随他们一生。"

"为什么要把他们称作'黑暗中的孩子'？"

"因为这些孩子常常会被关在地下的一些隐匿之处，就像被活埋。待到他们重见天日时，就仿佛新生一般。但那时，他们已经不可能是原来的自己了。"在随之而来的沉默中，老妇人把咖啡倒进杯子，递给了布鲁诺。

侦探呷了一口杯中的黑色液体，很快单刀直入地问道："来这里之前，我在办公室里查阅了相关案件。其中有一起案件涉及一名十岁的男孩，但在官方文件中提及他时，只用了他名字首字母的缩写，R.S.。"

老妇人想了想："我得知道他大概什么时候来的农场。"

"大概八十年代初的时候。"

回忆汹涌而来，让塔米特里亚·威尔逊一下呆愣在当场。"罗宾·沙利文。"她突然出声说道。

"他失踪的时间不长，"布鲁诺提醒她，"只有三天。但之后他的家人却不想管他了。"

"罗宾的母亲不是个好东西，他的父亲更糟。"威尔逊太太语气轻蔑，"我不明白那两个家伙怎么能一直凑在一起。他们吵架时总会波及罗宾，而最后也只有这个孩子来承受整件事的后果。我并不认为他们爱罗宾。"

老妇人说的最后一句话和当中肯定的语气让布鲁诺突然为这个孩子感到一阵难过："您觉得这三天的时间里，在罗宾身上都发生了什么事？"

"他从来都不想谈论这件事。"威尔逊太太目光迷离，不知思绪飘向了哪里，"罗宾是个脆弱的男孩，处境可怜，极度需要被爱……对于任何一个心存不良的人来说，他都是一个无可挑剔的目标。"

"我们怎么能肯定他一定是被绑架了，而不是离家出走呢？"

老妇人直直地盯着布鲁诺："那些家伙会对类似罗宾这样的孩子给予他们从别处无法获得的关注，假装对他们感兴趣，但心里所求的只是把他们带到一个不见天日的地方……"

"没错，但是罗宾……"布鲁诺试图争辩。

威尔逊太太猛地拍了一下桌子，愤怒的目光让侦探不得动弹："您真的想知道为什么我能确定罗宾是被绑架的吗？"

布鲁诺没有回答。

"我的经验告诉我，失踪之前，罗宾·沙利文是一个再正常不过的孩子。也许和那些家人不管不问的孩子一样有些小问题，但起码是正常的。"威尔逊太太说道，"然而，经过了那些他从不愿意谈及的日子之后呢？在那些可怕的日子之后，他变了。如果您看过他的档案，应该知道我说的是什么。"

"异食癖、遗尿……"贝里什曾经在电话里给他念过一份档案，布鲁诺记起了里面寥寥无几的内容。

"罗宾会吃泥土、墙皮、卫生纸。我们只能时刻盯着他，为此他至少洗过六次胃。后来他又开始吃虫子。"回忆到此处，威尔逊太太叹了口气，"那时他无法控制自己的排泄，像是完全退化到了婴幼儿期。我们不得不让他穿上尿布，但这对他与其他孩子的相处带来了不好的影响。他们会取笑他，甚至打他。"

这是弱势群体中的底层，布鲁诺心想。"所以他变得不爱说话，很孤僻？"

"不，完全相反。"老妇人回答道，"罗宾从一开始就表现出一种不正常的情绪反应。"

布鲁诺想起鉴定报告中提到的性抑制缺失。"您指的是什么？"

"他一直试图与他人进行身体上的接触。先是和他的家人，后来是和农场里的孩子，甚至包括我和我的丈夫。但这种寻求被爱的意图往往会变成一些病态的举动。罗宾的每一个行为里都带有一种与他年龄不符的恶意。"

"这就是他父母不想要他的原因吗？"

老妇人一脸阴郁地盯着布鲁诺："他被黑暗侵蚀了。"

侦探同先前一样，又一次觉得不寒而栗。他被黑暗侵蚀了。布鲁诺默默记下这句话，因为他相信这会是进入罗宾心底那个隐秘世界的关键。"非常抱歉要让您想起一些不好的回忆。"他又抿了一口杯中难喝的咖啡，"但是我想您应该能够理解，如果再冒出什么之前被我们忽略的儿童失踪案件，对于我的部门来说，可就真的十分尴尬了。"

"所以您还想知道些什么？"塔米特里亚·威尔逊十分疑惑。

"罗宾·沙利文的精神病学鉴定报告中提到他患有睡眠障碍。"

"您指的是做噩梦吧。"老妇人讥讽地回答道，"我是不明白为什么有的医生偏偏喜欢用一些复杂的词来描述再简单不过的事情。"

布鲁诺对威尔逊太太步步紧逼："在罗宾的梦中有没有反复出现的东西？"

"孩子们会用梦境来传达现实。当他们感觉到苦恼或羞愧时，就会说那只是一个梦。"

布鲁诺注意到了威尔逊太太的含糊其词："罗宾醒来之后会画画，"侦探观察着老妇人的反应，"在那些画里，人们看上去更像是兔子。"

塔米特里亚·威尔逊直视布鲁诺："我知道您今晚来这里的原因了，穆斯特先生。"

布鲁诺担心对方已经看透了自己的伪装："啊，是吗？"他表情轻松，心底却努力保持着冷静。

"是的。"老妇人则十分严肃。然后她又接着说道："也许是时候让你认识一下波尼了。"

14

"跟着我，小心脚下。"

塔米特里亚·威尔逊打开储藏室地面上的活板门，露出通往地下室的楼梯。她拿起手电，开始拄着拐杖慢慢往下走去。布鲁诺跟在老妇人的身后，时刻担心着她会不小心摔倒。

"非常抱歉，我们的地下室没有电。"威尔逊太太举着手电，"农场逐渐衰败，但是我真的没有精力去经营它了。我不是没有试过，但是突然有一天，我还是决定就让这栋房子和我一起变老吧。我和它都已经是满身伤病，对此大家都只能是眼睁睁地看着。"

布鲁诺的脑海中浮现出一幢大房子的影像。一位老太太独居于此，房子里的电话早已不知坏了几日。若是感觉身体不适，或是发生了什么意外，塔米特里亚根本无法呼救。到时候，她心爱的狗儿会对着她的尸体大快朵颐。

"我早就该搬出去了，"老妇人说道，"但这里是我唯一熟悉的地方。"

与此同时，布鲁诺抓着扶手，听着楼梯随着他们走出的每一步吱呀作响。他不知道他们要去哪里，这让他有些担心，因为塔米特里亚·威尔逊根本不想做出任何解释：您必须亲眼看看，否则您什么都不会明白——她之前只是这么说。谁是波尼？这老太太不是说她自己住在这栋房子里吗？也许长期的独居生活对她没有任何好处，侦探心想。很可能她的脑子已经不太清楚了。布鲁诺只是想知道罗宾·沙利文的下落然后拍屁股走人，但现在他别无选择，只能跟着老太太来到地下室。

当两人终于再次踩到平地时，塔米特里亚用手电照了照他们周围的环境。

这是一间储藏室，堆满了生锈的铁床、床垫、家具、盒子，以及各式各样的破旧玩意儿，东西多得甚至让人分辨不出这间屋子究竟有多大。

"丈夫死后，我还独自坚持了一阵子。"老妇人一瘸一拐地钻进成堆的杂物和装得满满当当的柜子间，"但是后来政府停止了对我们的援助。我雇不起任何员工，就只能放弃了。"

"那是什么时候的事？"布鲁诺问。

"大概九年前，我们最后一位'特别的孩子'离开这里时。"

"罗宾呢？"

塔米特里亚扶着布鲁诺的胳膊跨过一摞倒下的盒子："和别的孩子一样，他满十八岁后就离开了。至少我帮他拿到了高中毕业文凭。"她又不无骄傲地补充了一句。

布鲁诺真担心老太太会被绊倒在这堆破玩意儿当中。"您后来还有过他的消息吗？地址，或者电话号码什么的？"

"有一次，他从海湾南部的一个旅游胜地给我寄了张明信片。"泛黄的旧杂志堆成了一座小山，两人绕了过去，"但后来就再也没有任何关于他的消息了。"

两条杂种狗并没有跟着他们一同下来，只是在楼梯的那一头时不时地叫上两声。吠叫声显得越来越遥远，布鲁诺并不会责怪它们的懦弱。波尼，侦探心下思索，希望值得来这一趟吧。

两人走到一堵因受潮而变黑的砖墙前。塔米特里亚停下脚步，用手电筒照着墙根。布鲁诺又向前走了一步，发现地上是一个巨大的绿色木箱。箱子上镶嵌着铜活儿，看上去十分老旧的样子。而箱盖被一把锁给锁住了。

　　"就是它，"老妇人说道，"波尼就在这里面。"

　　布鲁诺的感觉很不好，总觉得自己像是站在一副棺木前。塔米特里亚没再说别的，她把手电递给布鲁诺，将拐棍放在地上，然后颤颤巍巍地跪在箱子前。

　　侦探看着老太太摸出戴着的项链，把它摘了下来。侦探觉得项链上应该挂着一把钥匙，因为塔米特里亚随即拿起了箱子上的锁。她终于把锁从箱子的铁环上抽了出来，箱盖也打开了。布鲁诺一动不动。

　　"麻烦您帮我照一下。"

　　侦探这才走上前，用手电照向箱子内部。

　　白色的床单和绣花的手巾，只不过是个装衣物的旧箱子。

　　"我最终决定把波尼保存在这儿，因为我实在不知道还能把它放哪儿。"威尔逊太太翻找着箱子里的床单，"也许我应该把它丢掉的，但是我脑海里总有个声音告诉我不要这么做。"

　　她在说什么？箱子里有什么东西？

　　塔米特里亚突然停止了翻找。布鲁诺知道她一定找到了什么，但是老太太的背部阻碍了他的视线。塔米特里亚看着自己手上的东西："波尼。"侦探听见她轻声说道，语气就像刚碰见许久未曾谋面的老朋友。

　　老妇人终于转过身来，胸前紧紧捧着一本书。

　　"波尼是和罗宾一起来的。每次新来一个孩子，我们都会检查他的行李。因为我们不希望他们带来一些对于自己或是对于他人来说危险的物品，比如说弹弓、小刀……当我打开罗宾·沙利文的行李，看见这个的时候，马上意识到有什么事不对。"她把书递给布鲁诺。

"我们有时候会有一种不祥的预感，却不知道这种感觉究竟源自何处。穆斯特先生，您有过这样的经历吗？"威尔逊太太说。

布鲁诺迟疑了片刻。他对自己短暂的犹豫感到惊讶。有什么东西阻碍了他的好奇心——一种不好的预感。但他还是从老妇人手中接过书。

只是一本旧漫画书。

书的封面已经褪色。画面上，一只大大的蓝色兔子长着一双心形的眼睛。它微笑着，表情幽默、亲切，两只长耳朵间印着书名。只有两个字。

波尼。

"我能翻翻吗？"布鲁诺问塔米特里亚。

"当然，您请便。"

布鲁诺环顾一眼四周，注意到一摞手提箱。他把手电筒放在箱子上，腾出两只手，打开漫画书开始翻阅。黑白的画面绘制算不上精良，描述的故事也同样幼稚。波尼离开森林，搬到了一座大城市的公园里居住。在这里，它遇到了一群孩子，并和他们成为好朋友，一起做游戏，一起玩耍。

故事和画面都没有什么异常的地方。但整本书并没有带来快乐或安宁，反而散发出一种令人隐隐焦虑的感觉。越往下看，布鲁诺越发感觉不适。

老妇人说得没错，这本书里的确有不对劲的地方。

当中有一件事尤其让侦探不安：故事里的成年人们并没有意

识到波尼的存在。

　　只有孩子们才能看见它。

　　但布鲁诺必须接着读下去。他意识到自己与真相之间现在只不过隔着薄薄的一层纸，纵然现在仍看不见纸的另一面，但他知道，那边一定有什么邪恶的东西正等待着自己。

　　布鲁诺全神贯注，完全没有意识到老妇人已经有很长一段时间一言不发了。他甚至没有察觉头顶上方悄悄升起的长条状阴影，或是塔米特里亚·威尔逊的拐杖重重击打向他的脖子时卷起的微风。

　　失去意识之前，布鲁诺看见的最后一幅画面里，波尼正对他微笑。

15

当感觉到自己鲜血的味道时，布鲁诺终于得到了他还活着的证明。

侦探舔了舔嘴，发现少了颗牙齿。一定是之前脸朝下摔到地上时弄断的。这老杂种，布鲁诺心里咒骂。周围一片漆黑，但通过这里散发出的尘土味和霉味，他直觉自己仍身处威尔逊农场巨大的地下室中。随后他试图站起来，但很快感觉到一阵头晕。恶心、冷汗、心悸，然而奇怪的是，这一次，布鲁诺并不害怕自己是否已经走到了生命的终点。

现在的情况比死亡更加糟糕。

被困在地下，没有出口，没有光。活埋。黑暗中的孩子，正如塔米特里亚·威尔逊用来形容被绑架的孩子那样。

而他的恶魔，竟是一个独居的瘸腿老太婆。

在被恐惧击倒之前，布鲁诺努力回想了一下事情的经过。他记得自己在看漫画书，记得波尼的脸和突然间脖子遭受到的击打。威尔逊太太为什么要攻击自己？老妇人完全可以找一个借口打发他，不让他进屋。然而她不仅领着自己来了地下室，还给他看了罗宾·沙利文的漫画书。这根本没有意义。可能她只是疯了吧。

布鲁诺寻找着能够支撑自己的东西，摸索中抓住了长椅的边缘。先是单膝跪在地上，然后他终于站了起来。脖子有些僵硬，尖锐的刺痛显然影响了视线。传来低沉的叫声，那是胃在作怪。然后他伸长了胳膊，探寻那一摞手提箱的位置。之前他把漫画书放在了上面。找到了，书依然保持着先前打开的状态。布鲁诺把书合上，将它同"护身符"一道放在了外套的口袋里。直到这时他才发现，钱包、手机，连同早先他出示给老妇人看的伪造证件都不见了。

不是我弄丢的，是那个老太婆把它们拿走了。

首要的事是找到通往地面的楼梯。但布鲁诺完全不记得他们是怎么走到绿箱子这儿的了。想要在这种伸手不见五指的情况下走回去十分困难，但他并不想在未作出任何尝试的情况下便直接放弃。

于是他伸出双臂，开始在黑暗中探寻一条出路。

布鲁诺一边前行，一边辨认着挡在他身前的物体。一扇柜门，一个落地式衣架，一盏灯。每隔一阵，他的膝盖就会撞到什么东西，好几次，他还险些摔倒。但布鲁诺只是专注于自己的呼吸。

只要还有呼吸——他提醒自己对琳达许下的承诺。

他的计划是先找到通往地面那间储藏室的活板门。布鲁诺能肯定那扇门会是锁着的，他必须试着把它撞开。但是侦探完全不能保证自己能做到这一点，因为那扇门给他的感觉相当结实。一旦走出那扇门，等着他的肯定是塔米特里亚·威尔逊和她的拐棍。也许这栋房子里还有一把枪——布鲁诺还记得壁炉上的那张照片里，威尔逊先生手中握着的猎枪。布鲁诺·金柯不喜欢枪。在工作中，只有两次他需要用到这种武器。而且在这两次中，他都未开一枪。虽然如此，他仍知道该怎么使用它们，也会定期去一家私人射击场练习。他个人拥有两把手枪：一把贝雷塔，存放在书房的保险柜里；还有一把放在塑料盒里的半自动手枪，但塑料盒藏在萨博车的备胎底下。此刻这两把家伙显然都指望不上。

布鲁诺一步步往前挪，不知下一刻会发生什么，直到他的指腹摸上一片坚硬但滑溜溜的东西。他发觉走进了一条死路，因为面前是一堵砖墙。"妈的。"侦探咒骂。但他并没有什么生气的理由，也许这就是他死后等待着品尝的滋味：只为他准备的、黑天墨地的地狱，是对他一生所犯罪行的惩罚。谁让我在安布鲁斯旅馆115号房间的保险柜里藏下那样的东西。布鲁诺想了想，心下一阵羞愧。这时他听见一阵低沉、模糊的声音从左边传来。

呻吟声。不，是有人在说话。

侦探摸着墙，向声音传来的方向走去，很快便碰到了一根柱子形状的东西。靠着触觉仔细检查了一番，布鲁诺确定这是一根与地面相连的粗铁管，他之前听见的声音就在管内回响。

声音源自他头顶上的房子。

因为听不清，布鲁诺直接把耳朵贴到了铁管上。声音还是很模糊，但他觉得说话的人应该是塔米特里亚·威尔逊。然而侦探根本听不明白她在讲些什么。布鲁诺让自己尽量专注，可是没有用。楼上传来的声音本就如含糊的咒语，厚厚的铁管更是几乎断绝了他听清一字一句的希望。但是突然间，管中传来的声音清晰了起来，应该是老妇人走到了他头顶附近的位置。布鲁诺终于能听懂她说的话了。

"……他给我看的是张假证件。但是后来我弄到了他的钱包，里面的证件上说，他叫布鲁诺·金柯，是个私家侦探。该死的……"

威尔逊太太的声音听上去十分愤怒。布鲁诺不知道她在和谁说话，因为并没有人回应她的咆哮。这老疯子是在自言自语吧，或者在和她的狗说话，侦探心想。

"……我把他带到波尼那儿去了。那还能怎么办？我是没有别的办法了。我想的是在下面我能对着他的脑袋狠狠来一下。是的，他转过身的时候我就抓住了这个机会……"

居然被这么蠢的方法骗了，布鲁诺都不知道该生老太婆的气还是自己的气。

"……我之前从来没见过他。不知道是不是有人派他来的……"

最后一句话不像是随便说出来的，倒更像是在回答谁的问题。突如其来的寒意仿佛幽灵的亲吻。她不是在自言自语。布鲁诺对自己说道。

"……我马上就想到要通知你……"

她在和什么人打电话。固定电话的线路是坏了，但这老家伙应该有一部手机。

"……我把他关在里面了……是的，别瞎担心，他出不来的……"

谁不用担心？老太婆在跟谁生气？布鲁诺有一种不祥的感觉。独自一人被困在这个陷阱里，事情只会变得越来越糟糕。到底谁是塔米特里亚·威尔逊那个神秘的对话者？

"……好的，那我等你……"

布鲁诺现在并不打算寻找答案。

不论是谁，他都已经在过来的路上了。

16

他是来找我的。

呼吸越来越困难，布鲁诺觉得自己像一只被困在盒子里的老鼠。电话那头的人多久能到达农场？还有多长时间能留给自己想出什么办法？布鲁诺在地下室里走来走去，不再注意脚下。现在他要找个东西用来自卫，但在一片漆黑中实在难以辨别方向。

就在几个小时之前，布鲁诺还觉得反正已经时日无多。这种想法就像是某种超能力，让他觉得自己无懈可击。无论如何也不会比现状更糟糕，不是么？但他现在却惊讶地发现，原来自己求生的欲望竟然依旧如此强烈。最好的证明便是现在内心感受到的恐惧。

那个人就要来了，一切也就结束了。

布鲁诺滑了一跤，摔倒在一堆铁皮盒子上。盒子四散滚落，发出巨大的噪音，当中还夹杂着玻璃物品摔碎的声音。回过神来，他发现自己趴在地上，两臂前伸，右手无意间插进了什么柔软的东西里，这感觉像是某只大昆虫的巢穴。布鲁诺抬起胳膊，扯起一些像蜘蛛网一样的细丝。他赶紧厌恶地想要把它们甩开，但仔细一摸，才发现它们不过是毛线而已。他正好摔在了一篮子的线团上。

试图冷静下来的时候，布鲁诺发现他已经失去了对自己的控制。然而幸运的是，他发现前方有一丝细微的亮光。自己居然找到了通往地面储藏室木板门的楼梯。

布鲁诺爬了上去。

楼梯顶部，外面的光线透过木板门的缝隙漏了下来。光线时而被某个路过的阴影切断，布鲁诺知道，是那两条杂种狗守住了自己唯一的出路。他用右肩抵住木门，试着抬它。不出所料，门的另一边被锁住了——从传出的金属声来判断，应该是插销。疾病让他的身体日渐衰弱，现在布鲁诺根本做不到把整扇门直接卸下来。

但是这个位置倒能让他更清楚地知道外面发生的一切。布鲁诺听出了塔米特里亚·威尔逊拐棍的声音和她那条跛腿在地面拖行的声音。两者结合在一起，形成一种规律、单调，甚至让人犯困的节奏——撞击声、短短的摩擦声，撞击声、短短的摩擦声。

还有刚煮好的咖啡和饼干的味道。这老巫婆正在厨房忙碌，等待着那个人的到来。

好像有汽车的声音，然后布鲁诺听见威尔逊太太走远了。几分钟之后，她又回来了。通过地板上的脚步声，侦探知道，来的不止她一个人。

"我之所以要给你打电话，是因为我马上意识到出问题了。"老妇人向对方解释道——她的声音不再像刚才那样尖锐刺耳，而是带着温柔，"就像我在电话里跟你说的那样，那个啰嗦的家伙问了一大堆孩子的问题，但实际上他只对其中的一个感兴趣。"

显然，只是提起罗宾·沙利文的名字就让那个老太婆内心难安。布鲁诺意识到自己打开了一扇通往过去的、危险的门。他在门的那一边跌入一个陌生的深渊，而唯一的出口眨眼间已在他身后紧紧关闭。

"我已经仔细搜过他的身了，没带武器。这是他的手机和证件。"塔米特里亚很可能正在向对方展示她从侦探那儿拿走的东西。

布鲁诺觉得自己简直就是蠢货。通常，他在造访某人之前，都会把手机或钱包藏起来——也许放在某个邻居的信箱里，或是塞到萨博车发动机舱的空隙处。现在，外面的那两个家伙对他了解得太多了。

"人就在下面，应该已经醒过来了，因为不久前我听见底下有声音。不过现在已经有一阵儿没动静了，也许他藏起来了吧，或者是在谋划什么。"

塔米特里亚的客人一直保持着沉默，只是听对方说话。

"我不知道他为什么会过来打听这儿打听那儿的。"威尔逊太太接着说道。

这时，布鲁诺听见两人朝着自己的方向走来。生病的心脏如同安装在胸口的活塞剧烈跳动，好像随时都会像医生预测的那样炸裂开来。

来到木板门附近后，两人的脚步声停了下来。布鲁诺凑到一条门缝边，想看看和塔米特里亚·威尔逊在一起的人到底长什么样子。但是她的位置正好遮住了侦探的视线。

"你打算拿他怎么办？"老妇人问道。

真是个好问题，布鲁诺心想。他也想知道答案。

然而来人并没有回答。

这可不是个好现象。侦探心下嘀咕。随后他听到一声枪响。一片沉寂。几秒钟后，布鲁诺凑到门缝边，正想弄明白到底发生了什么，老巫婆的眼睛却突然出现在他的面前。

侦探赶紧躲到一边，但为时已晚。

塔米特里亚·威尔逊并没有像布鲁诺预想的那样尖叫。她什么都没说，只是盯着侦探，直到细细的一股鲜血流过老妇人一动不动的眼睛。

她死了。

布鲁诺一边慢慢退下木楼梯，尽量不发出太大的动静，一边盯着木板门，防备着它随时打开的那一刻。终于，他退回到地下室的幽暗之中，躲在一件家具后面静静地等待。

这样我们俩就都看不见了，但他应该不会愿意冒险，很可能选择用烟把我熏出来。布鲁诺思索。也许还会更糟糕：他同样有可能在农场放上一把火，让我和那个老太婆的尸体一起消失在这个世界上。但布鲁诺很快抛弃了这样的想法。不，他不会这么做的。他一定会先设法取回某些对他来说十分在意的东西。侦探把手放在腰间，摸着外套口袋里的漫画书。

波尼。他不可能让它就这么被烧掉的。

布鲁诺希望自己想得没错。寂静中，时间仿佛没有尽头。终于，有什么事发生了。他听见插销被打开的声音。木板门被抬起，楼上储藏室的光通过敞开的门洞钻了进来，像溪流般一路从台阶滑落，最终汇聚在地下室地面上一条长长的黑影周围。

他来了，布鲁诺告诉自己。来啊，下来。快，到我这儿来。

但是楼上的人还在犹豫不决，布鲁诺听见了自动手枪拉动套筒时发出的声音。这就像是一种警告：来者想让他知道，下一颗子弹是为他准备的。终于，那人迈出了走向地下室的第一步。第二步、第三步。布鲁诺从藏身之处悄悄探出头，发现对方已经走到了楼梯中段。好在不久前曾发现一篮子线团，侦探捡起其中几根毛线的一端，死死拉住。

猎物撞上的那一刻，蛛网猛地一紧。

陌生人企图摆脱布鲁诺设下的陷阱，但事出突然，他最终还是失去平衡，向前扑倒，从楼梯上摔了下来。来人跌落的弧线在侦探眼里仿佛慢动作。他看着对方摔在地上发出一声巨响，当中还伴随着一阵哀嚎。叫声中没有痛苦，而是满满的愤怒。

布鲁诺抓住时机冲了出来，跑向楼梯。

陌生人还在挣扎着想从一堆毛线中摆脱出来，布鲁诺已经从他身上跨了过去。对方伸出胳膊想要抓住他，侦探也感觉到对方的手指攀上了他的脚踝。幸好没有抓紧。他两级一步窜上楼梯，迎向敞开的活板门。眼看就要投入一片光明之中，布鲁诺清楚地听见了枪声。子弹从耳边掠过。他抓住楼上储藏室的地板，一跃而起，从门洞中钻了出去，一下便对上了塔米特里亚·威尔逊骇人的目光。布鲁诺险些跌回地下室，好在他侧身一倒，避免了事态的发生。一系列动作让侦探喘不过气来，但他还是立刻回头，打算关上门，把对方困在楼下。第二次枪响让他生生停了下来：这一次，子弹击穿了木板门，带起的木屑扬了布鲁诺一脸。侦探怛然失色，再也顾不上木板门，头也不回地扑向大门。

短短一段距离竟让他觉得漫无尽头。终于来到了门边，布鲁诺抓紧把手一按、一拉。门纹丝不动。他没有想到大门可能被对方用钥匙锁住了。

身后，沉重的脚步声沿着楼梯一步步爬了上来。

布鲁诺没有转身。他荒唐地相信，如果此刻转身，自己马上就会完蛋。他歇斯底里地对着门连踹带踢，发现自己竟然那么想活下来。对于一个几乎对生命已经毫无期待的人来说，这种期望真是十分的奇特。

身后的脚步声停下了。

他正在瞄准我吧。布鲁诺一边想，一边等待着子弹撕裂自己的身体。然而他突然发现客厅还有一扇窗户。带着一丝绝望，布鲁诺用自己仅剩的力量冲了过去，一把拉起窗户，钻出屋外。

　　出来之后，侦探径直奔向自己的汽车。它还停在原地，距离门廊不过二十米左右的距离。十五米、十米、五米。居然没有开枪，他在搞什么？布鲁诺绕到汽车的另一边，蜷缩着躲在车轮后面。然后他爬向驾驶室，拉开车门，猛地跳了进去。因为担心子弹会穿过后挡风玻璃击中他，布鲁诺一直低着头。神明保佑，他之前居然把车钥匙留在点火开关上没有拔下来。一脚踩上油门，发动机发出一阵长长的呼啸，仿佛陷入了泥淖。但是随后化油器歇斯底里般吸入汽油，汽车突然跳了一下，之后便窜了出去。直到这时，布鲁诺才终于坐直了身子。透过汽车后视镜，他向身后的房子瞥去最后一眼。

　　就在刚才让他得以逃出生天的那扇窗户后面，影影绰绰站着一个人。

　　兔头人正在向他挥手道别。

17

"萨曼莎，跟我说说那扇门的事。"

她能听见格林医生的声音，却无法对其做出回答。她的思绪被困在迷宫之中，困在那扇铁门之前。门后，细细的声音不绝于耳。

像是老鼠或是虫子在啃噬着什么东西。

"门后的人是谁，萨曼莎？"

"除了我之外，迷宫里还有人……"

另一个声音盖过了格林医生的说话声。但这细细小小的声音并不属于医院的这个房间。是另一个小女孩，她一边挠着门，一边哭泣。

"嘿，能听见我说话吗？"她对门里的女孩说道。

没有回答。

"你听得见我说话吗？"

她吸了吸鼻子。

"你叫什么名字？"

好像没办法了。

"你听不见吗？"不，对方听得可清楚了。那女孩儿只是害怕，怕得要死。"嘿，听着，你不用害怕，我不想伤害你。我和你一样经历了同样的事情。虽然我现在站在这里，但我并不知道这是哪儿。"她居然感到一阵奇异的兴奋。是的，这太自私了，她知道，但她依然很高兴现在自己终于不是一个人了。"我保证，我一定会帮助你的。"她也知道这不过是谎言，因为连她自己也需要别人的帮助。她应该说："在这下面，没有人能帮助我们。"但她还是撒了谎，她不想失去这位新朋友。"这只是一个游戏，"她说，"很简单的，你只要遵守游戏规则就行了。"她应该再加上一句，告诉女孩游戏规则都是由那个人来制定的，但她并没有这么做。"我花了一段时间才弄明白这件事，等你了解这一切到底是怎么回事，所有的事情就都简单得多了……他只是想和我们玩而已。"

"他是谁？"门后终于传出一个微弱的声音。

我不知道啊。她心想。也许是上帝吧。在这下面，他就是上帝，决定着你未来是好是坏，是生是死。而且他还会用他的游戏考验你。"他从来没有回应过我的祈求。这一切都取决于我们自己……我们可以选择要不要玩这些游戏。但是如果不玩，我们就得不到食物和水……如果不玩，我们就活不下去……"

"你玩了几个游戏了？"门后的声音问道。

"很多……"她现在已经数不清了，"你会发现，玩这些游戏是件很开心的事。"荒唐，她怎么会开心？自己为什么要对她说这样的话？待在这里根本没有任何开心可言，这个词最不适合用来形容发生在迷宫里的事。你会憎恨它的。自己应该这么对她说吧。你会憎恨这里的一切，甚至会因为他逼迫你做的事而憎恨你自己。"现在我们唯一要做的就是想办法让你从里面出来。"她摸了摸铁门，发现很坚固。

"我有钥匙。"

这个消息让她觉得很突然。"那你还在等什么，开门出来呀……"

沉默。

但她并没有放弃。"你饿了吗？我那儿还有些吃的……"

依然没有回应。

"你不相信？"也许那女孩做得没错，毕竟自己说了这么多的谎言。"别犯傻了，"她的耐心被一点点消磨，"我跟你说了，我不会伤害你的。"这可真让人恼火。"你要是愿意待在里面，你就待着吧……你会死在里头的，知道吗？"她居然说了这样的话，她觉得自己简直是个卑鄙小人。还记得自己来到这个迷宫的第一天，她对周围的一切感到恐惧。"好啦，对不起……我只是很久没有和别人说过话了。我都不敢相信你居然在这里。我……"她哭了，心中为自己的软弱流泪倍感厌恶，"我……我只希望我们能成为朋友。"

一阵金属碰撞的声音打破了四周的沉寂。这是钥匙在锁眼中转动的声音。两下，三下。

她简直不敢相信：自己真的说服了那个女孩。

铁门打开了，但只是开了一条缝。她听到小心翼翼向后退去的脚步声，于是用一只手慢慢推开门。一个满脸惊恐的小女孩站在屋子中央。女孩穿着撕破了好几处的睡衣，赤裸的双脚还流着鲜血，金色的头发和小脸上沾满了泥。女孩湛蓝色的眼睛正看着她，双手交错在背后，摇摇摆摆——这就是一个小女孩的样子。

"嗨。"女孩说道。

"嗨。"她边回答边试图靠近女孩，但后者往后退了退。她明白了，对方仍然不相信自己——好吧，信任一个人是需要时间的。"跟我来，我有几件干净的衣服，你应该能穿。"她伸出手，但女孩并没有回应她的动作。"我告诉你我的房间在哪里。我所有的东西都在那里，还有一个床垫，如果你愿意的话可以躺在上面休息。"女孩还是一动不动，似乎这些东西并没有什么吸引力。"你需要吃饭，睡觉，否则你不可能准备好的。"

"准备好什么？"

"准备好做下一个游戏啊。"她回答道，"谁也不知道游戏什么时候会开始。不过我会跟你好好说清楚的啦，我保证。"她转身走进长长的走廊，希望女孩最终能决定跟着她一起出来。

"我什么都知道。"女孩突然说道。

她惊呆了。都知道了，这是什么意思？

"我就是那个游戏。"

最后几个词像弹珠一样跳进她的脑海。她转过身，眼角已经发现了一些变化。女孩到刚才为止一直背在身后的手拿了出来，她看见一道光在对方的腰间一闪而过。那是房间里的灯在刀身上面的反光。

"他说我必须这么做。"女孩举起刀，"因为只要我按他说的做了，我就能回家了。"

她和女孩之间隔着多少距离？十来步？长期监禁中成长起来的本能告诉她，摆在她面前的只有三条路：逃跑、战斗、屈服。她正想选择第一条，却又思索了一番。于是她没有跑开，反而向小女孩冲了过去。后者也做出了相同的举动，因为女孩明白了对方的意图。两者的目标都是那扇铁门——那个生与死的分界线。她离铁门更近，但还必须拿到钥匙。她伸出胳膊，曲起手腕，弯曲手指。摸到了，拔出来了，她把钥匙握在手心里了。她朝自己的方向拉紧铁门，与此同时，女孩也用双手扒住门边，任手中的刀掉了下去。两人盯着刀落下地面，然后她用自己最大的力气拉住了铁门。对面的女孩使劲蹬住地面，嘴里大喊着："不！不！不要！"铁门"哐当"一声关上了，巨响回荡在整个迷宫。她迅速地把钥匙插进锁眼。双手在不停颤抖，但她还是成功地让钥匙转上了一圈。然后是第二圈、第三圈。小女孩在门里不停地尖叫、哭泣。她讨厌那个女孩，讨厌极了。于是她也开始叫了起来。

"事情都过去了……萨曼莎，能听见我说话吗？事情都过去了。"

格林搂住她，但她仍不住地挣扎。

"听我说，萨曼莎，你现在安全了，不会再有事了。"

她依然绝望地颤抖着。

"我需要你做一个深呼吸……来，继续……"

她按着医生的要求，一会儿之后，似乎终于能控制住自己。

"不要现在就放弃，萨曼莎。"

她现在已经好多了。"我并不想这样……"她喃喃说道。

"你不想什么？"格林紧紧抱着她。

"求你了，原谅我吧……"

"原谅你什么，萨曼莎？你什么都没做啊……"

格林没有发觉，现在说话的人并不是她，而是迷宫里的那个小女孩。

"开开门，求你了，原谅我吧。"女孩在门后哀求，"求求你，不要把我一个人留在这儿。"

她在自己的房间里也能听见女孩的声音，但决定不去理会对方。她坐在床垫上，膝盖紧紧贴在胸前，目光空洞，极力忽略女孩的叫喊。

"我再也不会这么做了，你可以相信我的。"

现在是她无法信任对方了。那个小女孩让她别无选择，这便是游戏规则，对方注定会被关在那个屋子里，不停地喊叫、哭泣，直到耗尽所有的力气。

"我不知道这样一直过了多久……"

"你在说什么，萨曼莎？"

"也许是几天，也有可能是几周……我知道门后正在发生的一切。一开始她希望我能放她出来。她不停地求我，有时也会诅咒我。后来她求我给她一些吃的和水。再后来就什么都没有了……她不再说话了……我知道她还活着，我知道……但我什么都没做，一点都没有帮她……我应该把门打开的……但那个人在考验我，他想知道我能不能顶得住这一切，想知道我会更同情那个女孩还是自己。这就是这个游戏的目的……"

格林早已松开了她。

她察觉到了医生的动作，于是看着他说道："等到再一次闻到食物的香味时，我知道，赢的人是我。"

18

"八十年代初的时候，罗宾·沙利文只有十岁，那么现在他就应该是五十不到的年纪。"黎明未至，天气就已经热得让人难以忍受。天花板上的风扇慢慢悠悠转动，根本无法让警局这个狭小办公室里黏滞的空气流动起来。扇叶发出悲伤的吱呀声，仿佛鸟叫。布鲁诺被这声音扰得不胜其烦，但仍尽力解释着他所发现的事情。"你们应该对他下发拘捕令。"

鲍尔倚在桌子边，用一张纸巾擦拭着脖子上的汗水。德拉克鲁瓦跨坐在布鲁诺面前的椅子上，双臂交叉支着下巴。两人甚至都懒得再装出感兴趣的样子。

"嗨，伙计们，这个晚上我可是吃尽了苦头……"侦探抱怨道。他的脸被子弹击中木板门时飞溅起的木屑划开了好几道口子，兔头人在农场窗口前看着他离开的画面也不时浮现在他的眼前。

白人警察把纸巾捏做一团，扔向垃圾桶。差一点就中了。另一位警察则是叹了口气，好像在权衡布鲁诺给出的消息。"看看我理解得对不对：你声称这个罗宾·沙利文谋杀了一名妇女，之后还试图杀了你？"

其实只有两枪，因为随后兔头人便不再向他射击了。为什么？"你们去查看一下就能找到那个老太婆的尸体了。"

"他为什么会要杀了你呢？我还是无法理解……"鲍尔说道。

这可真让人泄气。"因为我查到他了，"布鲁诺回答的语气让人觉得这仿佛是世界上再显明不过的事，"他就是你们要找的人，就是他绑架了萨曼莎·安德烈蒂。"他认为对方听到这样的话应该更兴奋一些才是。"用你们的脑袋好好想想，罗宾·沙利文曾经也是一名'黑暗中的孩子'。"他引用塔米特里亚·威尔逊的话，"小的时候，他被绑架了三天，从那以后就变得和从前不一样了。"他从不愿意告诉别人在他身上到底发生了什么，布鲁诺想起之前老妇人的话。

"所以呢？"鲍尔又一次问道。

布鲁诺瞪着眼前的两个人："你们不是在开玩笑吧？"他摊开双臂，"随便翻开一本精神病学的书都能知道，儿童时期遭受虐待的人相对于常人来说，在长大后更有可能对无辜的受害人做出相同的行为。"

*他被黑暗侵蚀了。*提及罗宾·沙利文时，威尔逊太太便是这么说的。

"如果我没理解错的话，这只是你的推测而已。"鲍尔回应道，"因为你肯定没有看见是谁对你开的枪。"

布鲁诺记起自己为了逃离农场，绝望地踢着屋门的那一刻。身后步步逼近的脚步声仿佛就在耳边回响，滔天的恐惧甚至让他不敢转身直面来人。可是对方没有开枪，反而是迟疑了。*他为什么会犹豫？*"我不是跟你们说了吗，他把脸蒙上了。"他没有具体说明那是一张兔子面具。考虑到面前这两人并不怎么相信他的叙述，这么做倒是个不错的决定。

"所以就算我们抓到了罗宾·沙利文，你也认不出他来。"

鲍尔摇了摇头，"再跟我们说一说，你是怎么查到这个塔米特里亚·威尔逊头上的？"

"还需要我提醒你，我并没有义务告知你们我的消息来源吗？"对于这个问题的答案，鲍尔知道得一清二楚，他只不过是想捉弄一下侦探罢了。

"说起来真奇怪，我们逮着一个偷猎的，叫汤姆·科里迪。他声称最近有个臭气熏天的家伙在酒吧里找上了他，询问了一大堆和萨曼莎·安德烈蒂有关的问题，甚至还对他进行了恐吓。"鲍尔转向搭档德拉克鲁瓦："你觉得这足够指控他们俩是这起绑架案的同谋吗？"

布鲁诺乐了。他可不信这一套："关于那个长着兔子脑袋的人，他也跟你们说了这档子事儿了吧？"侦探直接问道，"让我们打开天窗说亮话好了，如果你们想用那个亲爱的汤姆来对付我，就必须公开兔头人的事，以及你们的主要证人需要精神病学鉴定这个事实。"

两位警察并没有因为布鲁诺的话显得慌张。"关于这个案子，你到底知道多少？"德拉克鲁瓦反而问道。

布鲁诺并没有向他们提及波尼和漫画的事。这是调查中最没有说服力的两个证据，他自己还没有弄明白它们在案件中的作用和意义。

只有孩子才能看见这只兔子。

"如果你是通过汤姆·科里迪查到了塔米特里亚·威尔逊，那么他一定是告诉了你一些之后没有和我们说的线索。"德拉克鲁瓦步步紧逼。

"或者我们应该认为，他跟你说的那些关于兔头人的事只不过是一堆屁话？"鲍尔轻蔑地跟着说道。

管你信不信，事实就是这样——布鲁诺心下想道，嘴上却没有反驳。

德拉克鲁瓦更愿意充当和事佬："也有可能科里迪无意识中告诉了你一个细节，然后就忘了，因为他认为这个细节并不重要。"

"你们在浪费时间。"布鲁诺打断了德拉克鲁瓦的话，"我来这儿的目的不是只为了报告一起谋杀案，明白？我来这儿是帮忙的，也已经把知道的都告诉你们，并且让你们自己去查证了。我已经尽了我作为公民的义务，甚至我可以不这么做。作为萨曼莎·安德烈蒂的法定监护人……"

鲍尔突然扑到他的面前，一把揪住他的外套领子："听着，狗娘养的，我们已经找到她的父亲了。提到你名字的时候，他告诉我们，十五年前，你从他那儿弄走了一大笔钱，然后就消失了。"

他错得倒也不算离谱，布鲁诺想。

"所以我知道你心里打的什么算盘：想用一个子虚乌有的委托来吸引别人的眼球而已。你不过是条恶心的寄生虫。"

布鲁诺根本没想反驳。两人僵持了一会儿之后，鲍尔放开他，回到了原先的位置上。

德拉克鲁瓦的手机响了。他接起电话听了没一会儿便回复道："好的，谢谢。"随后他挂了电话，转向布鲁诺："我们派往威尔逊农场查看的巡逻队并没有发现任何尸体。"

布鲁诺本想辩解说，很显然罗宾·沙利文会把尸体处理掉。但他并没有这么做，因为德拉克鲁瓦的话还没有说完。

"但是警员们说，房子里确实有搏斗的痕迹。此外，在通向地下室的木板门上也发现了与枪击相符的擦痕。"

"他们找到威尔逊太太的手机了吗？如果找到了，你们可以追踪一下她的最后一通电话。"布鲁诺问。

"没有。"

三个人都不再说话。有人敲响了办公室的门，鲍尔起身开门。

"打扰了，格林医生想和您两位谈谈。"一位年轻的女警说道。

"我随后就到。"德拉克鲁瓦转头对鲍尔说道。后者领会了搭档的意思，先行离开，将两人留在了办公室。德拉克鲁瓦站起身："我们正在追捕的这个人非常危险。"

"我可能还是知道这件事的，毕竟他曾经想干掉我。"布鲁诺嘲讽道。

"不，你不知道。"德拉克鲁瓦神情严肃地告诫道，"这不是一个随便听听就可以左耳朵进右耳朵出的警告或建议。当我说危险的时候，我指的是他所行之事可以恶毒到你我都无法想象的地步……格林把他定义为'善良的施虐者'。这属于心理变态者的一类，侧写师将其称为'安慰者'。"

布鲁诺捕捉到了这个概念。他从来没有听说过。但他马上猜想到，德拉克鲁瓦提及的格林，应该就是那个工作方法不那么"正统"的侧写师。他现在正负责跟进萨曼莎·安德烈蒂的案子。

"'安慰者'这个词给我的第一印象是一个积极的概念。"德拉克鲁瓦接着说道，"毕竟绑架了萨曼莎·安德烈蒂的人让她活了十五年。我们甚至可以认为他根本不敢杀了萨曼莎，甚至还照顾她、同情她。但我错了……"警察咬了咬嘴唇，好像已经完全沉浸于自己的叙述中，"与连环杀手不同，残暴的安慰者并不满足于杀人。死亡对他们来说并不是一件要紧的事。"

布鲁诺想到了兔头人，以及他是如何放过了自己。

"这类心理变态者的主要目的是把受害者变成一个卑劣的人。"德拉克鲁瓦继续说道，"被一个安慰者囚禁的人会长期处在恐惧的状态下，被迫接受一些残忍的考验，犯下可恶的行径……这就是他们自我慰藉的方式，把别人都变成和自己一样的魔鬼。"

布鲁诺没有说话。

德拉克鲁瓦站起身："一旦行差踏错，落入那个魔鬼的手里，你一定会祈祷自己快点死掉。"随后，他带着责备的神情最后看了布鲁诺一眼，转身离开了办公室。

德拉克鲁瓦离开时并没有关门。办公室外，警员们来来往往。在全都身着制服的人群中间，布鲁诺觉得自己仿佛一个异类，如此格格不入。出门之前，他深吸一口气，然后重重叹了出来，他应该料想到这两个警察根本不会相信他所说的话。就在考虑要不要去 Q - Bar 来杯上好的黑咖啡时，侦探看见一条毛茸茸的大狗沿着走廊走了过去。

希区柯克，布鲁诺记得它的名字。

然后他又听见一阵叫嚷声。布鲁诺想看看发生了什么事，便顺着声音一直走到了警局门口。西蒙·贝里什和鲍尔快要打起来了，警察正手忙脚乱地想要把"灵薄狱"的警官与他们的同事分开。

这是我的错。布鲁诺想起了之前的那通电话，他为了获得有关 R.S.档案的信息而谎称自己是鲍尔。

猛然间，布鲁诺注意到那条大狗正盯着自己。于是在贝里什也注意到他之前，侦探向着出口的方向偷偷溜了过去。

19

"一旦行差踏错，落入那个魔鬼的手里，你一定会祈祷自己快点死掉。"德拉克鲁瓦是这么说的。

快点死掉这件事对布鲁诺·金柯来说并不是什么问题，因为他已经要死了。

然而，听到德拉克鲁瓦说，兔头人所属的那类心理变态者，他们的目的不在杀死受害人时，布鲁诺心里好像有什么东西突然绷断了。因为在威尔逊农场，他知道魔鬼就紧随在身后。但是当他明明被紧锁的大门困住时，兔头人却犹豫着没有开枪。

他想要我活着。在警局停车场走向自己的汽车时，布鲁诺心想。他想把我带回地下室，拖进无边的黑暗之中，然后告诉我他都能做些什么。

布鲁诺坐进汽车，却迟迟没有点火。他有多久没睡觉了？这副身体已经筋疲力尽了。还是不要去 Q‑Bar 喝咖啡了，那里的警察太多。倒是可以去琳达家，让她给自己做顿早饭，也许还能在独角兽的环绕下，在她的沙发上躺上半个小时。看上去倒不是个坏主意，因为自己一直没有给她打电话，她现在一定担心坏了。不过他怎么能给琳达打电话呢？兔头人拿走了他的钱包和手机。好在他也从威尔逊农场带走了最重要的东西。

布鲁诺把手伸进副驾驶的座位底下，拿出一本漫画书。看上去友善可爱的兔子正冲他微笑，笑容阴险邪恶。

　　尽管不是这方面的专家，布鲁诺还是注意到，书的封面上除了书名之外什么信息都没有。他把书翻了过来，背面干干净净。再检查里面：没有出版社和印刷厂的名字。售价，其至连条形码也没有。这个真是奇怪了，布鲁诺想。但他相信，在这本书的来源之谜背后，一定隐藏着什么。布鲁诺很快忘记了琳达和她的独角兽：此时此刻，他迫切地需要弄明白这本漫画书的意义。

　　成年人是看不见波尼的。只有孩子们。

　　布鲁诺发动汽车，向市中心驶去。

　　时间刚过早上六点，街上渐渐空旷起来。吸血鬼也要陆续回到巢穴躲避白日的阳光。布鲁诺穿过城郊地带，又驶过大桥。通常这个时候，交通早已拥挤不堪，汽车以行人的速度一点点向前挪动。但是现在，炎热一扫城市的疯狂与混乱，侦探花了不到二十分钟的时间就抵达了他的目的地。

　　老旧的萨博车打破了这片时尚住宅区的平静。路边绿树成荫，这里曾经是波希米亚艺术家和学者的集会地，现在主要居住着新兴企业家和上流贵族的后裔。

　　布鲁诺把车停在一幢白色的三层小楼前。小楼的历史可以追溯到二十世纪初期，优雅漂亮的合成树脂板上刻着银色的字：M. L.—艺术画廊。

　　临街的玻璃窗已经拉上厚重的灰色窗帘，很有可能是为了保护画廊中的艺术品免受又一天酷暑的侵扰。

　　敲门之前，布鲁诺看了一眼自己的着装。若放在平时，在这类优雅的环境中，他的衣着显然无法帮助他取得想要的消息。但此次无关紧要，因为他与这栋小楼的主人相识。

前来应门的是一位老者，一头银发被他整齐地梳向脑后，鼻子上还架着一副老花镜。尽管闷热难耐，莫迪凯·卢曼的穿戴还是同平时一样完美得无可挑剔：蓝色外套、纽扣领的衬衣、红色领带、黑色裤子以及黑色软皮鞋，包括他总爱放在外套胸前口袋里的彩色手帕。他从头到脚打量了一会儿布鲁诺。"金柯先生。"认出之后他惊呼道。两人足有三年未曾见面了。

"我没有吵醒您吧？"尽管知道对方穿着如此精致得体并不是上床睡觉的样子，布鲁诺还是出言问道。

"我没有和别人一样，过这种愚蠢的夜生活。而且我有失眠。"他退到门的一边，"请进。"

布鲁诺跟随老者沿着一条长廊向屋里走去。走廊漆成了深绿色，装饰有白色的镶板。

莫迪凯之前找过布鲁诺帮自己解决一个棘手的家庭问题。他的一个侄子生性有些无法无天，从他这儿偷走了一件价值连城的藏品以偿清赌债。为了不惹恼姐姐，老者选择不去警局报案。后来布鲁诺在一家大型赌场的旅馆中找到了这个年轻人。查实赃物还没有出手之后，侦探装作一位热衷投资的艺术品经销商取得了赃物，还顺手把这个混蛋踢回了家。

"来杯茶吗？"莫迪凯语气严肃，当然这并不代表他的本意。

"好的，谢谢。"

两人走进宽敞的卖品展厅。莫迪凯并不是普通的画廊老板，他对绘画或是雕塑并不感兴趣。老者真正潜心研究的对象是漫画和图像小说。超级英雄的冒险故事、日本漫画，它们才是他收藏的主力军。

大厅一角，莫迪凯正在煮水备茶。布鲁诺趁此机会在陈列展品的桌子间漫步。近期在售的展品只有五件，分放在五个展架上。

"数量少，但都是宝。"屋子的主人猜测着对方的想法。

布鲁诺走到其中的一幅作品前，细细观察。画面中，一位眼睛大得不成比例的忍者男孩正与几个机器人激烈战斗。

"它描绘了人类最后的战斗，这是一场终极战争，是人类与他们智慧巅峰的产物——机器之间的决斗。"莫迪凯说道，"您可以仔细看一下作者是如何描绘这些机器人的：它们看上去就像天上的神祇。而这位年轻的忍者，则是人类千年光荣遗产的承载者。"老者端着两个热气腾腾的杯子走到侦探身边，"我知道对于眼下这种天气来说，它们并不是最适宜的饮品，但就我而言，冷茶是对茶叶的亵渎。"他把其中的一杯递给侦探，"我能为您做些什么呢，金柯先生。"

"并不是什么特别的事，"布鲁诺轻描淡写地说道，"只是找您咨询　下。"他端稳杯碟，从外套口袋中拿出波尼的漫画书，将它递给莫迪凯。

后者正要接过，却突然停下了动作。

布鲁诺注意到他脸上惊讶的神情。

"天哪，这不可能。"莫迪凯把杯子放在一张小桌上，然后翻遍外套所有的口袋，拿出一双白色的棉手套。戴上手套后，他才小心翼翼地用指尖把书接了过来。"跟我来。"除此之外，他什么都没再说。

布鲁诺一路跟着莫迪凯来到屋后的一个小房间，这是他的私人书房。侦探看着老者把漫画书放在一张斜面书桌上。

莫迪凯打开万向灯，把它对准书的封面，然后仔细地翻阅起来。"我只是有所耳闻，却从来没有亲眼见过。"

布鲁诺仍然无法理解对方惊讶的原因，这本漫画书的质量看上去不过是那种烂大街的普通货而已。布鲁诺没有随便找个漫画书店的傻店员向其出示这本漫画，而是将其带到莫迪凯·卢曼的画廊，在看到眼前这位专业人士的第一反应之后，他就知道自己做出了正确的选择。

　　画廊老板已经快把头埋进书里了。他的手指轻抚过画面，脸上的钦佩欣赏之情如同一位正在研究微型画的历史学家，其中的兴奋又像是一个刚用自己积攒下的零花钱买了一本连环画的孩子。"波尼，"他的语气仿佛问候，"我的很多同行认为这只是一个传说……其实对此我也经常心怀疑虑。"

　　"对不起，请允许我打断一下，"布鲁诺的话打破了莫迪凯的专注，"您为何疑虑？能详细说明一下吗？"

　　"其实很简单，金柯先生，这本漫画书本不应该存在的。"

　　布鲁诺被这个消息吓了一跳："什么意思？"

　　"书的印刷质量、用纸和装订方式表明它的出版时间应该是在上世纪四十年代左右。其实波尼系列的确是那个时期出版界的实验……那是漫画界剧烈动荡的一段日子，为了吸引新的受众，出版商积极寻找着各种新路子。"

　　"我好像从来没有听说过这个漫画人物。"

　　"您怎么可能听说过？"莫迪凯回答道，"波尼的生命极其短暂，这种事在当时屡见不鲜。角色塑造的不成功让它很快就被人们遗忘了。"

　　"于是随着时间流逝，这些书成了稀有物品，人们也对其趋之若鹜，是这样吗？"布鲁诺心想，过了七十多年之后，收藏者的狂热也许让漫画书的价值得到不成比例的增长。

　　"这么说并不确切。"莫迪凯纠正道，"波尼的漫画书并不罕见，我们很容易就能在旧货商或是专业交易会的摊位上找到它们。但有一个例外：就是您今天给我带来的这本书。"莫迪凯转头看向布鲁诺，两眼闪烁着激动的光芒，"这是一本伪书。"

"没有作者、绘者姓名，也没有出版商或印刷厂的名字。"布鲁诺说道，"没有任何出版信息。"

"更明显的证据是，作为一本漫画书，它没有编号。"莫迪凯补充道，"这就说明这本书不属于任何一个系列，而是一件独立的作品。"

"所以这就增加了它的价值？我无法理解……"

"这不是钱的问题，金柯先生。"莫迪凯从口袋里掏出手帕开始擦拭刚刚摘下的眼镜，"尽管我相信有人会出大价钱来买它，但这件作品的价值其实并不在于它的独特……而在于它的目的。"

"逗孩子玩儿。"布鲁诺天真地说。

"您确定？"莫迪凯问，"您看这本书的时候就没有注意到什么特别的地方吗？"

对方的问题让布鲁诺觉得自己很无知。"在故事里，只有孩子才能看见兔子，成人是看不见的。"他说。

"您就没有想过这是为什么？"

布鲁诺不知道该如何回答。

此时，莫迪凯已经走向他的写字台："您不觉得这本书很差劲吗？"他一边说一边在桌上的纸堆里翻找，"绘图和对白简直是糟透了。"

"是，确实如此。"

终于，莫迪凯找到了想要的东西。他拿着一面长方形的小镜子又走向斜面书桌："每一个时代都决定了自己的审美。有时候，就算是从丑陋中也能诞生出美。您同意这个观点吗？"

布鲁诺想到了悬挂在自己书房中那件汉斯·阿尔普的拼贴风格作品。并不是所有人都会把它当作一种艺术，想要欣赏它还是需要一定的艺术品位或是一定的文化积累。也许在评价波尼这本漫画书上，他也犯了同样的错误。"您认为，那兔子算是一种艺术吗？"

莫迪凯严肃起来："不，我的朋友。它根本不是什么艺术。"老者已经带着镜子走到桌边。他把镜子斜放在随意翻到的书页画面一侧，转头对布鲁诺说道："您自己来看看……"

布鲁诺慢慢走近桌边，然后他看见了。

镜中的倒影里，粗糙、幼稚的画面改变了原有的样貌，波尼原本温和的微笑变得虚伪暧昧。现在，这只心形眼睛的兔子正和某个女人进行着露骨的性行为。布鲁诺又用同样的方法观察了另外几页上的图像，波尼淫秽的形象里夹杂着暴力与残酷。恋物癖、性虐待癖、各种各样极端的受虐施虐行为。

"黄书。"布鲁诺想起自己第一次翻看这本书时不适的感觉，当时他根本没有想到书里还有这种潜在的内容。

"这种镜像叙事的技术早在十九世纪便已十分闻名，到了上个世纪四十年代，又出现了短暂的盛行。"莫迪凯解释说，"直到现在，这种技术仍运用于一些图像小说，借以隐藏小说里的另一条情节或是文本的潜台词。出版商通常对此一无所知，它们更多的是出于绘者的恶作剧。有一部分收藏家热衷收集这些'异常'的作品。"

"刚才您提到了这本书的目的……"布鲁诺问道，"您指的是什么？"

莫迪凯深吸了一口气："我把我的一生都奉献给了漫画，因为我认为它们能带来快乐。虽然我的职业是引导收藏者去购买一件艺术品，但我知道，真正促使他们买下某件作品的动机其实是他们想重新体味年少时期的快乐。"老者停顿了一下，"所以坦白地说，我并不知道究竟是什么原因推动某人创造出了如此虚伪鬼祟的东西。"

只有孩子才能看见波尼。

莫迪凯·卢曼合上书，把它递还给布鲁诺。"我的好奇心到此为止，金柯先生。如果您愿意接受我这个朋友的建议，还请您尽早从这件事里脱身出来才是。"

不，我做不到。布鲁诺很想这么回答莫迪凯。既然十五年前与萨曼莎·安德烈蒂的父母签下了合同，这便是自己该偿还给那个女孩的债，他必须承认这一点。但对于布鲁诺来说，这也意味着与自己的过去、与安放在安布鲁斯旅馆 115 房间保险箱里的信封做个了断。布鲁诺曾让琳达在自己死后毁了里面的东西，不过现在他改主意了。

所以，当莫迪凯·卢曼送他出门时，布鲁诺决定是时候重新打开那个信封了。

20

    安布鲁斯旅馆是一幢狭小的建筑物，夹杂在铁路桥附近一排看上去差不多的大楼中间。

    旅馆破败不堪，还有许多奇怪的谣言。其中一个是说旅馆有个房间的住客会凭空消失。布鲁诺对这些事毫不在乎，他之所以选择在这里归于极乐，只是因为旅馆符合自己一直展现给他人的寒酸形象。没有人应该了解那个真实的布鲁诺·金柯——一丝不苟的专业人士、完美主义者，一个在国外藏有财产、在家中墙上挂有汉斯·阿尔普作品的人。

    更重要的是，没有人可以窥视他的秘密。

    这些秘密无关他在一些棘手调查中的发现，布鲁诺真正要隐藏的是在解决这些案件时所使用的方法。对于那些不得已的行为，他并不为之骄傲。

    输入琳达的生日之后，布鲁诺解开了密码锁。他拿出信封，怔怔地盯着它。侦探从未想过有生之年还能与手中的物品再见面。可既然如此，他又为什么会让琳达在自己死后将它销毁，而不是自己动手呢？其实布鲁诺是知道的，类似这样的一刻可能会到来。此时，他需要用上一切手段——包括那些非法的——才能达到目的。在这种情况下，信封里的内容就会有用了。

    布鲁诺把信封塞进旅馆的一个帆布洗衣袋里，迅速离开了房间。

回到家后，他与往常一样在玄关处脱掉外衣。其间，布鲁诺的眼神一刻都没有离开过放在地上的那个帆布袋。他感到害怕，因为毕竟他曾向自己发誓，再也不会同魔鬼缔结条约。

布鲁诺满身大汗，这时候要是能冲个澡真的是再美好不过的事。但他只是穿上一身运动服，坐到了书房的电脑前。这次没有古典音乐，写字台前那幅达达主义作品也无法让他振奋起精神。

撕开封条，布鲁诺用裁纸刀打开信封，从里面取出一个银色的小盒，然后用一根 USB 数据线把它连接到自己的苹果电脑上。最后，布鲁诺连上了互联网。

这件被他藏在安布鲁斯旅馆的物品，打开了一条隐秘的通道。

在经年的职业生涯中，布鲁诺·金柯了解到，原来这世界上还有各种规则永远无法企及的地方。是的，一切规则，无一例外。在这里，邪恶可以在没有任何阻力的情况下繁荣兴盛，人类那些隐秘的本性也不再受到任何的限制。这是一片利己主义盛行的荒蛮之地，生与死有它们之间相对应的价值，而他人的痛苦也成为可以讨价还价的商品。

这其中的一个地方便是深网——网络下的网络，互联网内部隐藏在暗中的那部分，不属于任何人的领地。通过仅在网络上认可流通的比特币，人们可以在这里贩卖或是购买任何东西：武器、毒品、数据，甚至是人。

女人、孩子，他们是这里最受人追捧的商品。深网与我们平时所见的互联网一样，有搜索引擎，比如 Dark Tor 或 Ahmia，还有 Grams，它的界面几乎就是谷歌的翻版。你可以通过它们浏览那些提供商品或服务的网站——一支编号已经被磨去的枪，或者一只将会为你扣动扳机的手。这里还有教大家如何用超市就能买到的东西制作脏弹的网络日志，也有向大家展示如何强奸妇女但不留下任何痕迹的视频教程。

就布鲁诺·金柯来说，深网是一个买卖信息的绝佳之地。前后的商谈并不麻烦，就像一个普通的周末市场，只不过有的用户出售的是他们手中的敏感数据。

布鲁诺所从事的职业很大程度上依赖于从业者的信息收集能力，因为在这些信息里，或许就含有有用的或是具有一定价值的内容。为了获得这些信息，一名出色的私家侦探通常必须进行一些无休止的而且往往是无聊至极的调查。走遍一条条街道、与人们交谈、筛选每一项数据然后证实它们的可靠性。这是一个漫长而费力的过程。但有时，留给侦探调查的时间太短，事态过于严重，所以他们需要一条捷径。

布鲁诺属于老派侦探里的一员，他们在工作中会用到那些可靠的线人，也会散播那些刻意篡改、伪造的消息以获得真实的信息。所以深网并不是他熟悉的领地，每当自己需要踏足网络阴暗的那一边时，布鲁诺都会深感不安。这么多年来，他只是在一边观察着这个平行世界，从未在当中暴露过自己。布鲁诺用了很长时间来了解深网的运转方式，以及如何保护自己远离可能产生的危险。在步入这个世界之前，他告诉自己一条准则。

在深网里，无人能有藏身之所。

布鲁诺心中重复着这句话，同时黑色的电脑屏幕上出现了一个正在倒计时的计时器。对深网的访问并非即刻的，这个过程需要一系列的步骤。这和你计划去陌生国度旅游一样，首要之事最好就是保障自身的安全。对于网络来说，强大的杀毒程序和防火墙就如同它的疫苗。建立起屏障之后，深网的访问者还必须接受其他用户的检验。如果被认定不"值得信任"，访问者就会像异体一样被踢出深网。①

多年来，布鲁诺为自己创造了许多不同的身份，以便自己在这个阴暗的虚拟世界中自由飘荡。每次察觉到有什么不对，他就会注销当前使用的身份，转而使用下一个。也许这仅仅是一种感觉，但也足够让他警惕。

计时器总算停止了跳动，布鲁诺将一个网址键入随后在屏幕中央出现的地址栏中。当然，深网里也有许多社交网络，而在HOL，也就是 Hell On-Line（网上地狱）上，聚集了许多活该受到诅咒的人。

布鲁诺希望能在这里找到波尼。

换成别的情况，布鲁诺会更愿意自己花上一些时间在现实世界中寻找罗宾·沙利文的踪迹。但他的时间已经不多了，所以侦探只能在深网上通过这名绑架犯的另一重身份来展开调查。

一个"残暴的安慰者"，关于罗宾·沙利文，布鲁诺想起德拉克鲁瓦转述给他的内容，并默默记了下来。一个"黑暗中的孩子"，塔米特里亚·威尔逊是这么称呼罗宾的。两人不同的说法表达了相同的概念：罗宾·沙利文并不能控制自己这种邪恶的天性，反而由此生了执念，成了它的奴隶。若非如此，他绝对不可能坚持囚禁一个人如此长的时间。

这人过着井井有条的生活，能够很好地融入社会，所以看上去丝毫不显得可疑，**布鲁诺心想**。我们看见的是一个恶魔，但隐

---

① 这里把进入深网的过程比喻成人体的免疫系统。进入深网需要输入代码，然后等待一定时间来和网络搭建网桥，新人可能无法正常访问，这时只需要老用户，即自己的计算机已经成为网桥的用户，把自己的网桥代码发给新用户，然后新用户将代码添加到网桥列表中即可正常访问。

藏在波尼这个兔子诡异外表之下的，是一个人。

一个拥有两张面具的人。

第一张，兔子。但这只能算是个玩笑，一个谎言。第二张，他自己的脸。这才算得上真正的面具，因为正是靠着它，罗宾得以向周围的世界掩饰了自己真正的秉性。

兔头人居然放我离开了。布鲁诺想起自己在威尔逊农场的惊魂一刻。也许他还想跟我玩这种捕猎的游戏。

HOL 是证实自己想法的好地方。布鲁诺给自己起了一个昵称，开始填写一份全新的个人简介。他把自己伪装成痴迷于性虐待的人以通过认证，并在自己的主页上传了一些用以佐证这个身份的图片。

随后布鲁诺开始了与他人的互动。

访问这个网站的性变态者囊括了所有类型，他们通常会交换一些极端色情的图片、文件。在这里，那些最病态的幻想展现得一览无遗，最邪恶的人性也得以释放。这些人当中，尤其受追捧的是强奸犯。他们会预告自己的行动，并在得逞后立即上传视频以获得网络圈子里的热烈评论并找到同好。各式各样心理变态的人来到这里，从恋童癖到跟踪普通人的"寄生虫"。后者会在被跟踪人一无所知的情况下偷拍下照片发到网上。"寄生虫"通常正是通过这种方式向圈子里的人提供了所谓的"目标"。于是这些人聚集起来，在某个无辜的父亲离开办公室时把他殴打一顿，或是趁某个不知情的女生晚上独自在家时将其强奸。

而最近，HOL 上的热门话题是萨曼莎·安德烈蒂。

人们称颂着绑架她的人，称其为"英雄"，并感谢他"树立了榜样"。而关于受害者萨曼莎的粗俗言论层出不穷，有人甚至建议潜入她所在的医院，完成"未竟的工作"。

布鲁诺憎恶这些卑鄙肮脏的人，他们不仅玷污了自己，也玷污了他人神圣的生命。侦探想象着这些人过正常生活时的样子。他不知道他们可有父母孩子，也不知道他们身边最亲近的人若是发现真相会作何感想。如果你们和我一样，发现自己所剩时日无多时会怎样？当你们即将迎来死亡时又会是怎样的感觉？你们会将心中的魔鬼一同带入自己的坟墓，却不知在以后永恒的时光里，只有他会与你相伴。

布鲁诺赶紧抛开这些想法，他必须保持专注。那个阴暗污浊的世界正通过屏幕召唤着他，布鲁诺又一头扎了进去。是时候抛出诱饵了。他写了一条消息，发送给这些地狱里的同伴们。

"我正在寻找一只友善的兔子，他叫波尼，有一双心形的眼睛。任何人若能提供相关线索或透露相应信息，我都将为之提供可观的报酬。请私信与我联系。"

只有知情者才能明白消息中涉及的关键点。之所以这么做，是因为布鲁诺认为像罗宾·沙利义这类恶魔，他们并不会满足于私下作恶，而是会在某个时刻寻找一个舞台，向世人展示自己的"劳动成果"。Hell On-Line 正是他们达成这个目的的好地方。

世上没有不透风的墙，只要罗宾和别人说过他干的好事，就一定会有消息的。布鲁诺看了看仍然搭在苹果电脑键盘上的手。抖得厉害。太累了，我得睡一会儿了。

反正距离夜幕降临还有很长时间，现在能做的也只是等着深网里有人给他回复。于是布鲁诺走进卧室，倒在了床上。他把双手放在胸前，闭上眼，感受着自己的心跳。

它还能跳多少下？

在想到一个可能的答案之前，布鲁诺就已经睡着了。

远远传来一阵声音，像一颗白色的水滴落入浓黑的海洋。周遭的黑暗在它的作用下溶解，布鲁诺也随之慢慢醒了过来。有那么一瞬间，他以为那阵声音只是梦境的产物。

然而声音确实在耳边回响。可能是歌声。

布鲁诺并不习惯在这间公寓里听见人类的声音。这里通常有的只是古典音乐，或是沉寂。而且这声音似乎有些不同寻常。声音属于一个女性，仔细听来，她并没有在唱歌。

尽管时不时非常有节奏，但这只是呻吟。

布鲁诺昏昏沉沉地坐了起来。几点了？外面天已经黑了。严重的偏头疼让他根本不能思考，他现在有些脱水，恶心的感觉也去而复返。但布鲁诺还是强打精神，开始寻找这个神秘声音的来源。

声音来自书房。更准确地说，是电脑。

屏幕的亮光让苹果电脑周围笼罩着一层朦胧的光晕。布鲁诺拖着沉重的双腿上前查看。

他在桌边坐下，立刻就注意到自己在 Hell On-Line 的个人页面发生了一些变化。数小时前发布的那条消息下面，出现了一个窗口，当中还有不停晃动的身影。布鲁诺放大窗口，调高电脑音量。

是一个色情视频。

但是摄像头的拍摄角度十分奇怪，从镜头里只能看出拍摄地点是一个昏暗的房间，以及房间里两具赤裸人体的一部分。布鲁诺不久前听到的声音就是视频里这个女人不停发出的快乐的呻吟。

女人面朝下趴着，那个只能模糊看出身形的男人从后面穿透了她。

布鲁诺起初并没有重视这个视频，他以为只是不小心弹出的窗口。正要将其关闭，一些突然间的发现却让他停下了手上的动作。投射在女人身后墙上的影子，并不属于人类。

那影子看上去就像一只巨大的兔子。

布鲁诺完全没有想到兔头人会亲自出现在自己眼前，而且也弄不清楚他正在看的到底是什么。这个视频有什么意义吗？兔头人到底想让他看什么？

呻吟声越来越激烈，女人马上就要达到高潮了。一只女性的手突然出现在镜头前，不经意间把摄像头推到了地上。尽管摔了一下，摄像头还是从这个新的角度，继续着它的拍摄工作。

布鲁诺试图在视频中发现更多的细节，以此判断出视频拍摄地点。画面的背景里有些东西，但是没有对上焦。布鲁诺努力辨别着。他把画面放大，好像是动物。也许是狗，而且它们正盯着眼前发生的这一幕。真是荒诞，布鲁诺心想。不，不是狗，是马。

布鲁诺突然感到一阵恶寒。他又错了。

这是独角兽。

还不待大脑下令，布鲁诺的手就已经伸向了写字台上的电话，但手指却在键盘上停住了。

琳达的电话就存在手机通讯录里。他把我的手机拿走了，所以他能找到琳达。

但现在不是想这些的时候，他必须先确认琳达是否一切安好。在深网里，无人能有藏身之所。布鲁诺在记忆中搜索着那个该死的号码。数字开始一个接一个地蹦出来，于是他开始拨号。然而记忆总是卡在半截，所以布鲁诺不得不一次次挂断电话，重新拨号。仔细想想啊，这和儿歌是一样的。终于，一连串的数字像是有了自己的旋律，布鲁诺在最后两位上犹豫了一下。是一个7和一个4。他按下按键，开始等待。时间好像永远没有尽头。

布鲁诺面前，兔头人的视频一直没有停止播放。电话里传出正在接通的声音，然而让布鲁诺·金柯慌乱的是，面前电脑的音响中，同样传来了电话铃声。

这不是一个事先录制好的视频。

这是直播。

铃声仿佛唤醒了兔头人，录制被粗暴地中断了。最后一个镜头转瞬即逝，但布鲁诺还是看见了一柄匕首闪烁着骇人的寒光。

21

入口处的门只是虚掩着。

布鲁诺站在楼梯平台上，盯着大门看了一会儿。他知道，这可能是陷阱，是兔头人设计出来引诱他，然后宰了他的一个陷阱。

如果我的命就该这么结束，那我也认了。

布鲁诺右手举枪，左手小心翼翼地推开门。屋里一片漆黑，唯一的亮光来自街边商店的招牌。他倒是有一个小手电，就放在外套的口袋里，但现在暂时还用不上它。

进屋后，布鲁诺迅速检查了门厅里视线的盲区，以防对手有所埋伏。随后，他小步走向客厅。

整个屋子寂静无声，连空调也关了，所以屋子里热得厉害。厅中的摆设似乎一如往常。白色的沙发和地毯、黑色的家具、独角兽。尽管没有看见什么明显的迹象，但布鲁诺就是知道，在这间房子里一定发生了什么可怕的事。他能嗅到弥漫在空气中的不祥气息，就像衣服上噼啪作响的静电般令人不安。

他又朝着卧室的方向走去。刚踏入屋内，布鲁诺首先注意到的便是味道——那味道尖锐刺鼻，绝不可能和别的味道弄混。是血，它从床上一滴滴坠落，早已浸透了床边的地毯。

琳达毫无生机地躺在昏暗之中。

布鲁诺快步走了过去，却依然保持着平日的谨慎，以防周遭生出什么变故。琳达浑身赤裸地仰躺在那里，腹部满是交错的刀痕。她的眼睛早已失去了焦距，却依然看得出充满了恐惧。布鲁诺牵起她的手，摸不到任何脉搏。于是他俯下身，把耳朵贴在琳达的胸前。

只要还有呼吸，一切就没有结束。可他的朋友做不到了。

悲伤化作泪水盈满了布鲁诺的眼眶。怎么会这样？琳达的胳膊和腿上遍布刀伤，这说明她没有立刻向对方屈服。布鲁诺为朋友的抗争感到骄傲。一旁的床头柜上，侦探看见了自己在威尔逊农场丢失的钱包和手机。现在它们对兔头人来说已经毫无用处了。这个恶魔带走了琳达，带走了唯一一个不把布鲁诺·金柯看作废物的人，唯一一个爱他的人。

布鲁诺拿起手机，按下了报警电话。但在拨通电话之前，他瞥见了掉落在一旁的摄像头。凶手就是用它拍摄了之前的性爱场景，而这个场景最终却演变成了一场杀戮。摄像头还在地板上，凶手为什么没有把它带走？布鲁诺想知道，此时此刻，兔头人是否正在看着自己。也许角色已然转换，也许现在电脑屏幕前的旁观者变成了那个魔鬼。

布鲁诺一边想，一边拨通了电话。就是在此时，他听到了一些响动。

声音干脆响亮，像是击打发出的动静。不可能是幻觉，布鲁诺听得很清楚。声音从房子的另一边传来，那是他还没有来得及检查的地方：厨房和卫生间。

布鲁诺双手持枪平举在身前，再一次进入走廊。走到厨房门附近时他停了一会儿，想看看刚才的声音是否会再次出现。然后他猛地冲了进去。没人。于是布鲁诺继续向卫生间走去。他来过琳达家好几次，所以知道这里的环境。布鲁诺仔细想了想卫生间的布局：面积不大，有一个浴缸。门半掩着，他走到门旁，仔细听着里面的动静。

他能感觉到里面有人。

布鲁诺伸出手。刚搭上门把手，掌心就传来一种黏腻的感觉。是血。病入膏肓的心脏传来清晰的信号——不，它可承受不了这种紧张的情绪，但眼下发生的一切让布鲁诺必须进去看看门后躲藏的人究竟是谁。不过他需要一样东西来分散对方的注意力。

手电筒，布鲁诺心想。

他把手电筒从口袋里掏了出来，与枪一起握在手中。一、二、三。布鲁诺一脚把门踹开，随后在迅速举枪的同时打开了手电筒，以便让对方在强光下暂时睁不开眼。

然后他花了一阵时间来理清眼前的景象。

兔头人赤裸着身体倒在地上。他背靠着墙，一条胳膊搭在旁边的抽水马桶上，用来杀害琳达的那把刀赫然插在他的腹部。大量的出血使得面具后传来的呼吸声困难急促，充满了杂音。琳达不止做出了抵抗，布鲁诺心想，她还重伤了凶手。

不，这还不够。也许法律根本不会判他死刑，这个想法让布鲁诺感到十分厌恶。愤怒充斥了侦探身体的每一个角落，他甚至想，如果他帮助琳达完成生前想做的事，杀了这个凶手的话，自己也根本不需要付出任何代价。法官还能对他做什么，判处他什么罪行呢？他们甚至根本没有时间对他进行起诉，上天早已对他进行了无情的审判。思及此，布鲁诺走向眼前的恶魔，对着他举起了手中的枪。"摘下那个该死的面具，"他说，"我要看看你的脸。"

眼前这个戴着兔子面具的人起初并没有任何动作。过了一会儿，他才艰难地举起一只胳膊，扯住兔子面具的耳朵往下拽。怪异的动物形象不见了，一张人脸出现在布鲁诺面前。不到五十岁的年纪，正如他预想的那样：剃得干干净净的胡须、毫无特点的鼻子、高高的颧骨；深邃的棕色眼睛透着忧郁，一瞬间让布鲁诺也感到了忧伤；还有那开始后退的发际线：罗宾·沙利文，一个看上去普普通通的人。

但布鲁诺不会被他的外表蒙骗。不，我们两个不一样，永远也不会一样。侦探真想徒手杀了他，把他撕成碎片，用杀死琳达的那把刀让他在死前尝尽痛苦。布鲁诺把枪上膛，又往前一步，手指扣住了扳机。

沙利文的面部因恐惧扭曲成了一团。他闭上眼睛，浑身颤抖："求求你……放她们走。"

这句话阻止了布鲁诺进一步的动作。他在胡说什么？侦探怒火更甚，他说的那些话关自己什么事？

"求求你……"面前的人还在絮絮地说个不停，甚至哭出了声。

"你他妈的到底在说什么？告诉你，我根本听不明白。"布鲁诺十分恼火，"你完蛋了，罗宾。你完蛋了。"

"我都按你说的做了……求求你，放她们走。"

布鲁诺突然僵住了。这话听起来像是个缓兵之计，但眼前这个人还在不停地失血。如果这真的只是一个谎言，显然并没有什么意义。一个怀疑在布鲁诺的脑海中浮现，让他十分不爽。"有人让你过来的？"

对面的人吓了一跳。很有可能他也以为自己一直在和另一个人说话。

布鲁诺把手电筒从对方脸上移开，好让他看清自己。"谁让你来的？"尽管已经知道答案，但布鲁诺还是问道。

"那个人偷偷潜入了我们家，把我的妻子和女儿们关进了地下室。他让我照他说的去做，否则就杀了她们……"对方突然失声痛哭。他的胸部随着哭声剧烈起伏，鲜血也因此从腹部的伤口不停滴落。

躺在自己脚边的人究竟是谁？"你住在哪儿？"布鲁诺问道。

"拉瑟韦尔，10/22。"

不错的住宅区，都是小别墅，那里住客的收入算得上是中产阶级。这不一定是真话，似乎有个声音在告诉布鲁诺不要相信眼前这个男人。但他最终还是一边举枪瞄着地上的人，一边拿出手机通知了警察。他让警方派一辆救护车过来，然后接着说道："赶紧派人去拉瑟韦尔，10/22，一个女人和她的女儿们现在可能有危险。"等电话另一头的人记下他所说的一切，布鲁诺又继续说道："我还需要你帮我联系德拉克鲁瓦和鲍尔两位警官，告诉他们布鲁诺·金柯急需和他们见面。"

"那人戴着面具，但我认识他……"受伤的男人喃喃说道。

布鲁诺忘了还在与警方通电话："你说什么？"他需要确保自己没有听错。

对方直愣愣地盯着布鲁诺："我知道他是谁。"

22

五下急促的敲门声，然后是两下慢的。

这个声音让她高兴起来。房间的门开了，格林医生带着一丝
狡黠的笑容走了进来。他推着一辆小推车，车上是一台老旧的电
视机。

"有一个好消息，"他说，"警察已经找到你的父亲了，他正
在过来的路上。"

她不知道该作何反应。她应该表现出高兴的样子，可是自己
对父亲的样貌没有丝毫印象。为了不让格林失望，她还是笑
了笑。

好在医生很快转变了话题。他指着电视道："这是我从护士站
借来的，"医生的口气得意洋洋，像个做了什么恶作剧的孩子，
"我想给你看样东西。"于是他把电视放在了床前。

医生摆弄着各式各样的电视电缆线，想把设备和墙上的插座
连到一起。她从床上坐了起来，好奇地观察着医生的一举一动。

连接好电缆，格林夸张地从裤子后口袋掏出遥控器，像决斗
中的牛仔用枪瞄准对方那样，把遥控器对准了电视："让表演开始
吧。"他一边说着，一边打开了电视。

屏幕上出现的是新闻频道的直播画面。时值夜晚，一群人正
聚集在一片蜡烛、毛绒玩具和鲜花的周围。有人在唱歌，一派喜

悦的气氛。这些人的面前，是一家医院。

"这些人在干什么？"她惊讶地问。

格林没有回答，只是调高了电视的音量。

"……警方已进行了多次的劝阻，但人们还是源源不断地来到这里，"一位电视评论员说道，"他们想对这位圣凯瑟琳医院中的女性表达自己的问候。"

他们真的是为自己来的？她不信。

"今天，萨曼莎·安德烈蒂是我们每一个人的女儿，每一个人的姐妹，"一个女性的声音接着说道，"但是对于如今在街头、在工作岗位上、在家中遭受粗暴对待和伤害的每一位女性来说，她还是英雄。因为萨曼莎用自己的行动告诉我们，她战胜了那个恶魔，拯救了自己。"

连她也感动了。在迷宫中，她尽力克制着不要哭出来，因为流泪便是意味着那个混蛋赢了，意味着他正在逐步瓦解自己的反抗，意味着自己很快就会屈服于他的控制。好在如今这一切终于都过去了，自己算是解放了吧。

屏幕中再次传来电视评论员的声音："她正在向警方提供一系列线索，以便他们在未来短时间内逮捕此名绑架犯……"

最后一句话让她失望到了极点。也许格林也察觉到了这一点，因为他很快关上了电视。

"为什么每个人都对我有所期望？"她问道。然而真正的问题其实是：为什么不让她一个人安安静静地待着？

"因为没有人能够阻止他，除了你。"格林说。然后他坐回到自己通常坐的位置上："前段时间，在阿尔卑斯山一个叫做阿维科特的小村庄里，有个女孩失踪了。那时人们也像现在这样聚集在她父母家门前，给她带去礼物、为她祷告。但接下来发生的事，日后很难被人们遗忘……"

"为什么要告诉我这件事？"

"原因很简单，萨曼莎，"格林向她探身说道，"我希望你彻底摆脱这个噩梦。你应该比我更清楚，如果我们不能抓住他，今后就算你走出这里，也很难过上正常人的生活……"

她转头看向床头柜上的黄色电话。医生说得没错：她不愿日后如惊弓之鸟般惶惶不可终日。如果像之前那样，只是几声电话铃声就能把她吓得要死，今后到了医院外面又会是怎样？不可能一直有警察在门外保护她。就算警察给她安排一个新的身份、一个安全的住所，她每日也依旧会害怕那个"他"重新出现在自己眼前。"您希望我怎么做？"这次她看上去十分坚定。

"我想尝试一下更……更激进的方法。"格林回答说。他快速扫了一眼单面镜，似乎是想获取墙后之人的赞同。"如果你同意的话，我会加快解毒剂的给药速度。"格林指了指连在她胳膊上的输液管。

她顺着医生的目光，看见了那瓶透明的液体。"会有危险吗？"

格林笑了："我永远都不会让你去冒险。这么做唯一的副作用就是你会比平时更快感到疲倦，到时候我们就必须停止谈话，好让你休息一下，恢复体力。"

"好，就这么办吧。"她毫不犹豫地回答道。

格林站起身走到输液管旁。他边调整给药的速度，边对她说："你现在随便找房间里的一个点，然后把所有的注意力都集中在那上面。"

"我不会出现失去意识之类的状况吧？"她惊慌地问道。

"我不会催眠你的。"格林打开录音机，出言安慰她道，"这只是为了帮助你放松。"

她开始在目光所及之处寻找一个标志，或是一样物体——这个屋子也太素净了。最终她选择了床边墙上一块浅浅的水渍。水渍形状齐整，很快让她想起了心的形状。

一面长了一颗心的墙。她笑了。"我准备好了。"

"萨曼莎，在迷宫里的时候，你有过感到开心的时刻吗？"

这算是什么问题？"开心？"她愤怒地重复着这个词，"我为什么要感到开心？"

"我知道对你来说这个问题显得很奇怪，不过我们必须去发掘你曾有过的任何经历……毕竟你在那里度过了整整十五年的时间，我不认为你感受到的只有恐惧和愤怒，否则你在那儿绝活不了这么久。"

"是习惯吧。"她也不知怎的脑海里就冒出了这个词。她自有一件坚实的铠甲保护脆弱的她在迷宫里活下去；日复一日，挤满了她每一天的"小仪式"便是那铠甲的甲片：起床、梳埋长发、吃饭、上卫生间、叠衣服、铺床、睡觉。

"萨曼莎，恐惧是那些恶魔完美的藏身之所，因为它掩埋了我们的记忆。若是想要找到任何关于绑架你的人的线索，我们就必须在别处下功夫。要知道记忆不止在那些不好的事情里，它也同样存在于那些美好的事物中。"

其实事实的真相是，就算有片刻的欢愉时光，她也羞于承认，因为这就像承认自己是那恶魔的同谋。她盯着墙上那片心形水渍，在记忆中搜寻……

她跪在地上，双手浸泡在一小盆冷水中。她在气哼哼地洗着内裤。那个混蛋时不时会让她发现一小罐水，而她每次只敢抿上那么一小口，因为她可不想哪天渴死在这个鬼地方。虽然不愿浪费手中的这灌水，可是她来例假了呀，内裤也只剩下一条了。狗娘养的玩意儿。她已经拼出了魔方的两个面，于是要求他给自己买些卫生巾：她喊着跑遍了整个迷宫，希望他能听见她的请求。混蛋，买包卫生巾能花你几个钱？她用只有自己才能听见的声音喃喃地咒骂着对方，因为毕竟她还是害怕遭到他的报复。鼻子有些发痒。她从小盆中抽回一只手，准备用指尖挠一挠。为此她抬起了头。

一道影子从门前一闪而过。

她吓得惊声尖叫，猛地向后退去，却一屁股坐在了地上。那他妈的到底是什么玩意儿？老鼠吗？天啊，太恶心了。鉴于迷宫肯定是建在地底下的，她能想象得到周围肯定不止存在这一只家伙。可她竟然从来没有亲眼看见过其中的任何一只。脑海中浮现出一只大耗子的形象，黏糊糊、毛茸茸，在卫生间里爬进爬出。她又想起自己平日里攒下的食物还放在旁边的屋子里。罐子装的东西不会有问题，但这些小东西有可能会咬坏切片面包的袋子或是装肉冻的塑料盒——超市打折的时候，那个混蛋就会囤上很多这种难吃的肉冻。其实就算老鼠把那些东西都吃了她也不会心疼，但在眼下，那些食物于她来说就如燃料之于汽车——每当不得不吞下自己不喜欢吃的东西，她都会这么告诫自己。她要靠着它们才能经受得住、才能活下去。

再多活一天、再多经受一场新的游戏。

因此不论感到多么厌恶，她也必须去旁边的房间检查一下。于是她站起身，却发觉手边并没有什么可以拿来抓捕老鼠的工具。没有棍子，甚至连一只用来丢它的鞋子都没有。不过她可以用枕套，往里面装上些食物就能做成一个陷阱。对，就这么做。

她走进走廊，环顾四周寻找着那只老鼠的踪影。空空荡荡。

于是她又朝影子溜走的方向走去，检查了沿途一个又一个房间，直至来到那个被她用作储藏室的屋子。

盒子、罐头和另一些数量不多的食物就堆放在屋子一角。她在门口犹豫地看着它们，最终还是向屋里迈出了一步。

那一小堆吃的里有什么东西在动。

"嘿！"她喊了一声，仿佛这样就能吓跑那只老鼠。

似乎是为了回应她的喊叫，一个罐头掉了下来，一路滚到了她的脚边。

她又喊了一声，然后从地上捡起罐头，把它当作武器一般挥舞着。她一定要砸碎那个混蛋的小脑袋。每次向前迈出一小步，她就这样慢慢地距离那堆食物越来越近了。虽然之后再没有传出任何动静，她还是抡起了胳膊，准备随时给那耗子来上一下。可她突然僵在了原地。

躲在那堆食物中间的并不是老鼠，而是一只小猫，正睁着一双大大的眼睛，好奇地看着她。接着小猫"喵"地叫了一声。

眼前的一切简直难以置信。她开心得快要哭了出来，她放下罐头，向小猫伸出双臂，只想把它搂进怀里，温柔地抚摸它。"来呀，小家伙，过来……"她安抚小猫道。而小猫也任由她将自己抱了起来。她把小猫托在胸前，轻轻地搂着，以免弄疼了它。她亲吻着小猫的头，而小猫也发出了"咕噜、咕噜"的回应声。

"真的是一只猫？"格林医生似乎对此格外感兴趣。

"是的，"她笑了，"如果我真的用罐头砸了它，那我永远也不会原谅自己。"

"之后呢，你把它养在身边了？"

"我喂它吃的，它也睡在我的床上。我们经常在一起玩儿，而我也会和它说话。"

"我也喜欢猫。"格林医生说,"我想它之后一定变成一只大猫了吧。"

"一只又大又漂亮的猫。"她回答说。这是一段十分愉快的回忆,她非常感谢格林医生帮助她找回了这段记忆。

"那是什么感觉?我是说,你对这件事有什么感觉?"

"我从没想过能在迷宫里找到什么值得我去爱的东西。其实,这感觉还挺奇怪的。"她思索了一会儿,"因为我一点都不喜欢那段时间的自己。那时的我心里满是怒气,变得十分粗鲁、满口脏话。就是他让我变成了这般模样……不过还好有那个小家伙,让我重新找回了一丝丝活着的乐趣。"

"你给它起名字了吗?"

她想了想:"没有。"

"为什么呢?"

她的脸色黯淡下来:"在那里我没有名字,没有人会叫我……迷宫中不需要名字,它们没有任何用处。"

格林医生似乎注意到了什么:"你怎么解释这只小猫的出现?"

她顿了顿:"起初的一段时间,我认为这又是他设计的一场不怀好意的游戏。他把这只小猫送到我的眼前,只是为了逼我做出什么可怕的事……"

"那之后又是什么让你改变了这个想法?"

"我意识到这并不是他送出的'礼物',所以我才偷偷养着它……"

"等一下,这怎么可能呢?一开始你还说'迷宫在看着你','迷宫什么都知道'。"

格林医生的语气里充满了怀疑，这让她十分不喜："是这样没错。"她恼火地答道。

"萨曼莎，你确定真的养了一只猫吗？"

"您想说什么，这只是我的幻想吗？"她气得声音里都带了哭腔，"我没有疯。"

"不，我不是这个意思，我只是有些疑惑。"

尽管医生说话时依旧温和有礼，但对话的内容还是刺激到了她："有什么让您疑惑的？"她言语里带着挑衅的意味。

"只有两种可能：猫不是真的……或者他不是真的。"

"这话又是什么意思？"

格林医生显得很有把握。"请你向我解释一下，萨曼莎，"他礼貌地说道，"我一直觉得你似乎十分了解迷宫的规则，就好像有人仔细地告诉过你一样。如果他没有和你说过的话，你怎么能知道这些呢？有时候我还觉得你十分了解他，可你却坚持说自己从来没和他见过面……"

又是这个问题。真讨厌，自己还得跟他重复多少遍，那人从来就没有露过面。"您为什么不肯相信我？"

"我相信你，萨曼莎。"

她扭头不再看着医生，而是把目光又集中在了墙上那块心形的水渍上。"才不是真的。"

"是真的。我只是想问你一件事……如果那只猫不是绑架你的人送进迷宫的，那它又是怎么进来的呢？"

墙上的那颗心跳了一下。不可能。她看得一清二楚，这不是自己的幻觉：那颗心真的动了。

"我知道你清楚这个答案。"看，它又跳了一下。然后是第三下、第四下。她能感觉到它的速度快了起来。一胀一缩，整面墙和她一起颤动起来。

"萨曼莎，我要你把睡衣撩起来，"格林医生毫无征兆地突然说道，"然后看一看你的肚子……"

"为什么？"

格林医生沉默不语。

她犹豫了，不过最终还是听从了医生的话。掀开睡衣之前，她把手伸到衣服底下，用手指细细地摸索着自己的皮肤。摸到肚脐周围时，她发现了什么。指腹触及下是一道粗糙、微凹的直线。顺着这道线摸去，她发现它消失在自己的小腹。这是一道伤疤。

"你确定那真的是一只猫吗，萨曼莎？"

在她的耳中，格林医生的声音早已湮没在心跳声里。墙上的那颗心剧烈地跳着、跳着……

她跪在地上，双手浸泡在一小盆冷水中。她在气哼哼地洗着内裤。那个混蛋时不时会让她发现一小罐水，而她每次只敢抿上那么一小口，因为她可不想哪天渴死在这个鬼地方。她已经拼出了魔方的两个面，于是要求他给自己买些纸尿布：她喊着跑遍了整个迷宫，希望他能听见她的请求。混蛋，买包纸尿布能花你几个钱？她用只有自己才能听见的声音喃喃地咒骂着对方，因为毕竟她还是害怕遭到他的报复。鼻子有些发痒。她从小盆中抽回一只手，准备用指尖挠一挠。为此她抬起了头。

一道影子从门前爬过。

于是她起身追了上去。影子在前面努力逃脱她的追赶，她能听见对方的笑声。这是个游戏，迷宫里唯一没有恶意的游戏。她一路追着影子，影子也回过头，用那一双大大的眼睛好奇地看着她。接着影子笑了，向自己的妈妈伸出双臂。而她也抱起了她，开心得快要哭出来。她只想温柔地抚摸她，抚摸她的孩子。"来呀，小家伙，过来……"她安抚宝宝道。她把孩子搂在胸前，亲吻着她的额头，而孩子也把头靠在了妈妈的肩膀上。

孩子的出生改变了一切，她成了她活下去最重要的理由。还好，最糟糕的那段日子已经过去了。那时，因为地下没有阳光，新生儿无法得到充分的生长和发育；奶粉从来都不够用，于是她不得不控制孩子每次喝奶的量。还有那次，孩子发烧了，不停地咳嗽。她一直担心宝宝会生病，因为她看上去是那么地小、那么地脆弱，而且一旦发生什么事，根本没有人能来帮忙。她们没有床，床垫只能直接放在地上。一同睡觉时，她总会把一只手放在孩子的胸口，观察她的呼吸。她还能感觉到孩子那颗小小的心脏……

墙上的那颗心停止了跳动。"我怎么会忘了她呢？"眼泪早已充盈了她的眼眶。

"我不认为是你忘了她，萨曼莎。"格林医生出言安慰她道，"绑架你的人为了控制你，给你注射了药物。问题都出在那些药上。"

她不敢问下一个问题，但她必须这么做。"您觉得，那个孩子现在怎么样了？"

"我不知道，萨曼莎。不过也许我们可以一起找到答案……"格林医生起身走到输液管边，重新调慢了解毒剂的给药速度，"但是现在你必须睡一会儿了。晚些时候我们再接着聊。"

23

对于安慰者来说，死亡并不是一件要紧的事。

布鲁诺心想着与德拉克鲁瓦在警局碰面时对方和自己说的话。他们正在追捕的这个罪犯心理上出现了一定的病态，而这类人群具有极高的危险性，警察希望私家侦探对此提高警惕。

这便是兔头人找外人杀了琳达的原因。这混蛋只有在必要时才会出手，就像干掉塔米特里亚·威尔逊那样，因为这个老妇人知道他到底长什么样子。在他看来，弄死受害者不是一件有意思的事，直播对方死亡的过程才是——布鲁诺回忆起意外在深网上看见的影像，如是想到。

"对你那小男朋友的死，我感到很遗憾。"鲍尔说。

布鲁诺摇了摇头。他对鲍尔的话感到难以置信，这种感觉甚至比这句话在他心中引起的厌恶更加强烈。这混蛋，根本没有把琳达看作是真正的女人。也许对方的行为并非出于恶意，而只是无心导致的结果，可对于布鲁诺来说，无心的话才是真心的想法。所以相比残忍的行为来说，这更加令人难以原谅。

布鲁诺看着人们把琳达装进黑色的袋子，放在担架上后从自己眼前抬过，带往停尸房。一辆辆警车闪着警灯在他周围来来往往，而他却只能干坐在人行道上，还不得不忍受着一个分明讨厌他的警察对自己表达心中的同情。这还真可笑。

布鲁诺又想起最后一次和琳达通电话时的情景，对方还在为自己感到担忧，却不曾想到对她来说，死亡也已迫在眉睫。

　　再者说，当你遇见一个行将就木之人，最想不到的事大概就是死亡会先降临到你自己身上。

　　德拉克鲁瓦走了过来："你还好吗？"他的询问倒像是由衷的。

　　"我没事儿了。"布鲁诺没有多说。可就算这几个字也不是真话，因为他觉得自己对琳达的死负有责任，是自己没有保护好她。

　　假如你发现自己已经没有几天好活了，当然不会认为别人会先你一步离开这个世界。

　　"那人是谁？"布鲁诺问的是那个杀害他朋友的凶手。

　　"彼得·福尔曼，是个牙医。"德拉克鲁瓦回答道，"他有妻子和两个金发的女儿，梅格、乔丹。"

　　"他说的是实话？真的有人逼迫他杀了琳达？"杀人直播的画面在布鲁诺的脑海中挥之不去。

　　"是的。"德拉克鲁瓦肯定了他的询问，"不久前我们派了一队人去了福尔曼位于拉瑟韦尔的家。他们在上锁的地下室找到了福尔曼的妻子和女儿，三个人都吓坏了，但好在没有受伤。妻子声称对发生的事并不了解：她现在仍然十分恐惧，只是不停地说有个戴着兔子面具的男人闯进了他们的房子，而她当时正在睡觉。"

　　"你们在福尔曼家找到那人的指纹了吗？"

　　"物证鉴定的人刚开始收集证据，几个小时内应该不会有什么消息。"

　　布鲁诺怒不可遏："要是你们能早点控制住罗宾·沙利文，事情也不至于发展到这个地步。"因为没能阻止琳达的死亡而带来的愧疚感死死压着布鲁诺，他需要倾泻一部分到警察的头上。

"你说的那个罗宾·沙利文已经死了！"鲍尔冲他嚷道。

"什么？"

"我们确认过了，"德拉克鲁瓦说，"他死于一场发生在大约二十年前的车祸。"

布鲁诺心烦意乱。到此刻为止，他还一直认为罗宾·沙利文就是兔头人。那么和塔米特里亚·威尔逊通电话的是谁？为了他大半夜戴着面具跑到农场去的那个人是谁？布鲁诺完全理不清思绪。他唯一能够确定的就是自己查错了方向。"你们打算怎么处理福尔曼？"

"我们已经以谋杀罪对他提出了指控。圣凯瑟琳医院的医生说他虽然大量失血，但情况并不是特别糟糕。他们正在手术，福尔曼应该能挺过来。"

"等会儿，你们把他和萨曼莎·安德烈蒂放在了同一家医院？"

"我们已经布置了警力，所以现在那里是最安全的地方。"鲍尔同往常那样傲慢地回答道，仿佛这是再平常不过的事，"怎么，你有什么意见吗？"

"不，不，这绝对是最明智的选择。"布鲁诺说，"如果我是你们当中的一员，一定会好好照顾这位勇敢的公民。"

鲍尔可不喜欢布鲁诺这种嘲讽的语气，但是德拉克鲁瓦在搭档发作前把他拦了下来："你是不是知道什么我们不知道的信息？"黑人警察嗅到了侦探话中有话。

布鲁诺耸了耸肩："我可什么都不知道。"虽然这么说，但实际情况可与他的话恰恰相反。

"第一拨警察在你打完电话十分钟后才到达现场，所以你和福尔曼单独相处的时间可不算短。你想让我相信这么长一段时间里你与他一句话都没说？"

布鲁诺看着眼前的两人。他确实想让对方怀疑自己手中握有什么线索，却仍在权衡利弊，试图与警方做一些交换。不过天旋地转的感觉和悲痛欲绝的心根本无法让他伪装下去。"那个牙医可能知道兔头人的真实长相。"

"他可能知道，还是说你能肯定他的确知道？"性格急躁的鲍尔催促着问道。

"这得看情况……"

"我受不了这蠢货的把戏了，"德拉克鲁瓦"哼"了一声，转头对他的搭档说，"等福尔曼几个小时后从麻醉中清醒过来，我们让他自己说。"

"福尔曼是从声音判断出了兔头人的身份。"布鲁诺说。

"我觉得这不太可靠。"德拉克鲁瓦随即怀疑地说道。

鲍尔也同意搭档的观点："自己家中可是闯进了一个戴着面具的疯子。这样受到惊吓的人还有精力去辨别对方的声音吗？"

"我也是这么想的。"布鲁诺插话道，"不过只要问问他的妻子就知道了。她也认识这名闯入者，"两位警察需要好好消化一下这充满戏剧性的转折，"是经常出入他们家的某个人。只不过她还不知道此人和兔头人是同一个人，不然她之前就该告诉你们了。"

布鲁诺的一番话再次成功引起了德拉克鲁瓦的兴趣："他是谁？是他们家的朋友？还是某个熟人？"

"别理这讨厌的家伙，"鲍尔打断两人的对话，拉着搭档准备离开，"他就是在耍我们。"

"我确信福尔曼的妻子可以给你们提供一些线索，做出犯人的人像拼图。"布鲁诺顿了顿，留出时间让两人掂量掂量这句话的重要性，"前提是有人把她引到正道儿上……"最后这句话显然指的是侦探自己。

"这一次你又有什么要求？"德拉克鲁瓦问。

"我要看最后的人像拼图。"

"看了之后你又想做什么？去抓他？独自踏上复仇之路？"德拉克鲁瓦似乎被逗乐了。

不，他并不是要为琳达报仇。布鲁诺翻了翻口袋，掏出那张"护身符"递给两人。

德拉克鲁瓦打开纸，浏览起上面的诊断证明。

"我累了。"布鲁诺说，"我现在只想离开这里。"确切地说，是离开这个糟心的世界。"平静地离开。"

德拉克鲁瓦把手中的纸递给鲍尔，然后对布鲁诺说道："看见那个混蛋的脸，真的能让你感到平静吗？"

"确实如此。"侦探肯定道，"余下我知道的事，只有在福尔曼太太在场的情况下才会告诉你们。看到诊断证明上的内容了吧？你们不需要威胁我，也不用以妨碍调查的罪名把我扔到监狱里。真正能让我害怕的事很快就会发生了，所以现在你们要么按我说的去做，要么就他妈的滚蛋。"布鲁诺虽然语气蛮横，但心里其实已经决定把漫画书交给两人，同时向他们解释兔头人面具的出处。反正得知罗宾·沙利文的死讯后，手里最后一条线索也断了，这本书对自己也就没有什么用处了。不过德拉克鲁瓦接下来说的话让他改变了主意。

"你想见牙医妻子的请求的确出乎我们的意料，"黑人警察说，"因为她也提出了要见你。"

24

两人驱车带着布鲁诺出了城。时间还是晚上，但仪表盘上的温度计显示车外的温度已经达到了三十八度。尽管如此，布鲁诺依然开始感觉到寒冷。

这是死亡在提醒侦探，自己并没有忘了他。

三人来到一家汽车旅馆。虽然这里游客罕至，但旅馆招牌上仍写着"全家度假的好去处"。一圈平房围绕着一个装满污水的泳池，看来这个地方的维护还有待改进。旅馆里里外外都是警察，这架势完全不输萨曼莎·安德烈蒂和彼得·福尔曼所在的医院。

鲍尔把车停在空地上，然后打开后车门让布鲁诺下车。后者环顾四周：一百多双眼睛都落在了他的身上。侦探立刻明白，这里并不欢迎陌生人。

"走这边。"德拉克鲁瓦说。

分配给福尔曼太太的小套房位于整个旅馆最中心的位置，目的是方便警察的看守。跨进屋门，布鲁诺立刻注意到了一组警局的心理专家。这位女士和她的两个女儿还未从之前的遭遇中平复下来，这些专家显然是为此而来。

梅格和乔丹是两个金发碧眼的小女孩，都是不到十岁的年纪，坐在厨房的餐桌旁。一位女性心理专家为了分散她们的注意力，正在让她们画画，小姐妹俩看上去要比旁边卧室里的母亲平静得多。而此刻福尔曼太太正躺在床上不住地哭泣，有位医生正在为她测量血压。看见三人到来，她立刻从床上坐了起来。

"彼得怎么样了？"她急切地问道。

"医生会照顾好他的，女士。"德拉克鲁瓦安慰她道。他示意医生离开房间，然后回身关上了屋门。

"福尔曼太太，您能把之前对我们说的话再重复一遍吗？"鲍尔询问道。

"当然可以。"她紧张地啃起了自己涂成红色的指甲。

这可能是个由来已久的坏习惯，布鲁诺心想。虽然昂贵的美甲费用能够让她克制住咬指甲的行为，恐惧的强大力量却能够让人忘记自己的行为。

"我从年轻时起就有入睡困难的问题。上床前我都会吃一片安眠药，所以我一向睡得很沉……孩子们刚出生时，一直也都是彼得半夜起来给她们喂奶、换尿布。"

这女人正在为自己没有看护好女儿们找借口，布鲁诺心想。

"昨天您也同往常一样服用安眠药了吗？"德拉克鲁瓦问道。

"这要命的热天气和昼夜颠倒的作息把我的生活弄得一团糟……"她的目光不知望向何方，似乎在回忆着什么，"大概下午两点的时候，应该是听到了两个女孩儿中的一个在喊我，所以我马上睁开了眼睛。但是我根本不确定刚才听见的声音是否只是一场梦。百叶窗都关着，屋子里有些昏暗。直到这时我才发现原本应该躺在我身边的彼得不见了。我以为他只是起床去查看孩子们的情况，于是准备接着睡觉。可这时我却听见了梅格的叫声。

刚才的声音不是做梦，真的是孩子在喊我。但她的喊声不是从卧室传来的……梅格听上去在距离卧室更远的地方，而且十分害怕。"

布鲁诺注意到福尔曼太太的脸色开始变得十分难看。只有恐惧才能让人变得如此面容扭曲。

"于是我起身前去查看，"福尔曼太太继续说道，"梅格和乔丹并不在床上。我开始喊她们的名字，却没有得到任何回应。"她抽了抽鼻子，一副马上就要哭出来的样子。"我找遍了房子的每一个角落。就在感到绝望的时候，我发现地下室的门虚掩着。"福尔曼太太顿了顿，"孩子们知道我们是不允许她们下去的，因为这很危险。我以为她们只是淘气没有听话，或是不小心掉了下去。可是没想到……"她突然慌乱地住了口。

"然后呢，发生了什么事？"德拉克鲁瓦问道。

福尔曼人人并没有理会对方的催促。她抬眼看着布鲁诺："当我向地下室走去的时候，那个……那个……突然出现在我面前。"她不知该如何定义眼前所见，于是接着说道，"那人穿一身机械工的工作服，戴着滑雪手套……一开始我并没有感觉害怕，而是有些……惊讶。我想的是，这么一身穿戴，天知道会有多热。"

这倒没什么不寻常的，布鲁诺想。大脑需要一定的时间来消化那些奇奇怪怪的事，也会一直尝试对恐惧做出理性的解释。

"但是后来我看清楚了他的面具……"福尔曼太太突然大哭起来，"我肯定他伤害了我的孩子们。"

布鲁诺等着她平静下来。"你的孩子们现在很好。"他出言安慰道。因为侦探明白，眼前的这个女人需要某人再一次对她重复这句话。

"那人抓住了我的胳膊，强迫我跟他一起进了地下室。"福尔曼太太喘了一口气，"孩子们已经被他绑起来了。他同样绑住了我，然后把我和孩子们留在了地下室。"

听完福尔曼太太的描述，德拉克鲁瓦看着布鲁诺，似乎在告诉侦探，该轮到他说些什么了。"福尔曼太太，"布鲁诺意图引起对方的注意，"您的丈夫在失去意识前曾告诉我，他通过声音辨认出了入侵者的身份。"

福尔曼太太跳了起来，看上去有些心烦意乱："我不知道……我不知道彼得当时去了哪里……"

去杀琳达了，布鲁诺心里想着，却没有说出来。

"福尔曼先生提到了您家的园丁，但他并不知道此人的姓名。"

两名警察默默记住了这条新信息。他们盯着福尔曼太太，等待着她的反应。

后者思索了一会儿："我也不知道他的名字……我们并没有正式雇佣他，他只是时不时过来一趟……"这是福尔曼太太仅能够提供的信息。

"您有他的电话号码吗？"德拉克鲁瓦打断了两人的谈话。

布鲁诺注意到德拉克鲁瓦已经不耐烦了。这家伙得到了想要的消息，便要把他踢出和证人的对话。

"没有。他是我丈夫从购物中心的停车场找来的。"福尔曼太太回答说，"彼得和我说，很多失业人员通常都会聚集在那里，期望有人能给他们提供一天的临时工作。"

布鲁诺完全能够想象到这样的画面：吝啬的福尔曼开着豪华的小轿车来到这群可怜人中间，承诺给出的报酬却比法律规定的最低薪酬还要少。①

"那您还记得他开什么车吗？"鲍尔问道。

"好像是一辆老式的福特面包车，蓝色的。"

"能跟我们形容一下那人的长相吗？"

"可以，我想应该可以。"说到这里，福尔曼太太愣住了，仿佛突然想起什么重要的事情。"对了……他有一块很大的胎记，就在这里。"说着，她用手捂住了整只右眼。

片刻之后，众人在客厅各自安顿下来，福尔曼太太也开始仔细描述起园丁的样貌。

由于人像拼图的结果主要取决于证人的记忆和画师的想象，所以为了使最终结果更加接近实际情况，技术部的人通常会让数名专家同时绘制。绘制结束后，画师们将各自的画像交由福尔曼太太，再由她从中选择最贴近自己描述对象的那一幅。

这是一个漫长而复杂的过程。

德拉克鲁瓦和鲍尔就在前排观看，布鲁诺却远远站到了一边。他背靠着墙，环抱双臂，观察着画师们的一举一动。兔头人的真实面目在纸上逐渐成形。三幅画像有不少相同之处，这是个好现象，证明福尔曼太太的记忆非常清晰。

待到描述脸部胎记的样子时，布鲁诺看见一块深色的印记，从脸颊到眉骨，覆盖住了纸上那人大半张右脸。

所以他才会戴面具，布鲁诺心想。从幼时起，他为此该承受了多少嘲笑与欺辱。也许正是因为亲身经历了人性的残酷，才导

---

① 这类雇佣方式因为没有正式劳动合同，所以最低工资可以避开法律监管，属于非法雇佣方式。

致他对受害者缺乏同情心。

　　绘制的工作马上就要接近尾声。就是他，从自己身边带走了琳达。布鲁诺已经能够看清那个恶魔的脸。他表情平淡冷漠，一脸的无动于衷，每一幅人脸拼图都是如此。正当布鲁诺准备分析这张人脸的特点时，又一阵头晕席卷而来。侦探有些喘不过气，他转头看向厨房，发现福尔曼家的女孩只剩一个仍坐在桌边。一定是小女儿梅格，另一个孩子应该是去睡觉了。和画师们一样，小女孩儿也在专注地画画，但出现在她画面中的，不是那个恶魔的脸，而是一片暖阳下蔚蓝的大海，和漂浮在海中的一艘小船。布鲁诺多么希望那边的世界也如梅格·福尔曼的画这般平静祥和。的确，那该是自己死后一个不错的归宿。女孩抬起头，仿佛洞悉了侦探心中的想法，向他露出甜美的微笑。

　　"对，就是他。"一边传来了福尔曼太太嘶哑的声音。

　　画师们的绘制已经完成，看见展现在眼前的图像，福尔曼太太失声痛哭。

　　德拉克鲁瓦四下观望寻找着布鲁诺。发现侦探后，他示意对方到自己跟前来。"还有一件事需要跟您说明一下，"警察转头对身边的女士说道，"我们救您出来后，您提出要见金柯先生。"他指了指私家侦探，"那位就是。"

　　"是您要见我吗，女士？"布鲁诺温和地问道。

　　福尔曼太太勉强止住抽泣，却猛地打了个寒颤。"不，这不是我的主意。是那个戴面具的人命令我这么做的。"

　　鲍尔和德拉克鲁瓦相互对视了一眼。

　　"他具体要您做什么？"前者问道。

　　"他让我给金柯先生带条消息，"福尔曼女士顿了顿，"要亲自告诉他本人。"她从沙发上站起身，在众人惊讶的目光中穿过房间，向布鲁诺走去。

　　布鲁诺看着她一步步靠近。尽管不知道接下来会发生什么，他还是站在原地一动未动。

　　待走至对方跟前，福尔曼太太才凑到布鲁诺的耳边低声说道:"罗宾·沙利文向您问好。"

25

编号四号的灰色小楼看上去毫不起眼。它位于警局西翼，是最边缘的一栋建筑。

这栋建筑的最下层，就是"灵薄狱"的所在地。

这便是警察口中的失踪人口办公室。布鲁诺·金柯一直想知道为什么它会得到这个名字，但在他跨过门槛的那一刻，便了解了其中的原因。第一个房间给人的感觉，便是在心中涌起无比的寒意。

成千上万只小小的眼睛齐齐盯着布鲁诺。这里没有窗，取而代之的是一张张人脸的照片，铺满了墙面。

它们与那些记录个人体貌特征的相片——例如犯人的照片——并不相同，布鲁诺很快便注意到了这点。这些照片里的人并非毫无表情，而是往往带欢愉。照片大多拍摄于欢乐的场合下——生日派对、郊游途中或是圣诞节聚会。也不知道为什么要挑选这样的照片，布鲁诺心想。也许换个类型的照片会更合适，比如说证件照，只要照片中人的面部特征不会因为笑容而产生变化与扭曲就行。

每张照片下面都有几行小小的说明：姓名、最后被看见的地点、失踪日期。这里面有女性、男性、老者，但更多的还是孩子。没有性别、宗教、肤色的区别，一种别样的民主在寂静中统治着整个"灵薄狱"。

私家侦探又往厅里走了几步，一直注视着他的目光紧随其后。布鲁诺觉得，虽然他们面上笑意盈盈，但心里其实是嫉妒自己的。虽然不久之后自己也将步入另一个世界，但与墙上这些人不同的是，他能知道这是因为自己的生命走到了尽头。

但是"灵薄狱"里的这些人不知道。期待他们归来的人心怀忐忑，无时无刻不担忧着他们是否还存在于这个世间。这大概就是他们的灵魂永远得不到安息的原因吧。

思索间，愈来愈近的脚步声开始在房间内发出回响。布鲁诺吓得向后退了一步。很快，透过房间另一端的大门，侦探看见一个疾驰的黑影向他飞扑而来。就在黑影马上要扑到布鲁诺身上时，他听见一个声音喊道：

"希区柯克，趴下！"

随着一声令下，一条毛茸茸的大狗立刻停下脚步，坐在了布鲁诺的面前。过了几秒钟的工夫，从大狗窜出来的那扇门里，一个高大的身影背着光走了出来。

"请问您需要什么帮助吗？"是一位男性的声音。

布鲁诺认出这应该就是他给"灵薄狱"打电话索要罗宾·沙利文的档案时与之通话的那位特别探员。"贝里什探员？"

身影又向前走了几步。他的手里拿着一瓶水，因为这里面闷热得要命。但是他的穿着相对于恶劣的天气却异常优雅得体：一身蓝色的西服，一条与之相配的领带。

看上去一点都不像是警察，布鲁诺心说。"我是金柯，私家侦探。"

"您好，我是西蒙·贝里什。"他先是作了一番自我介绍，然后细细打量了一下对方，"您还好吧？"

不，一点都不好。布鲁诺很想这么回答。"确实是有些不如从前。"

贝里什似乎对这个回答十分满意。"进来坐吧。"大狗跟在两人身边一起往办公室的方向走去。

"你们的人手不太够嘛。"路过两张空着的办公桌时，布鲁诺如是评论道。这也没什么好稀奇的：鉴于这里悬案的比例注定不会太低，"灵薄狱"可不是一个人人渴求来工作的好地方。

"我不是这里的人，"贝里什解释道，"我只是最近才过来帮忙处理档案的。"他很快将侦探领向第三个房间。

但布鲁诺还是意识到，眼前的这个警察是想分散他的注意力。进门之前，他在一块白板前停了下来。白板上是最近一起案件的调查结果。

数张街道地图围成了一圈，上面有许许多多的注解以及照片，但照片上的地点他似乎从未见过。白板中心是一张火灾后被废弃的磨坊废墟照片，照片上还用红笔标注着："最后一次被目击的地点。"

布鲁诺正专心地研究着白板上的内容，却猛然发觉贝里什正站在他身后。"失踪者是谁？"

"我们还不能确定这是否是一件失踪案，"后者回答说，"'灵薄狱'的负责人正在暗中跟进其中的一条线索。"

布鲁诺转过身惊讶地看着贝里什："玛利亚·埃莱娜·瓦斯克兹？"

"米拉。"贝里什纠正他道。

布鲁诺在一起幼女绑架伤害案中听到过这个名字。这个案子发生于数年之前，当时米拉·瓦斯克兹也参与了案子的调查。布鲁诺一瞬间明白之前让他感到困惑的一切：他亲眼所见的贝里什与鲍尔和德拉克鲁瓦之间的争吵；警察局里的混乱；还有这位特别探员面对同僚时那句暗含谴责的话："你们什么时候开始找她？"他当时就是这么问的，可惜没有得到回答。贝里什似乎正在独自处理这个问题。

"您刚才说自己是一名私家侦探？"贝里什中断了眼下的话题，走进了另一个房间。

布鲁诺紧随其后走了进去，在写字台前的椅子上坐了下来。贝里什已经坐在他的对面，那只大狗就卧在他的脚边。

"我不希望浪费您的时间，贝里什探员。"布鲁诺开门见山道。因为从另一方面来说，他自己的时间也不多了。"对付警察的时候，我通常会演那么一下。"这些把戏为的是让警察相信你根本不指望他们，甚至最好能让他们认为自己反而需要你，"但是对于接下来提出的请求，我确实没有什么可以回报您的。"

"我很欣赏您的坦诚。"

"我也非常感谢您的热忱。"

"我们这儿都不是挑剔苛刻的人，"贝里什笑了，"瓦斯克兹认为任何人都值得我们随时与之合作。和警局别的部门不同，'灵薄狱'的案子很可能数年都得不到丝毫进展。我们缺乏渠道、资源和政治意愿来寻找失踪者，因为很多时候，这是一场从开始就注定失败的战斗。而没有人喜欢失败。"

布鲁诺明白贝里什说的话。十五年前，他虽然接下了萨曼莎·安德烈蒂的案子，但他内心也认为这个女孩已经死了。"我现在正在查一桩上世纪八十年代的失踪案。失踪者是一个十岁男孩，罗宾·沙利文。"

贝里什正从桌上的笔记本里撕下一张纸准备做些记录，闻言突然停下了手上的动作。"R.S.，"他说，"所以您就是那天晚上给我打电话的人……"不过这位探员看上去并没有那么惊讶。

"非常抱歉我当时谎称自己是鲍尔探员，"布鲁诺承认道，"不过您当时很快就意识到了吧？可您还是帮助了我……"

贝里什盯着布鲁诺看了好一阵，突然大笑起来。"鲍尔就是个混蛋，"他说，"何况我知道不得不面对某些同事的愚钝到底意味着什么。"

布鲁诺觉得，贝里什应该在米拉·瓦斯克兹失踪这件事里深刻体会到了这一点。在沼泽区的警方大本营里，他就曾向德拉克鲁瓦抱怨："现在都没有人接我的电话了。"也许正是出于这个原因，贝里什才对他如此宽容。"所以，您还会帮我吗？"

对方点了点头。"我想我们在上次的电话里已经说得很清楚了，那个男孩三天后自己回到了家里，所以案子就结了。您还想知道些什么？"

"回来之后，罗宾变得和之前不一样了。"布鲁诺说道，"他的身上出现了许多奇奇怪怪的问题和障碍，就像完全变了一个人，这让他的父母十分烦恼。最后他们决定把罗宾送走，送到一个寄养家庭里交由他们照顾。"黑暗中的孩子，布鲁诺仍然记得。按照塔米特里亚·威尔逊的说法，罗宾的父母也不是什么好人。"根本没有人意识到，恶魔已经悄悄藏在了他的心里。"他被黑暗侵蚀了，这是农场里那位老妇的原话。"遗弃、冷漠、暴力，罗宾·沙利文童年遭受的阴影如同一个危险的温床，最终让他变成了现在这个样子。"

"什么样子？"

"绑架萨曼莎·安德烈蒂的恶魔。"布鲁诺的话让贝里什目瞪口呆。也许这是他人生当中的第一次，布鲁诺竟突然觉得自己可以如此信任一个人，更令他惊讶的是这人居然还是个警察。于是从最初的调查，直至现在得出结论，布鲁诺事无巨细地将期间过程告知给了贝里什。

波尼、兔头人；那本作者不明的神秘漫画书在镜子中会变成一本色情书籍；"善良的施虐者"能把人从一个普通的牙医变成残忍杀害琳达的凶手；彼得·福尔曼认出绑架他家人的正是他们的园丁。最后，包括那个恶魔让福尔曼太太传给自己的口信，布鲁诺也原原本本地告诉了贝里什。

"鲍尔和德拉克鲁瓦认为罗宾·沙利文在二十多年前的一场交通事故中就已经死了。但这极有可能只是他自导自演的一个障眼法。警方现在正在对他进行追捕，他们已经得到了罗宾的人像拼图，他的右脸从脸颊一直到眉骨有一块很大的深色胎记。"

"而您瞒着所有人进行平行调查。"贝里什敏锐地理解了布鲁诺的意图。

"我和您的同事只是对于案件有不同的调查方式。"布鲁诺辩解道，"我非常愿意把相关的线索告诉他们，但同时我也需要弄明白一些事情。"侦探的样子不像解释，倒更像在绝望地求救。

"怎么？有什么要弄明白的？"

"就在几个小时之前，我已经准备放弃调查了，因为我不知道自己还能走多远。"小梅格·福尔曼的画——大海、暖阳、小船，我就要去那样的地方了。"如果说最初我想做的是抓住绑架萨曼莎·安德烈蒂的人，那我现在只想去医院看看她，至少去告诉她到底是谁偷走了她生命中十五年的时光。"布鲁诺顿了顿，"我并不在乎警察最后能不能抓到沙利文，未来已经与我无关了。我很快就会成为过去的一部分，贝里什探员。我希望能够弄明白，在罗宾十岁那年失踪的三天里到底发生了什么。"

贝里什看着布鲁诺，似乎已经感觉到他时日无多。"您有什么要求，金柯先生？"

布鲁诺想起那间大厅，以及其中贴满了照片的墙面。"我想看看那个孩子长什么样子。"

两人来到一间逼仄昏暗的地下室，这里装满了一个一个的档案柜。

那条名叫希区柯克的大狗立刻开始巡视自己新的领地，而他的主人则走到一个小写字台前，摆弄起放在上面的一台老旧电脑。很快查到了自己想要的结果，贝里什转身钻进档案柜间，很快就消失在布鲁诺的视线中。

"我得提前告诉您，这可不是件容易的事儿。"过了一会儿，贝里什的声音从林立的档案柜深处传来，"档案管理这一块就是个烂摊子，尤其是牵涉到上世纪八十年代的案子。"

时间一分一秒地过去，布鲁诺又想起了米拉·瓦斯克兹。在完美地解决了那起幼女绑架案后，警局的各个部门简直可以任由她挑选，可她却窝到了"灵薄狱"这个人人唯恐避之不及的地方。"您的同事已经很久没跟您联系了吗？"侦探边等边问道。

贝里什的声音听起来十分沉闷，仿佛他钻进了一个罐子在说话。"有时米拉会为了调查一宗案子而接连消失好几个星期，"他说道，"这样的事情在过去不是没有发生过。"但是他的语气听起来并不如同他说的话那般若无其事，布鲁诺从中听出了他的担心与忧虑。

"她失联时具体在调查什么案子？"

贝里什并没有回答这个问题。又过了不一会儿，他便拿着一本打开的卷宗回来了。

"您说罗宾·沙利文的脸上有一块胎记，是吧？"贝里什从卷宗首页取下一张照片，递给了布鲁诺。

照片上，两个十来岁的小男孩儿肩并肩站着。他们穿着足球队的队服，其中一个孩子的胳膊下还夹着一个足球。但真正引起侦探注意的是另一个男孩。

一块深色的胎记爬满了他近乎半张面孔。孩子看上去很是忧郁。

塔米特里亚·威尔逊在说起罗宾·沙利文时，曾形容他是一个脆弱的孩子，非常需要他人的关爱，很容易便能引起他人的怜悯。布鲁诺思索着最后一个词。因为后来那个老妇人说，对于任何一个心怀恶意的人来说，罗宾都会是一个完美的猎物。

他被黑暗侵蚀了。

威尔逊口中的"怜悯"便是那个缺口、那条裂缝，邪恶从当中穿行而过，随后便侵蚀了他的内心。"真奇怪。"侦探说道。

"什么？"贝里什十分奇怪。

"看见一个恶魔以孩子的样貌出现在你面前……"

"'不要称呼其为"恶魔"，否则这会是一个致命的错误。'我的好友米拉经常这么说……他们根本不知道自己心里住着恶魔，甚至认为自己就是普通人。如果您的目标是找一个魔鬼，那您永远都找不到。但假如您把他看成是同您、我一般的普通人，反倒还能有找到他的希望。"

他们根本不知道自己心里住着恶魔，布鲁诺记下了对方的提醒。他又将目光转向了照片中的另一个孩子。小家伙一头鬈发，少了颗门牙。他开心地笑着，一只胳膊夹着足球，另一只胳膊搂着罗宾的肩膀。"为什么照片上会有两个孩子？"

"您应该注意到入口处的那间大屋了吧？它被称为'迷途者

大厅'，收集了失踪者与外界失去联系前的最后一张照片。"

这就是照片上的人微笑的原因了，布鲁诺心想。"那些人在拍照时肯定不会想到自己的照片最后会被挂在那几面墙上。"

贝里什点了点头。"所以拍照时失踪者身边有亲人、朋友甚至陌生人的情况十分常见。"

布鲁诺又看了看手中两个小男孩的照片。一个悲伤，一个快乐；两个孩子，两种命运。"我想卷宗里也没什么别的有用的信息了吧。"

贝里什翻了翻手里寥寥可数的几页纸。"倒是还有一条信息：罗宾·沙利文与萨曼莎·安德烈蒂是在同一个街区长大的。"

26

与西蒙·贝里什谈论案情近乎一种宣泄。

将调查的细节告知对方，使得布鲁诺能够找到一个人，与其共同承担因罗宾·沙利文一事而产生的焦虑。一部分积攒已久的负能量终于得已发泄，布鲁诺觉得自己能重新开始投入新一轮的调查了。

他们根本不知道自己心里住着恶魔。

布鲁诺一边开着车，一边想着米拉·瓦斯克兹对贝里什说的话。老旧的萨博车行驶在荒芜的街道上。这里一度是工人聚居的街区，红砖砌成的房屋，林荫繁茂的街道；人们彼此相熟，共同和谐地生活在这里，生儿育女，憧憬着安稳平静的未来。然而二十世纪七十年代末的第一次经济滞胀打碎了他们的梦想。接下来的经济形势，尤其是制造业的危机则是彻底带走了这里每一个人的幻想。于是这里很快沦落成了现在展现在侦探眼前的形象。

市郊的又一个贫民区。

这种地方对布鲁诺来说并不陌生。尽管从未踏足其间，但之前贝里什传真发来了R.S.的精神病学鉴定报告，其中附有一些R.S.的绘画作品，侦探已经从当中"看见"了这里的情形。

所有的一切起源于此，布鲁诺心想。所有的一切也有可能在此终结。

时间已经临近中午，闷热死死笼罩着整个城市，让人觉得窒息。布鲁诺开着车窗环顾四周：荒凉。紧闭的店门、随处可见的垃圾、满墙的涂鸦。公寓楼早已沦为宿舍，尽管室外酷热难当，仍有很多人在四处游荡。所有的一切昭示着这里的人们已经没有工作可干，能让他们活下去的方式只有进行非法交易或用酒精来麻痹自己。

在罗宾·沙利文的孩童时期，这里已经变得破败不堪，所以不难想象萨曼莎·安德烈蒂的生活环境只能更加糟糕。女孩失踪后，她的父亲很快离开了这里，前往别的地方寻找工作。对于布鲁诺来说，发现绑架者和被绑架者来自同一个生存环境这件事根本不足为奇：所有的掠食者都愿意选择熟悉的环境作为自己的狩猎场，这毕竟是自然法则。

作为一名侦探，布鲁诺深谙人们回归故里的欲望。危险的犯罪分子，被一堆警察追得东躲西藏的通缉犯，狡诈到能够把大公司要得团团转的骗子，他们都有一个共同的特点：

没有人能够抵挡得住家乡的呼唤。

他们当中大多数人的童年十分糟糕，或是少管所的常客，或是遭受过可怕的家庭暴力。然而无论多么厌恶自己出生的地方，这些人总会被一股莫名的力量拉回到这里。宛如一场与过去和解的仪式，他们似乎害怕忘记自己究竟是谁、忘记自己到底来自哪里。

布鲁诺曾经调查过一个人，他精心设计了一场阴谋，最终从一家跨国集团骗得了数百万的资产。为了追回这些损失，该集团在发现此事后立刻聘用了三位侦探进行追查。改变身份，甩开身后紧追不舍的人——作为一个精于行骗的人，他的计划里当然包括一条安全的逃跑路线。侦探只有不到二十四个小时的时间，之后他们就有可能永远失去他的行踪。

当同行们为了能够领先骗子一步，设想着种种可能之时，布鲁诺却调查起他的过去。彼时他尚未成为欺天罔人之徒，只不过是街头巷尾一个不起眼的小贼。侦探从一张旧照片里发现他由祖母一手带大，而这位老人当时已经去世多年。于是布鲁诺前往老人长眠的墓地静静等待。几个小时之后，天色渐晚，侦探注意到一个人。他身披雨衣，戴着帽子和太阳镜，独自在墓碑间徘徊。即将离开之际，这个陌生人路过布鲁诺监视着的坟墓，装作无意间掉下了一朵鲜花。侦探发现了他的小动作，由此揭穿了这个骗子的伪装。

事实就是如此：你可以离开生你养你的地方，生你养你的地方却永远不会抛下你。

因此，每当布鲁诺需要寻找某人时，他首先会联系此人的亲朋好友，并要求查看他们的家庭相册和学校年鉴。布鲁诺从这些照片中总能发现某个细节，而这个细节是任何伪装打扮或整形手术都无法消除的。这便是侦探来到"灵薄狱"的原因：查看罗宾·沙利文童年时期的照片。警察寻找的是一个园丁，开一辆蓝色的福特面包车，脸上有一块深色胎记；而他寻找的却是一个热爱足球的小男孩。

他还在这里。布鲁诺心想。

既然十五年前罗宾选择在这个出生、成长的地方猎取年轻的受害者，那么此时此刻，这里更加有可能成为他寻找藏身之地和同谋共犯的理想场所。

他熟悉这块地方，知道如何才能隐去行踪。

布鲁诺曾答应鲍尔和德拉克鲁瓦不再追寻这个恶魔的踪迹，但在去过"灵薄狱"之后，冥冥之中有什么东西发生了变化。它不曾被布鲁诺所注意，现在却让他觉得自己远离死亡的威胁，让他觉得自己尚且存活于人间。这是古老的、掠食者的本能。

最难猎捕的动物是人。而他和罗宾·沙利文一样，都是狩猎者。

有个声音告诉他，关于兔头人最后的真相距离这些废弃的房屋、刺鼻的垃圾已经不远了。也许他通过福尔曼太太给我送来问候，正是为了让我知道，他就在离我不远的地方。布鲁诺心想。可能他此时此刻就在暗处注视着我的一举一动，等待着一个合适的时机出现在我面前。

他们根本不知道自己心里住着恶魔。

布鲁诺兀自想象着与自己的死对头面对面该是怎样的场景，却突然瞥见一个小小的足球场。侦探想起罗宾和他那个缺了颗门牙的鬈发小伙伴一起拍的照片，这个小足球场看上去好像就是照片背景上的那个球场。

球场位于一座教堂的后部，根据挂在围栏上的那块牌子，这座教堂的建立是为了感念上帝的仁慈与恩德。

教堂神父住所的边上有一个花园，两个秋千、一个滑梯，还有一棵巨大的椴树如无言的守卫伫立其中。一名年轻的神父把袖子高高地挽到了肘部，正拿着活动扳手维修一根外部管道。布鲁诺看见了他，便停下车上前与他攀谈起来。

"噢，这么说您是在这儿长大的。"神父弯着腰，一刻也没有停下手头的活儿。

"很久以前的事儿了。我跟着父母离开这里的时候只有十四岁。"为了让自己的谎言更加真实，布鲁诺介绍自己道，"我因为一些业务上的事情回到市里，所以就想过来看看。"

"我一直住在北边，两年前才被派到这里。"

"对啊，我还记得上世纪八十年代的时候，在这儿的神父是另一个人。"

"爱德华神父，"年轻的神父费力地拧紧一个阀门，"2007 年的时候去世了。"

"没错，爱德华神父。"布鲁诺适时地表现出悲痛，"您认识他吗？"

"不，很可惜我不认识他。但是主教派我来这儿的时候跟我说了很多关于爱德华神父的事。他在这儿待了很久，久到教区里的每一个人都认识他。"年轻的神父把活动扳手丢到工具箱里，然后直起身，整理起卷起的袖子。

"爱德华神父确实一直在这片教区工作。"布鲁诺应和道，"如果他是在 2007 年逝世的话，那么电视上说的那个女孩儿失踪的时候，他应该还在任上吧？那个女孩叫……对，叫萨曼莎·安德烈蒂。"布鲁诺抛出一个诱饵。

神父的脸色变得忧郁起来："如果知道那个女孩还活着，爱德华神父一定会很高兴吧。教区的人告诉我，神父一直深信萨曼莎并没有死，以至于很多人都认为他疯了。每年一到女孩失踪的日子，爱德华神父就会为她做一场弥撒，并请所有人一同祈祷，希望她有朝一日能够回到自己的家。"年轻的神父又收拾起散落在花园草地上的罐子和废纸，"直到去世前的最后一刻，爱德华神父都希望有人能在告解忏悔室透露一些关于女孩的消息……这个人也许是绑架犯的某个亲属，已经对犯人的行为产生了怀疑；或者就是绑架犯的同谋。"

"我听说梵蒂冈有一个秘密档案室，专门收录那些恶人在告解忏悔室吐露出的罪行。"为了不让自己显得对萨曼莎·安德烈蒂的事格外感兴趣，布鲁诺岔开了话题。

年轻的神父被布鲁诺的话逗乐了，他摇了摇头："每次听到所谓梵蒂冈秘辛的新传闻，我都会想，人们实在是如此轻易地就忘记了我主基督交付给他的教会的使命，那便是广施仁慈。"

"您说得没错。"布鲁诺装出局促愧疚的样子。

年轻的神父终于清理完了园子。他把收集起来的垃圾放进黑色的塑料垃圾桶，然后用手背擦了擦满是汗水的额头，转身对布鲁诺说道："我还能为您帮上什么忙吗，金柯先生？"

"嗯，是这样……如果能和曾经的朋友们见上一面那是再好不过，当然如果他们还住在这儿的话。"

"这我就不知道能不能帮得上您了。刚才我也和您说了，我来这儿的时间不长。"

"等一下，"布鲁诺掏了掏口袋，"我带来了一张老照片，是我在足球队时的两个队友。我们经常在教堂后面的小球场踢球。"侦探摸出从"灵薄狱"拿来的照片，递给神父。

神父接过照片仔细地看了看。"这个有胎记的男孩儿如果我见过的话应该不会忘记才是。"他不太确定地说道。

布鲁诺十分失望。但他很快又想到也可以先找出罗宾的朋友，那个少了颗门牙的鬈发男孩。"那照片上的另一个男孩儿呢？"

神父摇了摇头。"很抱歉。"他把照片递还给布鲁诺。

布鲁诺把照片放回口袋。"没关系，还是要谢谢您。"说完他便转身准备离开。

"不过您可以去看看小礼拜堂。"也许是为了弥补对方的遗憾，神父出言说道，"那里有一个玻璃小柜子，里面存放了足球队获得的奖杯和一些照片。"

两人穿过一个摆放着乒乓球桌的房间。这里弥漫着一股刺鼻的味道，是长期关闭着的污浊之气和运动鞋的气味。墙上挂着一些足球运动员的海报，现代的、过去的，与耶稣基督的照片一同分享着墙上的空间。

"现在只有小孩子才会来这里。"神父沮丧地说道，"等他们长到十一二岁就开始在街上四处惹祸。更糟糕的是青少年犯罪的平均年龄每一年都在降低。"

神父正说着这些话，布鲁诺却已经注意到了那个存放着球队奖杯的玻璃柜。

玻璃柜被置放在过道上，柜子的对面是一扇滑门，门上有个牌子写着：爱德华·庄士敦神父图书馆。

布鲁诺停在柜子前，弯下腰细细打量奖杯和奖牌间的球队照片。他要找到八十年代的球队照片，这样就可以寄希望于神父，看他能不能从罗宾的这些老队友中认出几个他知道的人。这样的话，侦探也许就能让他们提供一些线索。

布鲁诺找到了兔头人那位鬈发朋友，彼时他的门牙倒是都还在。但令他惊讶的是，在照片中剩下的那些小球员里，他并没有找到日后绑架萨曼莎·安德烈蒂的那个混蛋。

"今年我们比赛里打了个垫底，"神父在布鲁诺身后抱怨说，"明年我都不确定还能不能组出一支球队来。"

"我能明白。"布鲁诺漫不经心地应答着。他知道自己的线索又断了。

"可是爱德华神父与孩子们之间却颇有相处之道。"年轻的神父接着说道，"其中他最为仰仗的便是他的图书馆。"

布鲁诺很快就察觉到了神父最后一句话中的奇怪之处：爱德华神父是怎样做到让那些孩子坐下来乖乖读书的？思索间，侦探听见对方在其身后打开滑门的声音。门后便是那间以他前任的名字命名的房间。布鲁诺好奇地转身望去，眼前所见的一切却让他目瞪口呆。

爱德华神父图书馆里只有漫画。整排整排的书架直抵天花板，覆盖了房间里的每一面墙。布鲁诺默不作声地穿行其间，查看着这里的书籍。每一个年龄段的孩子都能在这里找到适合自己的漫画书，漫画书里的主角从那些小娃娃爱看的角色到超级英雄，林林总总，各不相同。

"您小时候肯定经常来这里吧。"神父说。

布鲁诺只是点了点头，因为他的脑海里此刻满是纷杂的线索。而他要把这些线索联系在一起，寻找一个答案。

一个受到孩子们无条件信任的神父。一间只有漫画的图书馆。波尼。一本绘有淫秽图案的漫画。最后还有罗宾·沙利文离家失踪的三天。

没人知道他到底去了哪儿；他也从来没有告诉过别人，在这短短三天的时间里究竟发生了什么。他被黑暗侵蚀了。可是谁又会去相信一个孩子对一名神父的指责呢？这就是罗宾沉默的原因吧。

爱德华神父。布鲁诺想象着，在那神圣衣着的掩饰之下，他究竟会对那些无辜的孩子做出何种无耻之事。一个不可能被别人怀疑的人，一个播施上帝恩慈的人，一名圣徒。说到底，他也不过是一个戴着面具的恶魔。

许久之前，爱德华神父居然对一个年仅十岁的孩子有如此的所作所为，布鲁诺开始憎恶这个未曾谋面的人。如今，侦探可以肯定，罗宾并非生而为"魔"，而是发生在他身上的悲剧让他变成了一个无可饶恕的恶人。所以萨曼莎·安德烈蒂如今遭受的一切，也是爱德华神父的罪孽。

"关于照片上我的那两个朋友，您知道还有谁也许会知道关于他们的消息吗？"布鲁诺的语气变了，不再那么温和有礼，却显得异常坚定。侦探决心至少要先找到照片上罗宾的同伴。

"让我想想，"年轻的神父说道，"可能知道些什么的应该只有'兔子'了吧。"

这个名字让布鲁诺一下愣住了。他缓缓转过身，看着眼前的神父："谁？"

"那个教堂的老看守呀。"神父解释道，"以前维修工作都是由他来负责。他的真名其实叫威廉，这个外号应该是很久之前孩子们给起的。他一直以来都待在这所教堂。您不记得了？"

"啊，对，没错，我怎么把他给忘了。"布鲁诺一边努力消化新出现的线索，一边冷静地应答道。

"自从他住院之后，我就不得不亲自做这些修理工作。"神父笑了，"这就是您刚才看见我在花园里的原因。"

"住院？"布鲁诺想确定自己并没有听错。

"是的，他病得很严重。"也许是发现了对方表情中的焦虑与不安，神父又变得严肃起来。

布鲁诺盯着神父："'兔子'通常都待在哪儿？"

神父指了指地面："下面，锅炉房边上的一个房间。"

27

他想错了。

要不是神父凑巧说了那样的话，布鲁诺仍会诅咒已故的爱德华神父，而不是像现在这般站在圣慈恩教堂通往地下室的石阶顶部。

这儿就是"兔子"，那个教堂看守的老巢。

"如果您不介意的话，我就不陪您下去了？"神父说道。

"不，完全不介意。"布鲁诺全神贯注地看着脚底正静静等待他的那片黑暗。

神父刚一离去，布鲁诺便将手伸向墙上的开关。昏暗的黄色光芒时断时续，地下室却也因此亮了起来。侦探慢慢走下台阶。一股潮湿的凉气从教堂底部升腾而起，向他迎面扑来。在上午四处蒸腾的酷热中，这本该是一种令人愉悦的感觉，但布鲁诺却生生打了一个寒颤，仿佛那是恶魔的吐息。

有什么东西蛰伏在这里，而他的到来扰醒了它。

终于走到了楼梯的底部，布鲁诺看向右边。低矮的房顶上，一颗灯泡发出"嗞嗞啦啦"的响声，仿佛随时都会烧坏一般。布鲁诺用食指捅了它几下，灯光颤了颤，好像马上就要熄灭了。然而随后发生的一切出乎意料——灯泡突然光芒大盛，如陨落前的星辰。电流声如某个被无限延长的音符，伴随着布鲁诺继续探索这个地下世界。

粗细不一的管道在天花板和四处的墙面上游走，四处弥漫着煤油和松节油的气味。长长的走廊尽头有一张高大的金属网，布鲁诺抬脚往那个方向走去。

金属网围出了一个小房间。

进门就是一张工作台，配着一盏万向灯和一张凳子。布鲁诺打开台灯，希望能够更好地观察周围环境，一首蓝调歌曲却随之响起。刺耳的声音来自架子上的一个鞋盒。房间的主人从别的设备上拆下各种各样的零件，把它们组装在盒子里，弄出了一个晶体管收音机。从工作台上的工具来看，这肯定就是"兔子"的杰作了。

不过这屋子可不仅仅是个工作间。桌子前面还有一张行军床：床单被罩雪白干净；不厚的枕头下面露出一个威士忌酒瓶的瓶颈；深褐色的床罩一丝不苟地塞在床垫下面。行军床上方的墙面上钉了一块木板，摆在上面的东西看上去值不了几个钱，倒更像是从垃圾堆里捡来的：一个勉强由碎片拼粘起来的瓷瓶；一盏绘有玛丽莲·梦露形象的床头灯；一台需要手动上弦的闹钟，钟面上的时间停留在了六点二十八分。

布鲁诺看了眼屋里这些乱七八糟的东西，随后走向一个小金属柜。打开柜子，里面寥寥数个衣架，挂着几件衬衣、褪色的牛仔裤和一件冬天穿的外套。这里面还有一套黑色西装，一条与之相配的深色领带。西装散发着一股焚香的味道，大概是用来在教堂举行葬礼时穿的。因为作为教堂的看守，他需要帮忙搬运棺材、敲响丧钟。柜子下的架子上有两双鞋，一双工作鞋，一双需要系鞋带的黑皮鞋。鞋子的边上还有一台老式的 Super 8 放映机，布鲁诺已经好些年没有见过这种玩意儿了。

侦探合上柜门，打开了床头柜的抽屉。老看守放在里面的东西并不多：一面小镜子、一把梳子；一本泛黄的银行存折，上面显示的银行存款少得可怜；剩下的就只有几张来自某份体育报纸的剪报了。

这就是外号"兔子"真名"威廉"的老看守的整个世界。

布鲁诺疲惫不堪地坐到行军床上。收音机里的蓝调歌曲一首接着一首。人怎么能够活得像只老鼠呢？他心想。东躲西藏、形单影只。布鲁诺又想起了自己。书房墙上汉斯·阿尔普的作品就好比现在身后架子上的那堆破烂，再把巴赫的音乐和这些蓝调歌曲一换……看，就这样简简单单。

自己的生活和这个男人的竟是别无二致。

他们两人都选择了远离世人的目光。只有一个原因会让人甘愿把自己从这个世间抹去。

一个秘密。

对于布鲁诺来说，这个秘密毫无疑问源自他私家侦探的职业。那么"兔子"呢？

你一定对罗宾·沙利文做了些什么吧。你伤害了他，用你的黑暗侵蚀了他，把他变成了一个魔鬼。和你一模一样的魔鬼。

布鲁诺甚至还想到，要了解"兔子"这个人其实并不怎么费事。只要想想他自己就行了。既然他会在家里保存达达主义的作品、格伦·古尔德的唱片，那威廉也一定会将自己最心爱的东西放在身边。灵光一闪，布鲁诺弯下身把一只手伸进了床底。在黑暗中摸索了一阵，他的手指终于触碰到了什么。侦探一把将它拉了出来。

现在，一个纸箱就在他的脚边。

布鲁诺打开箱盖，心形眼睛兔子那熟悉的笑容即刻展现在他的眼前。不过这一次，这样的兔子可不止一只，因为箱子里有整整一摞相同类型的漫画书。

布鲁诺开始逐一翻看起来。没有作者、出版商的名字，也没有编号。它们和自己随身放在外套口袋里的那本漫画书是一样的。

侦探拿出之前在床头柜抽屉里看见的小镜子，想要确定一下这些书是否也有那样的恶趣味。果真如此。这种见不得人的把戏，也不知道多少个像罗宾·沙利文这样的孩子成为它的受害者，以至于年纪轻轻就做出了许多可恶的行径。

怒不可遏的布鲁诺把漫画书一本本放回箱子，却不知道之后该怎么处理它们。就在这时，侦探注意到箱子里除了书，还有别的东西。

一个扁扁的金属盒子。

布鲁诺拿起盒子，打算看看里面放了些什么。盒子打开了，一盘胶卷落在他的手中。

这是一盘录像带。

布鲁诺立时想起他在柜子中看见的那台 Super 8 放映机。

28

　　墙上的心跳动着。咚咚，咚咚，咚咚。她把她的孩子忘了。咚咚，咚咚，咚咚。在梦里，她看见那个小小的人儿和所有的孩子一样，歪歪斜斜地迈出了人生里的第一步，开始了自己在迷宫里的探险。可是每当她想走到孩子身边，想要看清她的脸时，孩子却不见了，只余她清脆的笑声，随着回音，逐渐消弭在这深藏于地下的牢笼之中。

　　咚咚，咚咚，咚咚。

　　她居然用一只想象出来的猫取代了关于孩子的记忆，所以她再也无法看见自己女儿的脸，这便是对她的惩罚——现在她终于明白了。

　　咚咚，咚咚，咚咚。

　　"你给它起名字了吗？"提起那只猫时，格林医生曾这样问道。

　　"没有。"这是她的回答。

　　"为什么呢？"

　　"在那里我没有名字，没有人会叫我……迷宫中不需要名字，它们没有任何用处。"

　　咚咚，咚咚，咚咚。

　　那个还不曾有过名字的小女孩，她现在在哪儿？格林医生答应过她，会和她一同找到答案。但她在心怀期待的同时，也感到了害怕。

咚咚，咚咚，咚咚。

她在半梦半醒间挣扎。有时她会睁开双眼，认出自己正身处医院的某个房间。于是她试着保持清醒，但疲倦很快又将她拉回梦里。她觉得自己在床里越陷越深，就像在穿越某个黑洞，某个会将她直接带回迷宫的神秘通道。

不，我现在很安全。不会再发生什么不好的事，我房间的门外就有一个警察。

咚咚，咚咚，咚咚。

如此往复循环，却不知在哪个意识模糊的瞬间，她感觉到一只温热的手轻轻抚摸她的额头。她似乎看见床边有一个身着白衣的人。茶色头发的护士背过身去更换点滴的药瓶，嘴里还柔声说着："接着休息吧，亲爱的，休息。"

心跳终于停止了，眼皮变得无比沉重。黑暗终于将她拥入怀中。

她猛地睁开双眼。

也许只是一瞬间的事情，但事实上应该已经过去了一段时间。她明白这点，因为原先房间里的护士不见了，取而代之的是格林医生。他坐在椅子上睡着了，双腿伸出，双脚交叠在一起，又着胳膊，头歪向一边，眼镜也滑到了鼻尖。

她得以更仔细地观察眼前这个男人。六十来岁却依然魅力不减，颜色、款式合适的领带搭配着蓝色衬衣——衣着方面也有不错的品味。也不知道是不是他的妻子为他选择的衣服。也许每天早上她都会拿出搭配好的衣服，然后把它们放在床边。这种柔软、平凡的想法让她不禁再一次考虑起自身状况。十五年的时光就这样被偷走了——这十五年也许平淡无奇，也许墨守成规，甚至庸碌无为，但那毕竟是生命啊。这段时间里，也许就是沧海桑田。也许自己被收容在圣凯瑟琳医院的烧伤科是一件幸运的事，因为这里没有窗户。她害怕走出那扇门，这就像许久之后冬眠醒来，或是一次前往未来的时间旅行，她根本不知道门那边等待她的会是什么。

或者说，谁。

"我希望你彻底摆脱这个噩梦。"格林医生还曾这样说，"你应该比我更清楚，如果我们不能抓住他，今后就算你走出这里，也很难过上正常人的生活……"

这太难了，何况她还无法克服心中的恐惧，恐惧他有朝一日还想把她带回迷宫。

格林医生醒了。他眨了眨眼，用手指把眼镜推回鼻梁。然后他发现她也醒了，于是边活动手脚，边对她笑道："现在感觉怎么样？"

"是我把孩子带进迷宫的吗？"看见格林医生醒来，她立刻问出了心中的问题。尽管是出于无意，但她还是有可能把一个无辜的人卷入了这场噩梦。这样的想法让她坐立不安，更何况这个人还是她自己的女儿。

格林医生换了一个舒服的姿势在椅子上坐好，重新打开了录音机。"我并不认为你在被绑架的时候已经怀孕了，毕竟你当时只有十三岁。"

"那这孩子是怎么回事？"她糊涂了。

"真正的问题不是这个孩子怎么进的迷宫，而是她究竟怎么进了你的肚子……你明白这两者间的区别吧，萨曼莎？"

她当然知道，她又不是八岁小孩。"我知道孩子是怎么出生的……某人把他的种子放进了我的身体里。"

"那你知道这个'某人'有可能会是谁吗?"

她仔细想了想:"应该是某个和我一样在迷宫里的人。"她如是说道,因为这是最合乎逻辑的答案。但她随即觉察到格林医生对她的回答并不满意。

"你能说得再具体一点吗?"

"也许是另一个被关在里面的人?"

"萨曼莎,除了之前你跟我说的那个女孩,我不认为迷宫里还关了别的人。"

"您凭什么能这么确定?"眼见格林医生还要她做出别的解释,她不禁恼火起来。我又不是傻子,她真想这么告诉他。

"萨曼莎,绑架你的男人同时也选择了你。"

"这话是什么意思?"

"意思就是你满足了他某方面的需要……换句话说,我们都知道我们喜欢什么,也知道什么对于我们来说是更好的。这点你同意吧?"

"嗯。"她根本不知道格林医生到底想说什么。

"比如冰激凌,你有什么特别喜欢的口味吗?"

"奶油,还有焦糖味。"她回答道,却不清楚这些记忆从何而来。

"很好。所以如果你特别喜欢奶油和焦糖口味,那你一定不会去买巧克力或香草口味的冰激凌。"

尽管这个对话让她觉得特别愚蠢,她还是点了点头。

"我们基本上不太可能去选择那些不喜欢的东西,对吧?"格林医生继续说道,"这就是为什么我们会对偏好的东西做出重复的选择,因为我们太了解自己了。而绑架者的行为模式表明他的专注度集中在女性身上。他抓走的都是女孩，萨曼莎，"医生明确说道，"女孩，而不是男孩。"

这些拐弯抹角的话是什么意思？"您到底想和我说什么？"

格林医生深吸了一口气："我想说的是，迷宫里唯一的男性就是绑架你的人，萨曼莎。如果他是你孩子的父亲的话，你不可能没有看见过他的样子，这不合逻辑。"

为什么格林医生非要坚持这一点？为什么一定要如此伤害她？"不，"她固执地说道，"事情不是您说的那样。一定还有别的解释。"可是到底还有别的什么解释？她脑子里空空如也。

"萨曼莎，我想要帮助你。"格林医生走到她身边，握住她的手，"真的想要帮你。"他看着她的眼睛："可如果你不肯接受这个事实的话，我就无法让你回忆起发生在你女儿身上的事。"

她感觉到自己眼里蓄满了泪水，那么滚烫，那么沉重："不，不是这样的。"她一遍一遍慢慢地、哽咽着说道。

"我们像之前那样再试一次吧？把你的注意力集中在房间里的某个点上，然后放松。之前这个方法不就奏效了吗？"格林医生说，"也许你的女儿还在那儿，萨曼莎，她还在那儿等着你……等着她的妈妈去救她。"

又一次，她盯住了墙上那块浅淡的心形水渍——那是一颗跳动的心，她女儿的心。是我抛弃了她吗？她问自己。为了能够离开那儿，我把她扔下了？

"勇敢起来，萨曼莎，"格林医生鼓励道，"和我说说他来迷宫找你时的情况……"

"黑。"她刚说了一个字就停下了。

"很好，萨曼莎，很好。继续说……"

"我把它叫做黑暗游戏……"

灯光开始闪烁。她知道这意味着什么。这不是第一次，也不会是最后一次。

这是一个信号，黑暗游戏即将开始。

如果她想救自己，便需要遵循一定的程序。随着时间在迷宫中流逝，她在不断完善这套程序。虽说做不到屡试不爽，但有时确实管用。首先，想找个地方躲起来是没有用的：迷宫里也没有什么缝隙或是角落供她躲藏。游戏真正的诀窍是伪装，把自己和周围的环境融为一体。但是想要做到这一点，需要等到最后一刻。

她走进走廊，选定一个方向向前跑去。她边跑边注意着头顶的灯光。电流发出的噼啪声愈演愈烈。来了。她数道："三、二、一……"

黑暗降临。

她迅速钻进一个房间，紧紧贴在墙上。喘气声很重，心跳得也很厉害，但她只需要几秒就能让自己平静下来。她开始调整呼吸，心跳速度也慢了下来。不要动。

剩余的就是等待。

现在的迷宫表面上似乎笼罩着一层平静。她只能听见那不间断的风声——这是寂静的声音。然后似乎有什么别的声音传进她的耳朵。像是脚步声混合着某种金属的声音。这也许只是幻觉，但她知道，事实并非如此。

他来了。来迷宫找她。

她不知道他是从哪里进来的，从来都不知道。但现在他确实来了，和她一起，在这个迷宫里。她开始听见他的脚步声——缓慢、耐心。他在找她。

他同样也看不见，这就是游戏意义所在。所以他必须伸出手，探查周边的环境。她能听见一阵阵窸窸窣窣声，像是什么虫子在爬——那是他的手正摸过灰色的墙。她知道，那个魔鬼也希望能够听见什么声音，任何声音都行，能够让他知道他的俘虏在哪里。

不远了，他离自己越来越近了。

她能听见，他正从自己所在房间的门口走过。不要停、不要停。好了，他走过去了。可随后他又停了下来。

他在干什么？为什么不接着走了？

他没有走，反而退了回来。他就在那儿，就在打开的门前思索着什么。他正在决定是否要进来。

滚开，快滚开。

他跨过门槛。她能听见他的呼吸声——属于魔鬼的呼吸声。但她仍站在原地没有动。她不会尝试逃跑，因为之前他也曾走到过她的附近，却因为某些未知原因改变了主意，或是错过了她。但这一次，她预感到自己不会那么幸运；这一次，受命运眷顾的，是她的对手。她听见他小心翼翼地向自己走来。

他停下了，仿佛穿过黑暗，看见了她。

她知道即将发生什么，却仍没有动。他把脸凑到她的脸旁——他们之间只有几厘米的距离，她甚至能感觉到他呼吸中的温热与味道。既甜，又苦。这是属于魔鬼的气息。

一只手温柔地抚上她的脸颊。这不是爱，她紧绷着身体告诫自己——她不想就这样屈服。温柔的抚摸顺着她的脖子一路而下，穿过肩膀，在她的胸口逗留了片刻。接着那只手又滑向她的腹部，钻进了她的内裤。手指在柔软的阴毛间探索，直至摸到那片娇嫩的皮肉。她一直睁着眼睛——因为她不想让眼前这片浓墨色变得愈加昏黑。尽管看不见，但她仍要看着他的脸。我不是一个牺牲品，她不断告诉自己。我不是你的玩物。可与此同时，她又试图让自己思考些别的东西，以便能够为接下来发生的一切做好准备。因为上一次在拿回属于自己的东西时，他伤害了她……

"您不是想知道吗，格林医生？事情就是这样，"她歇斯底里地说道，"王八蛋，这下您满意了？"

"不，不是这样。"

她能感觉到格林医生的难过。这不仅仅是因为没有得到他想要的信息。他似乎也在为她感到悲伤，为她曾经不得不遭受的一切，为那个未曾露面的恶魔强加给她的邪恶游戏。她为刚才冒犯了格林医生而感到内疚。

"这样吧，萨曼莎：我们再另外找一种方法来恢复你对那个绑架犯的记忆。"格林医生关掉了录音机。然后他转向单面镜，手指拂过系在腰带上的钥匙扣。这看起来像是一个提前说好的动作，一个向单面镜后面观察他们的人发出的信号。

29

　　暖阳下平静的大海，海上随波轻摇的小船——这是梅格·福尔曼的画，也是布鲁诺了却尘世间一切纷扰之后想去的地方。

　　一个小女孩儿心目中完美的天堂。

　　那确实是一个令人向往、渴求的地方，但现在还不是去的时候。因为我得看看这盘录像带里到底有什么东西，布鲁诺心想。

　　他把放映机安置在"兔子"的凳子上，放好录像带，将镜头对准墙壁。然后他关掉了灯。在这片黑暗中，布鲁诺借着几秒钟的间隙，深深地吸了口气。

　　接着，他按下了放映机的播放键。

　　影像的前几帧是空的，但很快就模模糊糊出现了些什么。拍摄影像的人显然是个外行，因为镜头根本没有对上焦。不过随后画面倒是变得清晰起来。

　　这是一间房子的内部：风格雅致的客厅铺着镶木地板，配有深色的护墙板，里面还有几个皮制的单人沙发。棕色的光主要集中在镜头画面的中间部分，而上、下部分则掩藏在一片阴影之中。这样一来导致的结果，就是布鲁诺只能看清画面中人物的下巴到膝盖位置。

　　那些人衣着优雅光鲜——细纹外套、西装背心，口袋里放着手绢或是扣眼里插着康乃馨。他们有人端着酒杯，有人抽着烟，温和有礼地微笑、交谈着；身着白色制服的服务员端着装有酒杯和餐前点心的托盘穿梭其间。

这简直就像是另一个年代的场景。布鲁诺心想。受人尊敬的上流人士参加的一场沙龙。一开始他还担心录像带里会有什么恶心邪恶的内容呢，看来要改变自己之前的想法了。

就在这时，画面中的场景突然变了。

室外，一片灌木丛。镜头似乎在这片茂密的植被中寻找着什么。找到了：一个赤裸着双脚的金发小女孩躲在树丛中。她那蓝色的衣服已经被撕扯地七零八落，胳膊和腿上满是树枝的划痕。视频中只能听见脚步落在枯叶上的声响。一个突兀的声音响起，女孩儿惊恐地转过头。有人笑了。

布鲁诺倾身探头，想要看清楚那个女孩到底是谁，可是影像中的画面又变了。

还是一片小树林，不过这一次画面中展现的是一部似乎制作于四十年代的动画片。一只心形眼睛的大兔子坐在一大片草地中央的树干上，正冲着坐在它大爪子上的两个孩子说着什么。一只蝴蝶从他们头上飞过，微风搅动着枝头的树叶。

画面突然转换。呻吟声。

一个全身赤裸的女人正和两名头戴风帽的男子翻云覆雨。她躺在巨大的大理石祭台上，台子四周摆满了蜡烛和刀。女人长发披散在肩旁，皮肤上已经覆盖上了一层薄薄的汗水。两名男子粗暴地轮流在她身上冲刺；而她则一直闭着眼。呻吟中，一些费解的词汇从她嘴角溢出，像祈求，又像祷告。

画面又变了，这是另一个地方。

白天，一间明亮的屋子，一把空椅子。墙上写着一个词：爱。录像的拍摄者不知为何迟迟在这个场景逗留。然后，房间突然变暗了。一名赤身露体的男子被绑在椅子上，脑袋向前耷拉着。墙上的那个"爱"字在他身后若隐若现。视频拍摄者疾步向捆在椅子上的男子走去。他手里拿着什么东西，也许是把刀。男子抬头，尖叫。

布鲁诺往回一缩，仿佛自己便是那画面中的男子。可是镜头中的房间又变成了白天时的样子，椅子上空空荡荡，一切都是那么平静。

画面又是一转。

学校操场。穿着短裤的孩子们追逐嬉戏。镜头躲在栅栏后，远远地跟随着他们。突然，画面定在了其中的一个孩子身上。他是一个白化病患者，和别人相比显得那么与众不同。男孩猛地站住了，仿佛直觉他周围有危险。他看了看四周，但很快又若无其事地加入别的孩子当中。

紧接着，一连串镜头从布鲁诺眼前快速掠过。一名正在给孩子喂奶的年长妇女。荒地上一个孤零零的马戏团帐篷。一个词："红色"。一名失去双腿的男子一边爬一边唱着歌。一台电视机，里面播放着老掉牙的洗涤剂广告。又一个词："性高潮"。两名戴着黑色兜帽的女性彼此抚摸着脱下了对方的衣服。第三个词："光"。雨中的葬礼。接下来是更多的色情内容。鲜血。象征死亡的符号与场景。随着眼前内容不断地变化，布鲁诺感到万分惊讶，同时也因为这些画面觉得心神不安。自己正在观看的影像到底是什么？为什么一个教堂的看守会有这样的东西？

画面再一次变了。

这一次的地点不好判断，手电筒的光穿过飘浮的尘埃，深深刺进一片黑暗。录像拍摄者行走在高低不平的地面上，只能听见他沉重的脚步声，以及这声音在一个空旷空间中的回响。他应该在寻找什么，可他周围什么都没有。他停下脚步，仔细地听了起来。有人在远处低声说话，这微弱的喊喳声传了过来。拍摄者转身向右边走去，手电筒的光急促地晃动，巡查着周边的环境。在光柱晃过一面砖墙的一瞬间，布鲁诺好像看见了什么。手电筒的光也停了下来，往刚才出现异样的地方照去。几双惊恐的眼睛出现在一个角落。赤裸着上半身的几个小男孩挤在一起，想要摆脱那个追在他们身后的人。这些孩子只有七八岁，或是十来岁的年纪。视频拍摄者平静地向他们走来。不过这一次，他不再是孤身一人。

他的身边出现了几个黑影——这显然是几个人。他们越过录像拍摄者，向着墙角的孩子们走去……

放映机贪婪地吞下最后一张胶片。墙上的画面消失了，只剩下带着一肚子疑惑的布鲁诺。一股不舒服的感觉从他灵魂深处不断翻涌上来。

他刚才所见的一切似乎超脱于现实之外，而且邪恶——对，就是邪恶。到底是怎样脑子不正常的人才会做出这样的事？

在教堂地下室的这片昏暗中，布鲁诺感到无比后悔。他不该开始这次调查，不该执着于十五年前与萨曼莎父母或者说与萨曼莎本人签下的约定。他不想在这样的情况下结束自己的生命，他宁愿不知道这荒谬而令人痛苦的真相——人类既可以创造出美，却也同样能够营造出令人作呕的黑暗地狱，就像刚刚在他眼前结束的画面那样。

还好人都是会死的。比如这个叫做威廉的看守就已经是个行将就木的人了。但是在黑暗女神把他们两个都带走之前，布鲁诺觉得自己应该和"兔子"谈谈。

30

他要去的地方是这片区域最偏僻的角落。

看到那些建筑物上的涂鸦，布鲁诺直觉地明白，那些街头帮派早已瓜分了这里的每一寸土地，并把那里俨然变成了另一个世界。事实也的确如此。萨博车刚驶过路口那座废弃的学校，侦探便觉得自己似乎跨过了一条隐形的边界。三个戴着花巾和太阳镜的年轻人很快开着一辆车跟了上来。负责放哨的人肯定已经把有外人来到这里的消息放了出去，布鲁诺想。而这三个家伙的任务就是看着自己。

这没有什么好惊讶的。一年前，曾经有过一场帮派间的混战，一个多星期的时间里，路上就多了将近二十具被人干掉的尸体。也许是因为毒品，也许是因为领地——又有谁说得清呢。受害者十分年轻，都是二十岁不到的年纪。在这样的地方，命如草芥，甚至母亲从分娩的那一刻起就知道，自己终将避免不了白发人送黑发人的命运。

过不了多久这些就都和你没什么关系了，布鲁诺自言自语。这个生者的世界，这个充满了矛盾和对立的世界，都去他妈的吧。

布鲁诺把两只手放在方向盘上，好让监视他的人明白自己并没有什么敌意。副驾驶的座位上有一瓶从店里买来的威士忌；圣慈恩教堂年轻的神父之前给他画了一张粗糙的地图，告诉他如何前往目的地，而这张地图现在被布鲁诺搭在了仪表盘上。在这类地方卫星导航根本不管用，而网络地图上显示出来的也只是一片白色而已。

布鲁诺来到了要去的那座建筑物附近，他把车停在一张长椅旁边，拿起副驾驶座位上的威士忌然后下了车。正午的阳光砸落下来，布鲁诺觉得自己的头骨似乎都感受到了这份重量。他向四周看了看，同时也是让监视的人能够更好地看清自己。随后他稳步走向建筑物的入口。

刚进大门，侦探就被饭菜和消毒水的气味扑了个满怀。门厅里有几张不成套的塑料椅，一张桌子上散乱地落着几份医药健康类的宣传折页——从性病的预防到关于口腔卫生的建议，各不相同。在一间看上去像是等候室的地方，一名流浪汉睡在地板上。他很可能只是找了个避暑的地方，也没有人赶他离开这里。

这里看上去是间诊所，但据让他来这里的神父所说，事实远不止于此。

这里的人们把它称为"港口"，因为大家来这里的目的主要是为了等死。穷人、流浪汉、这世上再没有人会关心自己的人。亲朋好友们不希望与他们有任何关系，而他们本人也负担不起住院的费用。

布鲁诺见无人可以询问，只得把酒瓶藏进外套，登上通往楼上的楼梯。台阶并不怎么稳固，扶手也是摇摇欲坠。走进某扇玻璃门，布鲁诺才发现，比起那些被遗弃在这里、穷途潦倒的人来说，自己迫在眉睫的死亡还真算不上什么不幸。头顶上的吊扇除了在屋里散播病气外，起不到任何该有的作用。病床不够，就只能用行军床对付一下，有的人甚至还因为抢到了一个轮椅而倍感欣慰。

然而最让布鲁诺震惊的是居然无人因此而出声抱怨。

过道里几乎一点声音都没有，仿佛所有人早早便有尊严地接受了自己的结局。不，或许是长期的妥协，布鲁诺心里有一瞬间的念头。

终于，侦探注意到了一个人。这是一个中年妇女，灰色的短发，个头不算太高，臀部宽大。她穿着一双老旧的"全明星"帆布鞋、及膝的裙子，一件对她来说起码大了两个尺寸的 T 恤上印着一张嘴和吐出的舌头——这是滚石乐队的标志，脖子上还挂着一串红色的塑料念珠。

女人也看见了他。尽管不知道布鲁诺是谁，她还是露出一个美丽得体的微笑迎了上来。"您好。"

女人清澈的眼睛望向布鲁诺，这让后者立时萌生了一种无比幸福的感觉。"您好，"侦探回应道，"我来找一个在这儿住院的人，他是圣慈恩教堂的看守，叫威廉。不过人们通常都管他叫'兔子'。"

女人似乎对此生了疑心。"噢，他呀。您是他的朋友吗？"

"是的。"布鲁诺回答道，"我听说'兔子'的情况不是太好，所以想过来看望他一下。"侦探立刻察觉到了对方并不相信自己。也许女人已经发现了他藏在外套下的威士忌，可她对此却什么也没说。

"那个人根本没有朋友。"女人只是小声回答道。她似乎并不想让旁人听见自己的话。

"尼科拉修女，您能过来一下吗？"布鲁诺听见门外有人喊道。

女人转头看向门口一个年轻漂亮的女孩，女孩手里端着脸盆，里面放着几块毛巾。布鲁诺这时才惊讶地发现，眼前与他对话的人居然是一位修女。

"我马上过去。"女人回答道。之后她又把注意力转回到侦探身上："您不应该来这儿的。"她柔声细语地说道。接着，出乎布鲁诺意料，修女抬起手，抚上他满是胡茬的脸庞。

布鲁诺被这突如其来的温柔弄得手足无措。他突然神奇地认为，修女一定是知道了他时日无多，所以想要让他知道，一切都会好起来的，不必害怕。

"您不相信上帝，"修女说道，"真可惜。"

"我的经历告诉我，这个世界是邪恶的。"尽管知道接下来的这番话毫无意义，但布鲁诺还是说道，"如果上帝创造了这个邪恶的世界，那么他也肯定是邪恶的。您只要看看他对自己钟爱的孩子们做了什么就知道了。"侦探指了指四周。

尼科拉怜悯地看了一眼周围那些默默等待死亡的人们："这个地方我称之为'港口'，并非由于它是这些人人生的最后一站。他们真正的旅程还没有开始，而他们将要前往的目的地就像是一片温暖的、无尽的海洋。"

布鲁诺想起了梅格·福尔曼，他甚至觉得眼前的这个女人读懂了他的心。"一个孩子画笔下的海洋。"他也不知道自己为什么会说出这句话。

尼科拉很喜欢这样的描述："上帝就是个孩子啊，您不知道吗？所以当他伤害到我们的时候，他自己都不知道呢。"

这一次笑的人换成了布鲁诺，他真的非常羡慕对方能够有如此坚定的信仰。

修女面容严肃起来："你要找的人在走廊尽头最后那个房间。"指明地点后，她担忧地看着布鲁诺，"千万小心。"

31

门半掩着。布鲁诺伸手把门推开。尽管这个"港口"人满为患,但躺在床上的那个人还是独占了一个病房。微弱的光透过关着的百叶窗缝隙,直直照在白色床单上。那床单包裹着病人干瘦的四肢,如同一块惨白的裹尸布。露在床单外面的只有病人的头和他那如枯枝般的胳膊。

房间弥漫的气味表明,这个叫做威廉的看守虽然活着,身体却已开始腐朽。

床上的老人闭着眼,艰难地喘着气。听见动静,他睁开眼,看看究竟是谁打扰了他的清净。

"你好呀,'兔子'。"布鲁诺见状说道。

一开始,老人只是默默地观察着侦探。"你是谁?"他问道。

布鲁诺拿出藏在外套下的威士忌:"死亡天使。"

老人迟疑了一下,然后咧嘴一笑,露出满口已经泛黄的牙齿:"过来吧。"他摆了摆瘦骨嶙峋的手。

屋里唯一的一张椅子靠在墙边。布鲁诺走过去把它往床边一摆:"我们能聊两句吗?"他一边问一边坐了下来。

"当然。"老人嗓音沙哑,说完话便紧接着咳了起来。咳出一口痰,他接着说道:"你是警察?"

"也不算是，但我确实有几个问题要问你。"布鲁诺发现老人正盯着他带来的威士忌，神情就像沙漠中饥渴的旅人看见了绿洲，"如果你的回答能让我满意，我就把这玩意儿留给你。"侦探保证道。

"兔子"大笑起来："我知道你想问什么。"

"如果你知道的话，为什么不现在就跟我说说呢？早点说完，对我们俩都有好处。"

老人看向房间的墙壁，似乎在思索该如何开始之后的谈话："如果我告诉你，我的名字不是威廉，你会惊讶吗？"

"不，不会。"布鲁诺回答说。

"四十年了，我做圣慈恩教堂的看守这么久，只是为了不让他们找到我。"

"不让谁找到你？"

"警察。还有像你这样的人。"又一阵猛烈的咳嗽让老人的胸口剧烈起伏。"现在想起来，我把你们都骗过去了吧。"他又笑了起来。

"我们为什么要找你？"

"因为在你们看来，我就是那个魔鬼。"老人说。

这话也许只是自嘲，但布鲁诺从中听出了一丝骄傲："难道不是吗？"

"我只是个仆人罢了，我的朋友。"

"谁的仆人？"

老人显然已经沉浸到了自己的回忆里。

布鲁诺催促他道："你的任务是什么？用漫画来引诱那些小孩儿？然后对他们洗脑？噢，顺便说一句，我已经看过那个录像了。"

"你不会明白的。"老人语气轻蔑，"你们谁都不会明白。"

阳光突然间暗了下来。窗外乌云密布，房间陷入一片灰蒙蒙的昏暗之中。

"有什么需要我弄明白的？为什么不和我说说呢？"

"说了也没有用。"

"你不试试怎么知道。"

"听我的话，别费那个劲儿了。"又是一阵大笑，又是一阵咳嗽，"你最好还是像迄今为止那样，继续你那倒霉蛋的生活吧，相信我。"

布鲁诺快气疯了，不过他不想让对方看出这点。"你在包庇谁？"

"没有啊。"

布鲁诺知道他在撒谎。"你从这当中得到了什么呢，'兔子'？除了成天躲在地下……"侦探话中带着讥讽。

"这是我的选择，在我不得不做出决定的时候。"老人毫无征兆地打断了布鲁诺。

窗外传来雷声，昭示着暴风雨的降临。

"什么意思？什么叫'选择'？你给我解释清楚。"布鲁诺追问道。

老人眼神明亮，却显得深不可测。他盯着布鲁诺："与其想知道我是谁，倒不如弄明白我是什么。"

布鲁诺思索了一会儿，恍然大悟："你也是一个黑暗中的孩子。"

老人点了点头。

布鲁诺意识到，尽管表面上有所保留，但"兔子"还是想说的，想向人倾诉那段不知在心底埋藏了多久的往事。自己需要做的只是等待，答案自然而然会出现在他面前。果不其然，没过多久，老人说话了。

"那天我正在街上玩儿，一个男人走了过来。他把我叫到他的身边，说要送给我一件礼物。他拿出一本漫画书，书中的主角是一只兔子，但他却说这里面还藏着一个秘密。他告诉我该怎么做……'拿一面镜子，'他说，'如果你喜欢看见的东西，就回来找我。'"

"接下来呢，发生了什么？"

"我去找他了，但只是出于好奇……他把我带到一个类似洞穴的地方，那里黑漆漆一片。我独自被关在了里面。当时我不过是一个被吓得要死的孩子，不知道哭喊了多久，也不知道在那里待了多久。也许是几天，也许是几个月。然后小门打开了，有人走进来，牵起了我的手。那是一名警察，他告诉我，我得救了……可他不知道，我得不到救赎了，再也得不到了。没有人知道，我被种下了某种诅咒。甚至当时我自己也毫无察觉。可是黑暗终归在我的身上留下了印记。"

"绑架你的那个男人叫什么名字？"

老人移开目光："'兔子'，当然是叫'兔子'……至少他是这么告诉我的。在别人面前，他用的是另外一个名字。二十年来，他一直是一间肥料仓库的看守，值夜班。因为白天睡觉，所以与他人没有什么来往。当他被逮捕时，周围的邻居都不知道那间屋子里住的到底是谁。整个审判过程中，他一句话都没说，甚至当法官宣布判处他终身监禁时他也没有任何表态。"

在老人的描述过程中，布鲁诺发现他对绑架自己的人抱有一种崇敬之情。侦探想知道之后的故事："然而事情并没有就此结束，对吗？"

"那时我十三岁了……一天上午，一名监狱的工作人员来到我家，告诉我'兔子'死了。可他还说，早些时候，'兔子'立下遗嘱，指定我作为他唯一的继承人。"老人用手背擦了擦干渴的嘴唇，咽下嘴里的唾沫，"我母亲并不想要那个男人的钱，但贫穷使我们根本无法拒绝。但随后我们拿到手的不仅仅是钱，因为他们还把他的东西都拿了过来。几件衣服，一台 Super 8 放映机，一盒子一模一样的漫画书，还有一盘奇怪的录像带。"

"你看了……"

"我明白了。这就像是一条讯息……'把这个接力棒传下去'，或是类似的意思……"

"这件事到底是谁起的头？"

"不知道。"老人回答说，"但我完成了我的任务，这很棒。"他十分骄傲。

他们根本不知道自己心里住着恶魔，布鲁诺又想起这句话。眼前的这个教堂看守也认为自己是个普通人。毕竟在威廉自己看来，他不过是很好地完成了自己的工作。"你想让我相信你真的不知道是谁在背后操纵这些事吗？你这么豁出命去到底是在为谁做事？"

"黑暗。"这一次，老人毫不犹豫地回答道。

又一阵雷声，却依然没有大雨落下的声音。

布鲁诺对此很是反感："这就是罗宾·沙利文还是个孩子时，你对他做的事吗？"

听到这个名字，老人似乎突然清醒过来。

"你绑架了他三天，把他……也拉到了黑暗中？"侦探追问。

"我传出了我的接力棒。"老人笑着说道。

"前前后后到底一共有多少个孩子？多少？"

"不知道，记不清了。但那些人都不重要……在找到那个合适的孩子之前，总是要做许多尝试的。在罗宾之后我还持续干了一段时间，不过当时我就知道，这孩子会做出他的选择，就像我一样。我也是在和他当时差不多的那个年纪做出的选择。"

布鲁诺从口袋里翻出那张从"灵薄狱"的档案里取来的照片。照片里，罗宾·沙利文的身边站着那个头发鬈曲、缺了颗门牙的小伙伴。他把照片出示给老人看。

"噢，孩子，是你。"老人立刻认出了照片里的人，"这是多久之前的事啦……"老人的双眼焕发出神采。

"照片里的另一个孩子是谁？那个鬈发、少了颗牙的孩子？"

老人疑惑地看着照片上的小男孩。

"从照片能够推断这个孩子会经常去教堂，所以你一定认识他。"布鲁诺拿着威士忌酒瓶在老人面前晃了晃，鼓励他说出自己想要的答案。

教堂看守用舌头舔了舔干渴的嘴唇："保罗，应该是叫这个名字……他就住在那栋绿房子里，和教堂隔着两大片房子。"

起初的抗拒之后，老人倒是十分合作。布鲁诺也说不清其中的缘由，也许这仅仅是威廉为了摆脱自己而说的一连串谎言。唯一能够验证的方法便是亲自去敲响那栋绿色建筑的大门。离开之前，布鲁诺将事先承诺的报酬递给了床上的那个将死之人。"永别了，'兔子'。"他说。

"希望我们很快能再见面。"老人答道。

想到两人都将去往同样的归宿，布鲁诺打了个寒颤。不过对方说得也没错：梅格·福尔曼那幅画中的美好与安宁是他的向往，但若想得到，侦探还需要付出努力。可是留给他的时间所剩无几。

雷声再次响起，暴风雨要来了。

32

　　绿色的房子就被挡在一堵厚厚的雨墙之后。

　　布鲁诺走下车，穿过大雨走向房屋大门。来到屋檐下可以避雨的地方，侦探拉下外套原本竖起的领子。

　　从"港口"出来时，布鲁诺就被大雨逮了个正着。头发和衣服淋了个透，而雨直到现在也没有停下的意思。侦探摸了摸额头：发烧了。不过心脏倒没有像医生预言的那样，反而依旧在胸口跳动。但也不能跳多久了，他心说。不必抱有那些不切实际的幻想。这哪是心跳，分明是倒计时的钟鸣。

　　布鲁诺收拾了一番，以便让自己看上去不那么狼狈。然后他看见了信箱上的名字。"保罗·马钦斯基。"他默念着记下这个名字。"保罗。"侦探喃喃道，这和教堂看守透露的名字倒是对上了。

　　但线索还不够。

　　布鲁诺按上门铃，但门铃没有发出任何动静。很可能是因为省电的原因，所以没电了。于是他敲了敲门。过了一会儿，侦探又敲了几下。房屋的主人很可能因为倾盆的雨声没能听见他的敲门声，可是在第二次的尝试之后，依然没有人前来应门。

　　布鲁诺只能走到窗边，观察屋里的情形。

　　客厅的长沙发上摊满了报纸；扶手椅摆在一台老旧的电视机

前，已经看不出原本的模样；椅子边的小桌子上堆了不下十个空啤酒瓶和一个塞满了烟头的烟灰缸。

杂乱——这是单身男性很典型的生活状态。根据这种状态，布鲁诺推测保罗·马钦斯基应该是独自居住在此，而且此时此刻，他很有可能并不在家中。

侦探很想见见罗宾·沙利文昔日教区足球队的小队友，这当中的缘由十分明确：那个恶魔成长于此，如果他想在这里找一个安全的地方躲起来，那他十分有可能去找马钦斯基寻求帮助和掩护。保罗甚至可能知道"兔子"躲在何处。

他就在这里——我知道。

侦探知道自己需要赶紧做出决定。他要么回车里，或在门廊这儿等房主回来；要么就直接进屋里瞧瞧。

一般来说，后者是他偏爱的选择。

在与线人或证人交谈前，侦探总是希望自己已经做好了充足的准备。他要诱使对方说出自己想要的消息，而想要做到这点的唯一方法，便是尽可能多地了解对方的生活。

比如在之前的一次调查中，布鲁诺找上了一个中年妇女。因为他的调查对象是这个妇女的一个熟人，他需要让对方说出那个人在哪儿。如果布鲁诺直接找上门去询问，对方一定会产生怀疑，并对他三缄其口。就算涉及的对象与她不怎么往来也定是如此，这是人类与生俱来的一种归属感。彼时的侦探可没有时间去与对方建立一段友谊，于是他花了几个小时用来监视那个女人，发现她一天中的大部分时间都用来泡在电视机前看肥皂剧。于是布鲁诺找到她，说自己已经无可救药地爱上了她的朋友。女人被侦探的故事打动了，毫不怀疑地把对方想知道的一切都说了出来。

这就是此时布鲁诺不断把弄着门把手的原因。发现这玩意儿并不那么牢靠后，他用肘部使劲撞了两下便把门打开了。

走进大门，布鲁诺一眼看去就对保罗·马钦斯基有了更进一步的了解。首先，那个少了颗门牙的小男孩长大后的日子显然不那么好过。家具似乎是从某个垃圾场捡回来的。那块地毯原本应该是米黄色，但现在上面全是斑斑点点的油污。四周落满了尘土和污迹，房屋的一角还有一张毯子、两个碗和一根宠物牵引绳，不过还好屋里暂时没有发现狗的踪迹。

侦探关上屋门，雨声立时小了下去。屋子一共有两层，布鲁诺决定先上楼看看。

上楼之后是一条短短的走廊，通向三个房间。布鲁诺走到一扇磨砂玻璃门前，猜想门后应该就是二楼的卫生间。玻璃门才打开一条只有几厘米的缝隙，一条黑色恶犬突然在门后冲着他凶狠地狂吠起来。还好布鲁诺早有准备，在黑狗扑上来之前，迅速地关上了门。他咒骂着卫生间里的那个家伙，咒骂自己，也咒骂在胸口"怦怦"直跳的心脏。布鲁诺确实感到一阵后怕，但他随后笑了起来：如果因为这个原因导致他心脏病发死亡，那还真是蠢透了。

布鲁诺继续查看二楼的状况。第二个房间里只有一张生锈的床架；屋顶也不知是哪里漏了缝，雨水渗进来在地上积成了一摊。衣柜里挂着几件女装，闻上去一股樟脑丸的味道。布鲁诺猜测这应该是保罗母亲的衣服，而且这位马钦斯基女士应当已经去世不少时日了。

第三个房间看上去倒是经常有人居住。直接扔在地上的那个床垫就是保罗睡觉的地方。黑色的墙上贴着几张重金属乐队的海报，看上去就是八十年代时十几岁小孩的房间，只不过现在睡在这里的人已经是快要五十岁的年纪了。屋里有一台留声机，机器旁边仔仔细细地摆放着房间主人收藏的唱片。一个小小的奖杯放在架子上显眼的位置，奖杯底座镶嵌的小铜牌上写着"82—83年教区比赛第三名"的字样。对比现在的惨淡，那时应该算是保罗这一生的高光时刻了吧。

床边的地板上有一堆色情杂志，当中埋着一只瓷碗，里面的东西足够让房间主人给自己卷一支大麻烟卷。墙边有一段踢脚板有些微微翘起，布鲁诺走上前，很轻易就把它掀了下来。踢脚板后的缝隙里藏着一块大麻。布鲁诺用手掂了掂：分量不大，卖它的人不过是个小角色。他又把手中的东西放回原来的位置。

这时，布鲁诺发现自己在房子中粗略的观察根本没有获得任何有用的信息。想与保罗进行一番友好的谈话是没戏了。和这种没事就爱嗑个药、看看黄书的人，真的很难找到什么共同语言。看来还得设法找条别的路子来获得他的信任，让他开口说话。如果罗宾·沙利文需要谁的帮助，保罗·马钦斯基应该是他最容易说服的人。

如果保罗知道"兔子"藏在哪里，我就必须想办法让他说出来。可是具体该怎么做呢？

卫生间里的那条狗还在叫个不停，这不仅让布鲁诺无法静下心思考，甚至还有些头疼。他突然打了个哆嗦，浑身发抖。发烧让布鲁诺的体温不断升高，于是他只能回到一楼。

按理说此时布鲁诺应该立刻离开这栋房子，回到自己的车里等待保罗·马钦斯基的出现。但走下楼后，他觉得自己浑身上下没有一丝力气。不能再出去淋雨了。侦探把长沙发上的报纸清理干净，想了想却选择了一旁的扶手椅。这应该是保罗最喜欢的位置，电视机就在它的前方，房主人在出门之前把它关上了。一旁还有一条花格子的毛毯，虽然很脏，还破了好些洞，但布鲁诺还是把它裹在了身上。浑身的颤抖似乎还没有放过他的意思。侦探很害怕，但也明白现在还不是考虑死亡的时候。他努力让自己镇定下来。需要想些什么事来分散一下注意力。

于是他又想起了那个教堂的老看守，想到当他取出那张从"灵薄狱"拿来的照片，询问其罗宾身边那个鬈发、少了一颗牙的男孩时，老人居然如此轻易地就将他的名字告诉了自己。

当布鲁诺指责他把一个毫无防备能力的无辜男孩扯入黑暗时，威廉为自己辩解的理由也十分荒唐。

"我传出了我的接力棒。"

在说起罗宾的时候，他显然把对方当作了自己得意的弟子，可这正是让布鲁诺想不通的地方。如果"老兔子"真的把罗宾，也就是新一任的"兔子"当作自己的继承人的话，又为什么要帮助一个陌生人来抓他呢？他要做的应该是隐瞒罗宾这个儿时小伙伴的身份才对，因为这个人很有可能提供出一些有用的信息，从而导致他的学生被捕。

可事实却是，这个老家伙几乎脱口说出了保罗的名字。

布鲁诺已经没有精力再把这件事理出头绪了，不过至少身子已经不再颤抖，楼上的狗也停止了吠叫。在寂静与老旧扶手椅的包围下，侦探盯着自己在电视屏幕中的倒影。太好了，还没有死，算是又逃过一劫。他的心中满是感恩与宽慰。

不知不觉中，布鲁诺陷入了沉睡。

33

　　脖子被死死掐住，大张着嘴绝望地寻求着氧气。这应该是睡死过去后再次醒来最糟糕的方式：发现自己活着不过是为了死去——痛苦地死去。

　　布鲁诺身后那个暴怒的人并没有松手的意思，他能感觉到对方强有力的前臂像钳子一样紧紧锁着自己。侦探想把对方的胳膊从自己的脖子上扯下来，但袭击自己的人显然淋了雨，布鲁诺的手指接触到他的皮肤后不住地打滑。他希望自己能够有时间向保罗·马钦斯基解释，自己为什么会像一个贼一样闯进他的家里；他要告诉保罗，自己虽然能够理解对方的行为，但考虑到眼下的情况，这种反应多少有点夸张了。他想把这一切说给这个想要杀了他的男人听，直到他在一旁关着的电视机屏幕里看见对方的倒影。

　　这人的右脸上有一块深色的胎记。

　　是沙利文。回来的人是沙利文，而不是保罗·马钦斯基。

　　所以那个老家伙会帮助我。他把我引到这里，还用某种方式通知了他的学生。他亲手把我送进了这个陷阱。

　　"兔子"不再需要他的兔子面具，两人终于可以面对面了。此刻，"兔子"也正通过电视屏幕注视着布鲁诺。他的眼睛清澈明亮，看不出任何仇恨或是愤怒。这大概就是一种冰冷、清晰的杀戮欲望。

梅格·福尔曼的画——温暖的海洋、小船、太阳。这是一个孩子心中天堂的模样。我配得上前往那里，这是我应得的奖赏——布鲁诺对此坚信不疑。"上帝就是个孩子啊，您不知道吗？"他在"港口"遇见的修女就是这么说的，"所以当他伤害到我们的时候，他自己都不知道呢。"

布鲁诺开始坦然接受死亡的痛苦。

闪闪发光的轨迹如同一个个优雅的小仙女开始在他的眼前翩翩起舞。肺部的空气很快被消耗殆尽，布鲁诺开始无意识地挣扎起来。温暖的海洋、小船、太阳。一切仿佛已是触手可及。我来了，他在心中说道。布鲁诺感觉自己被猛地往高处拖去，自己的头也随之向后一仰。这几乎是一个下意识的动作，却正好重重地砸在了身后之人的鼻子上。

这突如其来的动作完全出乎罗宾·沙利文的意料，让他不禁松了手头的力道。布鲁诺借此机会完全挣脱了对方的钳制，猛地从椅子上站起身，却止不住地向前摔了出去。侦探双手撑在肮脏的地毯上，大口地呼吸，但到第三次才把空气送进了自己的肺部。于是他转头看向袭击他的人，"兔子"的鼻子在流血，因为疼痛而漫出的眼泪也阻碍了他的视线，但他还是再一次扑了过来，一把抓住了布鲁诺的脚踝。但侦探挣脱了出来，向前窜去。这一窜脱离了眼前这个恶魔的掌控，却也离屋门更远了。其实这一刻的布鲁诺根本不知道自己到底身处房间的哪个位置。他就像无头苍蝇一样，根本注意不到窗户开出的一道缝隙，于是只能因为自己的愚蠢而被困在屋内。

因此他居然摇摇晃晃地逃进了厨房，之前他唯一没有勘查过的空间。

当看见里面那个贴满了冰箱贴的旧冰箱时，布鲁诺终于松了口气，因为旁边就是一个通往房屋后院的出口。

这时，他发现"兔子"已经缓过那股劲儿，朝着他的方向走了过来。

逃出这间屋子并不意味着自己就安全了，但这至少让布鲁诺不愿像刚才那般轻易放弃反抗。他用仅剩的那点力气向屋门跑去，内心暗暗祈祷：前几天在威尔逊农场，"兔子"便是如同今天这般在身后紧追不舍，但此刻的门可千万别像那天一样锁住了。

他扯住门把手一拉，门是开着的。然而就在跨出屋子的那一刹那，布鲁诺却突然停住了。周遭发生的一切仿佛瞬间慢了下来，他感觉子弹钻进自己的背部，直插肩胛骨之间。灼热的金属在他的身体里越钻越深。

可他根本就没有听见开枪的声音。这是怎么回事？

没错，这就是子弹穿透身体的感觉。可当布鲁诺低头查看，却没有在胸口发现任何开放性损伤的痕迹。在想出一个合理的解释之前，侦探双腿一软。他跪倒在地，耳中传来深沉、强烈的"咚咚"声——这是心脏失去了往常节奏的声音。

没有人开枪。

是这些时日以来，在他身后虎视眈眈的心脏病发作了。

布鲁诺松开门把手。他转过身子，靠着冰箱门滑落到地板上，带下了好几块色彩斑斓的冰箱贴。

弥留之际，布鲁诺的目光无意识地停留在一块冰箱贴上。那是一株热带棕榈树的造型，它的下面压着一幅画。

从画面风格和颜色的选择上看，这幅画的作者显然是一个孩子。

画面上，一只巨大的兔子长着一双心形眼睛，手里牵着一个金色头发的小女孩。

但真正让布鲁诺惊讶的是画面底部的签名。虽然只是名字的缩写，但纸上的字母清楚明白。

梅格。

34

太难以置信了，一个将死之人的大脑竟然能够运转得如此之快。布鲁诺心想。因为他觉得自己现在的思考速度足以是平时的两倍。

福尔曼家的小女儿怎么会认识波尼？

布鲁诺抬起头，以为一直追在他身后的人会赶上来给他最后致命的一击。然而出乎侦探的意料，对方只是一动不动地盯着自己。也许"兔子"只是等着他自己死去。不管对方脑子里想的是啥，布鲁诺觉得自己还有时间去了解真相。他铆足了劲，用最后一点力气把手伸进口袋，摸出那张从"灵薄狱"拿来的照片，递给面前这个脸上长着深色胎记的男人。

对方犹豫了一下，最终还是接过了照片。

从对方的表情来看，布鲁诺推测自己想得没错。"你是保罗·马钦斯基吧？"他问道。

男人一开始并没有说话，但随后给出了反应："这张照片是什么意思？"他紧张地问道，"你是谁？在我家做什么？"

最后一句话足以让布鲁诺确定，眼前的这个人根本不是什么罗宾·沙利文。

*那个老家伙对我撒了谎，*布鲁诺想。所以当自己向他问起照片中那个鬈发男孩的名字时，他的表情看上去有些疑惑。他发现

我找错了人，因为我一直以为罗宾是那个无比忧郁，脸上长着一块胎记的孩子，但事实并非如此。

真正的罗宾是另一个孩子——看上去十分开心的那一个。

这个上一任的"兔子"确实误导了布鲁诺的调查方向，但对于嫌疑人的误判是还要早的事。这个错误源于牙医的证词：彼得·福尔曼说他认出了那个声音，据他所说，那个头戴兔子面具的家伙用他的家人要挟他，让他去杀了琳达。

福尔曼家的小女儿怎么会认识波尼？

"跟我说说罗宾的事。"布鲁诺的声音几不可闻。

"嘿，朋友，也许我最好帮你叫辆救护车。"

保罗·马钦斯基看上去真的很担心他，但布鲁诺固执地摇了摇头："罗宾·沙利文。"

"他改了名字，现在已经没人这么叫他了。我们小时候是朋友，但后来就没有来往了。也许他来找我帮他收拾花园的时候，根本不认为我会认出他，但我一眼就看出来了。"

"谁？"布鲁诺问道，"请你告诉我，他到底是谁。"他必须亲耳听见保罗说出那个名字。

"罗宾……罗宾·沙利文……他现在有一栋大房子，漂亮的妻子和两个女儿。现在他叫彼得·福尔曼，是一个牙医。"

福尔曼家的小女儿怎么会认识波尼？

"再和我说说这个……"布鲁诺指了指压在棕榈树造型冰箱贴底下的那幅画。

"我现在就叫救护车。"罗宾却从口袋里掏出手机。

"求求你，那幅画。"

保罗已经按下了电话号码，听见布鲁诺的请求，他停下手上的动作："是福尔曼的女儿给我的。那个小女儿，一周前的事儿吧。"

在儿时的照片上，保罗便流露出一种难言的悲伤。这种悲伤，陪伴了他的一生。小女孩儿一定是对眼前这个孤独的男人产生了同情，而布鲁诺却把他当作了那个恶魔，对此侦探深感内疚。"梅格有没有告诉你，这幅画是什么意思？"

"没有。"

福尔曼家的小女儿怎么会认识波尼？因为她认识面具下的那张脸，布鲁诺心想。"兔子"就是她的爸爸。

布鲁诺仿佛又看见琳达家中的那一幕。从他在卫生间找到重伤的彼得·福尔曼那一刻开始，恶魔就开始了他的表演。

可他为什么要通过那次绑架把自己的家人也卷入其中呢？"他闯进了我们的家，"当时牙医哭得一把鼻涕一把眼泪。可明明就是他自己戴着兔子面具出现在自己的妻子面前，把她和自己的两个女儿一起关进了地下室。"他说如果我不按他说的去做，就杀了她们。"他为什么还要欺骗他的妻儿呢？为什么不直接去琳达家杀了她呢？

这一定也是一个陷阱，侦探想。"那人戴着面具，但我认识他……我知道他是谁。"这个巧妙的计划不单单是为了欺骗所有人，然后把一切怀疑都转移到一个无辜的园丁身上。

不，他一定还有一个明确的目的。

当布鲁诺看见那个戴着兔子面具的男人赤身裸体，倒在卫生间的地板上流血不止的时候，他还以为是琳达做出了反抗，重伤了杀害她的凶手。他甚至还为自己朋友的勇敢感到骄傲。

但现在看来，用刀子伤了罗宾的并不是琳达，而是"兔子"自己。

当鲍尔和德拉克鲁瓦告诉自己，罗宾被收治在圣凯瑟琳医院的时候，他感到十分惊讶。"那里是最安全的地方，我们已经在那里布置了警力。"鲍尔用他那一贯傲慢的语气说道。

对"兔子"来说，那个最安全的地方，也是萨曼莎·安德烈蒂所在的地方。

他想再次占有她，布鲁诺心想，他想再次把她拖进那黑暗中。

但这个计划才完整地展现在布鲁诺的眼前，侦探的心脏便停止了跳动。

35

　　格林医生走进房间，迅速关好了房门。这次他的身后好像藏着什么。"看，"他拿出一个纸袋，"我想你应该饿了。"

　　她的目光追随着医生，看着他走向通常坐的那个位置。

　　"这里面的东西绝对比医院的饭菜好吃，那玩意儿可真不是人吃的。"他从纸袋里拿出两个保鲜膜包着的三明治，"鸡肉还是金枪鱼？"

　　"鸡肉。"她回答道。

　　格林把其中一个三明治递给她："你可真会选，我妻子做的鸡肉三明治天下无敌。"

　　她接过三明治，盯着看了起来。

　　"怎么了，为什么不吃？"医生咬着金枪鱼三明治问道。

　　"啊，抱歉，"她说，"我只是突然想起一件事……绑架我的人给我使用了药物让我保持镇静，可他是怎么让我把药吃下去的呢？"

　　"你指的是那些精神类药物吧，"格林想了想，"我觉得他应该是把药下在了食物里。"

　　她摆弄着手中的三明治，想着自己已经很久没有吃过别人精心为她准备的食物。"您的妻子一定非常爱您。"

　　"我们之间也不是没有吵过，"格林大方承认道，"不过我认为夫妻在一起时间久了都会这样。"

她望向镜子。"我的父亲还没到吗？"

"还需要一阵时间呢，然后我们让他直接来这里吧。"

"我不知道……"她觉得还没有做好面对父亲的准备。

"没有人强迫你，萨曼莎。你想准备多久都可以。"

"其实我都不记得他长什么样了。"

"如果你希望的话，我可以给你拿一张他的照片。也许你能想起点什么。"

医生的话让她感到些许宽慰。于是她拆开包裹着三明治的保鲜膜，贪婪地吞咽起来。格林说得没错，好吃极了。"星期二。"她突然毫无征兆地说道。

"什么？"医生很快反应过来。

她盯着墙上那块水渍——心脏再一次跳动起来。"星期二是比萨日。"她喃喃说道。

其实她也不知道那天是否是星期二，也无法判断自己身处白昼还是黑夜。就连被她称为"比萨的星期二"的那一天，很有可能一个月才有一次，甚至更久。但她还是决定用这个名字。迷宫里的日子一成不变、循环往复，她需要一些小小的信仰。

这一切开始于她首次拼完魔方的第三个面。她为自己感到骄傲，为自己能够完成这个目标感到十分自豪。但这种情绪很快转变为愤怒，因为她觉得自己值得为此得到一些奖赏。于是她把魔方拿在手里，仿佛举着一个奖杯般，在迷宫里边走边喊："比萨！比萨！比萨！"

除了想要讨得自己应得的奖赏，她还想烦死那个混蛋，假如他在听的话。不过她确定对方能听见自己的声音。从这次小小的反叛中，她甚至感受到了某种愉快的感觉。

最终，她得到了她想要的。

在迷宫的某个房间里，她找到了一盒已经发软的玛格丽特比萨①，一看就是放了好几天的样子。那个混蛋想通过这种方式惩罚她，不过她照样吃得津津有味。从那时起，这便成了一种小小的仪式。

每次拼完魔方的第三面，就是一个新的星期二。以及一张放了许久的比萨。

也不知道那个混蛋是从哪儿弄来的比萨，包装的纸盒十分简陋，毫无特点可言。纸盒上也没有任何比萨店的标识。也许只是一家连锁店，或是只做外卖的小铺子吧。在她的想象中，那是个常年飘散着油炸味儿的地方，白色的瓷砖上覆盖着一层亮晶晶、黏糊糊的油脂，任何肥皂都无法将其洗刷干净。

每次咬下第一口比萨时，她都会想，做这张比萨的人该是一副什么模样。也不知为何，浮现在她脑海中的总会是一个年轻人，顶着一个啤酒肚，强壮的胳膊上沾满了面粉。他应该是一个乐观开朗的人，喜欢和朋友们一起去电影院看动作片，或是去打保龄球。他还没有订婚，但有一个深色头发的白人女友，长相十分可爱，在超市做收银员。

这个年轻人永远不会想知道他在为怎样的人准备比萨——有什么必要呢？他也不会怀疑自己正在做的这张比萨最后会被送到迷宫，喂饱一个被囚禁在那儿的可怜女孩。他不知道，尽管过程曲曲绕绕，但他仍是那个女孩与这世界唯一的联系，是那封闭空间之外仍有生气的证明，证明了人类并没有因为什么核灾难或是

---

① 意大利传统比萨，传说是玛格丽特公主在那不勒斯逗留期间，当地厨师为她特意而作。面皮薄脆，主要原料为小番茄、奶酪。

小行星的坠落而灭绝……

"我一直抱有希望，希望能在那个想象中的星期二，在比萨的包装盒上找到一条给我的讯息。不必是什么纸条，哪怕是用番茄酱写的一个字也好。一个简单的问候，比如说——'嗨'。有一次，比萨上多放了一颗洋蓟，我还以为是有什么特殊的含义。但这样的事之后就再也没有发生过。"

"迷宫里的什么东西让你最讨厌？"格林把最后一口金枪鱼三明治塞进嘴里。

"墙的颜色……那种灰色让人难以忍受。"

"有一种科学理论认为特定的颜色会对我们的心理产生一定的影响。"医生用纸巾擦了擦嘴，"绿色传递出一种信念，所以赌桌几乎都是绿色的：它能推动玩家下定决心去冒险……而暖色调则能够刺激人体内血清素的合成，它的作用比如能让人们更愿意交谈，或是产生更强的性欲望。"

"灰色呢？"她问道。

"灰色能抑制内啡肽的活动，"格林说，"精神病院的房间就会漆成灰色，还有那些监狱里最高戒备等级的牢房也是如此。"很快他又补充道："包括动物园的笼子……从长远来说，这种颜色会让你变得温顺。"

灰色会让人变得温顺，她一遍遍重复着医生的最后一句话。绑架者将她视为动物，为此他要磨灭她的天性。

也许格林医生意识到了这个话题让她的心情暗淡起来。为了分散她的注意力，医生把纸巾揉成一团，面向放在墙角的废纸篓，瞄准方向，把纸巾球扔了出去。"我曾经是大学篮球队的组织后卫，毫不客气地说，我可真是个天才。"

她忍不住笑了起来。

但她随后注意到，格林趁着她没注意的时候，再一次摸了摸钥匙扣。又是那样，又是那个和单面镜后面的警察交流的手势，她心想。不过这到底是什么意思？也许根本没有什么暗语，一切不过是自己幻想的产物。

医生发现自己的蓝衬衣上沾染了一些三明治里的金枪鱼。"完了，我老婆要气炸了。"他一边嘟囔着，一边徒劳地用手指擦拭着衣服上的污渍。"得想办法把衣服弄干。"格林站了起来，"我很快就回来。"

这样再好不过了，因为她现在很想小便。虽然有导尿管，但在他面前这样做还是很尴尬。

"我顺便再给你带些喝的回来。"出门之前格林说道，"不过你最好能够继续保持现在这样的专注度，因为我们一会儿还得接着工作。"

房间里又只剩她一个人了。她听从了医生的话，继续盯着墙上的那颗"心脏"。就在此时，床头柜上那部黄色电话再次响起。

令人全身无法动弹的恐惧也随之又一次袭来。

格林说得没错，她想。只是有人拨错了电话号码而已，自己居然会害怕，真是可笑。想要印证这个想法只有一条路可走。

接电话。

铃声不断地在房间里，也在她的脑海中回响，透出一股恐怖、不祥的气息。她希望对方赶紧挂掉电话，但显然电话那头的人不想让她如愿。

既然这样，那好吧。她把手伸向床头柜。虽然打了石膏的腿限制了她的动作，但她的指尖还是摸到了电话听筒。她把话筒往身前一拽，一把抓住，放到耳边。电话那头什么声音都不会有的，她心说。只会有对方的呼吸声而已。"喂？"她只说了一声，便只能惊恐地等待着。

"您忘记留下地址了。"一个男性声音即刻回答道。

她不明白对方在说什么。电话里有很大的杂音。格林医生说的果然没错，只是有人打错了电话而已。她放下心来。

"喂？"电话那头的人逐渐不耐烦起来。

"抱歉，我不明白您在说什么。"

"我需要地址，"那个男人说道，"订单的地址。"

她突然睁大了眼睛，像触电般颤抖起来。

"比萨，"电话里的男人重复道，"我们要把比萨送到哪里？"

听筒仿佛突然间变得无比灼人。她扔开听筒，然后本能地转向房间里的那块单面镜。她看着自己在镜中的倒影，心中涌起一股强烈的感觉：一个邪恶的幽灵就躲在那后面，偷偷地听完了自己所有的话。

这个玩笑就是想让她知道，他，就在她的身边。

36

毫无变化的声音坚持不懈地钻进他的耳朵。

"闪开！"

身体已经脱离了控制。他能感觉到自己的存在，可这一切又似乎只是幻觉。肉体是无法挣脱的枷锁，可他非但没有任何痛苦，反倒有一种奇特的幸福感。

他无法合上眼睛，于是只能被迫瞪大眼睛，在一个绝佳的黄金位置，观看急救人员在他上方焦急地忙碌着。他是一个见证着自己死亡的旁观者——酷！

"闪开！"

急救人员是一男一女。男性大概三十来岁，是个强壮的家伙，寸头，深色的眼睛。如果要一起喝啤酒或是去看比赛，他会是不二的选择。而现在，他正拿着一个急救气囊压在自己的鼻子和嘴上。女性虽然看上去体型要小一些，意志却是同样的坚定。她肤色白皙，蓝色的头发扎成马尾，脸上有一些小雀斑，但是有一双漂亮的绿色眼睛。要不是现在这个情况，他一定会约她出门。现在，她果决地再次说道：

"闪开！"

男人向后退了一步，女人再一次把除颤电极放在他的胸口，放电。每一次电击就像有人在他的身体里放了一把火，火焰燃起，却在一瞬间后熄灭。

片刻的宁静。起先那阵毫无变化的声音开始变得有节奏起来。

"好了。"蓝头发开心地说道，"我们把他抢回来了，现在他可以移动了。"

没人求你们把我抢回来。你们应该把我留在那儿。

他们把他抬上担架，颠簸着穿过一条小路，最后把他塞进了救护车。车门关上，警笛声响起。

"嘿，帅哥，和我们在一起，好吗？"为了让布鲁诺保持清醒，大块头和他说着话，"你的运气可真不错：你朋友给你做了十分钟的心脏复苏，要没有他，我们来了也没用……所以你得想想，该给他送一份什么大礼。"

真让人难以置信，保罗·马钦斯基居然救了他的命——虽然只是暂时的。他要告诉这两名急救人员，保罗是无辜的，他和萨曼莎·安德烈蒂的绑架案毫无干系，真正的"兔子"是……谁是"兔子"。他忘了。

黑暗笼罩了一切。

突然间，一道电光闪过，就像老式相机的镁光灯突然亮起，然后消融在一个与之前完全不同的场景之中。布鲁诺发现他已经不在救护车里了，周围是喧闹杂乱的声音，和来来往往的人影。他还躺着，一片刺目的白光在高处俯视着他。上千只手在他眼前晃来晃去，传来的声音仿佛隔着什么模糊不清。所有的人都赤裸着身体。

"血氧饱和度？"一个矮个子女孩问道。她的胸很大。

"在下降……百分之六十七。"另一个蓄着大胡子的人回答道。这家伙身上的毛可真不少。

"心跳停止。"这是另一个人的声音，布鲁诺只能看见他凸起的肚子。

"我去准备一下注射用的阿托品。"这是另一个女人的声音。说完话，她转过身，露出娇俏迷人的臀部。

他们不穿衣服是因为天热吧。虽然心里这么想，但布鲁诺还是无法理解如此荒唐的一幕。所有人都满脸严肃，可他忍不住要笑出声来。

"上呼吸机。"一位年轻的女医生说道。黑发柔顺地披散在她的肩上，她是所有人当中唯一穿着白大褂的人，虽然大褂下面她什么都没穿。上帝啊，天知道他多么想把这个女医生的外衣扯下来！

"血压怎么样？"

"八十八，五十九。"

嘿，把那件外衣脱了怎么样？我相信你一定会喜欢我的，宝贝儿……布鲁诺不再压抑自己。好像死亡也没有那么糟糕。侦探心情愉悦。

周围还有人在打电话。"您好，这里是圣凯瑟琳医院的心血管科。我们需要一位病人的相关资料……他叫布鲁诺·金柯。"

我在圣凯瑟琳医院，布鲁诺心想。萨曼莎·安德烈蒂也在这里。他记得还有"兔子"——谁是"兔子"？他想不起那人的名字了。不过萨曼莎有危险。嘿，你们能听见我说话吗？很快会发生一件可怕的事，你们要马上通知警察。或者，给我来杯龙舌兰，我们直接在这儿开个派对得了。

"他的右手里攥着什么？"问话的是那个大胡子。他试着掰开布鲁诺的手指："好像是一个纸团，不过他攥得太紧了。"

"别管那个了，反正也不是能够伤害我们或是他自己的东西。"说话的还是那个好看的女医生，"准备注射肾上腺素。"

黑暗再度袭来。

又是一道电光，不过这一次它更像是一道烟火。先前喧闹的声音已经消失，取而代之的声音充满节奏感，也让布鲁诺感到无比平静——那是心跳监测仪发出的"嘀嘀"声。他依然平躺着，一个塑料面罩几乎盖住了他的整张脸，而且正强行将氧气灌进他的肺部。

床边有两个医生正在说话。年轻的女医生有一头乌黑的头发，另一个男医生看上去岁数要大一些。奇怪的是，这次两人都穿着衣服。

"谁授权让你们救他的？"男医生正在问话。他手里拿着一张纸，看上去很不高兴。

那可是我的"护身符"，布鲁诺心想。

"送他来的急救人员不知道这里面的规矩，我们也没有时间去搜他的口袋。"女医生解释道，"我们怎么能知道会是这种情况。"

布鲁诺气得火冒三丈。他们谈论他的时候，居然当他不在这里一样。

"这家伙最多活到明天早上。你知道我们科室资源有限，可你居然把它们浪费在他这种人身上。"

*我还不想活过来呢。你考虑过这点吗，老混蛋。如果我挂了，至少不用看见你那张讨厌的老脸。*不过说真的，虽然他选择了孤独的生活方式，虽然这是他做出选择后必须承担的后果，但关于无人在乎他生死这点，布鲁诺还是很伤心的。他不曾有过家庭，不曾考虑过要个孩子。甚至在布鲁诺看来，这是他该受的惩罚。结婚生子，他从来不曾想过。

"老兔子"把接力棒传给了下一任的"新兔子",布鲁诺心想。就连在医院里等死的怪物都有后代能记住他曾经犯下的罪恶。而那个新一代的"兔子"还有一个妻子,还有两个金发的女儿。该死,那个混蛋到底叫什么名字?

福尔曼,对了,彼得·福尔曼,那个牙医!

不过这种顿悟所带来的激动心情很快就消弭于无形,因为侦探发现自己根本无法与外界交流。

快把氧气面罩给我摘了,我有话要跟你们说!

"你不过是救回了一个植物人。"年长的医生说。

我才不是植物人,蠢货。把这个该死的面罩给我摘了,我证明给你看!

"抱歉,医生。"漂亮的女医生说,"我们以后不会再犯这样的错误了。"

男医生一脸严肃地盯着对方。过了一会儿,他把布鲁诺的"护身符"递还给女医生,转身离开了。

女医生摇了摇头,准备把那张纸叠起来。突然,她停下手上的动作,盯着纸张细细看了起来。布鲁诺注意到她并不是在看纸上的医生诊断证明,而是纸张背面的那幅画。

那个救了萨曼莎·安德烈蒂的偷猎者画的草图,那个"兔子"的画像。

然后,一件奇怪的事发生了。布鲁诺的脑海里响起一个声音。琳达,是他的琳达在和他说话。把接力棒传出去,把证据传出去。不过这可不是件容易的事。布鲁诺集中起全部的注意力。与大脑不同,他的身体可以说已经死亡,但他必须成功。布鲁诺开始想象自己右手的样子,手指紧握着一个纸团。把接力棒传出去。琳达还在温柔地对他说。先从食指开始,很好,它已经可以微微移动了。你别走，布鲁诺在心里对女医生说，再留一会儿。轮到大拇指了——不行，感觉像在移动一块沉重无比的巨岩，这太难了。把接力棒传出去。他觉得琳达正拉着他的手，帮助他。中指、无名指，最后是小拇指。他无法知晓这是否真的发生了，还是说一切不过是他的幻想。琳达的声音消失了。女医生把他的"护身符"折好，放进她的外套口袋里，转身准备离开。不，求求你，不要!

东西落下后弹起的微弱声响。

女医生脚下一滞，转身看向病床的方向。然后她又看了看床边的地面。快，快过来呀。女医生也确实朝着他走了过来。她弯下腰，捡起从布鲁诺手中滑落的纸团。打开。女医生的脸上露出疑惑的表情。她的目光在布鲁诺和手中的纸上来回穿梭，最后她又把外套里的纸拿了出来，和手中纸团上的内容细细对比。

一张是偷猎者画的画，还有一张是福尔曼的小女儿画的画。后者贴在了保罗·马钦斯基家的冰箱上，用冰箱贴固定住，布鲁诺把它拿了过来。

两张画是同样的主题。一只长着心形眼睛的兔子。

女医生看上去很困惑。她从外套口袋里掏出一支类似钢笔的东西。哦，不，那是一支小手电筒。她凑近布鲁诺的脸，用手指撑开他的右眼眼皮，然后用那个手电筒发出的强光照了照他的瞳孔。接着，女医生又对布鲁诺的左眼做了重复的动作。

尽管戴着氧气面罩，布鲁诺还是努力地动了动嘴唇，希望对方能够注意到。

女医生确实注意到了。

她犹豫了一会儿，随后慢慢提起氧气面罩的橡胶带，露出布鲁诺一部分的脸。然后她又凑得更近一些，侧过头，把耳朵靠近侦探的嘴边。

布鲁诺用尽身体里最后的那点气力，吐出了几个字。

女医生又等了一会儿才站起身。她把氧气面罩放回到布鲁诺的脸上，不知所措地看着他。

布鲁诺不知道对方有没有听懂自己的话。很有可能他什么都没说，因为大脑已经开始对他耍些奇怪的把戏——所以他之前出现了幻觉，看见的人都赤身裸体。不过，他喜欢。

女医生再次向屋门的方向走去。

别，该死的，别走……

然而女医生并没有出门。她走到挂在墙上的电话边，抓起话筒，拨打了一个号码。"喂，是我。"她对电话那头的人说道。

加油，美女，把接力棒传出去。

"318 房间的病人可能有个亲属……我们必须通知他。病人刚和我说了他的名字。"

37

六月中旬的那个傍晚，人们已经能在空气中隐隐嗅到夏天的味道。

他和保罗在教堂后面的足球场踢完比赛，正走在回家的路上。他们汗流浃背，十分开心，正是十来岁孩子该有的样子。太阳像一个大圆球悬挂在街道的尽头；电视里的欢笑声夹杂着人们准备吃晚饭时的喧闹声，从敞开的窗户一阵阵传了出来。

保罗·马钦斯基是他最好的朋友，至少爱德华神父是这么决定的。他把俩人拉到一边，对他们说："从今天开始，你们就是好兄弟了。"保罗不算是个机灵的孩子，所以他什么也没问，只是点了点头。但罗宾可知道神父为什么会把他俩凑在一起：像他和保罗这样的孩子属于特殊的一类人群。这类人没有特别的名字，但人们一眼就能看出他们与普通人之间的区别。几乎很少有人会与他们说话，而他们也几乎不会收到参加聚会的邀请。组建足球队时，他们是最后才会被想到的人选，更重要的是，周围的人根本不知道他们的名字，只会称呼他们的姓氏。

沙利文和马钦斯基。

不像那些书呆子或是看上去柔柔弱弱的男孩儿，他们甚至没有权利成为坏孩子欺负的对象。原因很简单，别人根本意识不到他们的存在。

爱德华神父明白这一切对他们有多么残忍。于是他把两个孩子叫到圣器收藏室，宣布了他们之间的友谊。也许神父是希望借此避免孤独给他们带来的伤害。在这个无忧无虑的年纪，这种孤独无疑是童年最糟糕的记忆。

　　尽管脸上有一块硕大骇人的胎记，但保罗并不是个坏孩子。这块胎记只是他异常害羞的主要原因罢了，所以想让保罗开口说话可是一件相当困难的事。罗宾知道自己的这个朋友从没有见过父亲，现在只是和母亲生活在一起。因为不想让对方难堪，罗宾对此也没有多问。但周围有不少风言风语，说保罗的母亲和一个已婚男人有染，并且怀上了保罗。保罗的母亲因此被家里人赶了出来，同样被扫地出门的还有她肚子里的那个野种。

　　尽管保罗只能跟母亲姓，而且被所有人认为是一段罪孽的产物，但罗宾还是嫉妒自己的这个小伙伴。他家的日子过得磕磕绊绊，每日里总是充满了争吵。罗宾的父母都是酒鬼，时常会打得很凶。有一次，他的母亲趁丈夫熟睡时把匕首扎进了他的肚子。可是他并没有死，出院回家的当天，他就用熨斗砸破了妻子的脑袋。有时罗宾也会被迫卷入其中，但保罗从没问过他身上的淤青是怎么来的。

　　其实这片地区的孩子家里都有大大小小不同的问题。只不过和他们两人不同，这些孩子知道该如何在这个世界上生存。似乎上帝赠予了他们一人一件抵御外界伤害的铠甲，却唯独遗漏了他和保罗。

　　也许两人说得上话仅仅只是因为这一点。他们之间的友谊能够长久吗？罗宾并不这么认为。爱德华神父希望自己和保罗能够成为彼此的救赎，对此他太过于乐观了。他们之间根本没有任何共同点，除了朝空罐子扔石头和追逐周围的流浪猫来打发时间之外，两人根本不在一起做别的事情。

可是后来的某天，发生了一件事。

罗宾和保罗加入了同一个足球队，尽管总是作为替补。在某次比赛中，场上发生了近乎奇迹的一幕：出乎所有人意料，两人组成的后卫线坚不可摧，对于对方的前锋来说仿佛是一堵无法逾越的高墙。从那时起，一切似乎有所好转。尽管球场之外孩子们依旧只以姓氏称呼他们，也几乎不怎么和他们说话。但在赛场上，罗宾和保罗却受到了大家足够的尊重。

一九八三年六月的那个下午，一群孩子走在路上，谈论着刚刚踢完的比赛，而罗宾·沙利文和保罗·马钦斯基又一次几乎不认识彼此一般，因为他们之间的友谊也仅仅只能体现在球场之上。拐过教堂的转角，教堂看守"兔子"拎着一桶垃圾出现在两人面前。

"嘿，小家伙，你们好吗？"

两人放慢了脚步，却都没有回应"兔子"的问候。那时，罗宾觉得他简直就是一个怪人。因为抽烟抽得凶，他笑起来就会露出满嘴的黄牙；而且对于那些前往教堂做弥撒的女性，他总是显得过分殷勤。就连爱德华神父对他也十分冷淡，好像并不太信任他的样子。更多时候，这个看守只是忙着自己的事情，并不怎么与他人往来。如果有人提起他，罗宾首先想到的便是"兔子"拿着扫帚，在教堂前打扫的样子。有一次他骑车路过圣慈恩教堂，就在他转头看向教堂大门的时候，罗宾发现"兔子"停下了手中的活，正死死地盯着他。那个目光一路追随着他，直到他离开这个街区。那目光里似乎存在着什么东西，让罗宾胳膊上的汗毛都竖了起来。

"比赛怎么样？""兔子"放下了手中的桶。

"和平时没什么两样。"很奇怪，回答他的居然是保罗。许多年之后罗宾才明白，他这个朋友的勇气来源于想尽快摆脱"兔子"的愿望，因为保罗可能害怕了。

"我一直关注着你们呢，你们两个是形影不离的好朋友。"两人并没有回应这句听起来无关痛痒的话，但是"兔子"显然并不打算就这么放他们走。"我看见了，那帮孩子是怎么对待你们的。不过我倒是挺喜欢你们俩，而且，我很想告诉你们一件别人都不知道的事……""兔子"咳了两声，冲着人行道吐出一口痰，"你们会保密的吧？"两人都没有说话，但"兔子"仍然觉得有说下去的必要。"我这儿有一本漫画书，我觉得你们一定会非常喜欢。它和爱德华神父买的那些漫画可不一样……我说的那本非常特别。"他说这句话的时候双眼似乎都闪着光芒。

"你说的'特别'是什么意思？"罗宾好奇地问。

"兔子"环顾了一圈，接着从裤子的后口袋里掏出一本卷起来的书。

"兔子？那是给吃奶的小孩儿看的东西。"看见封面，罗宾嘲讽道。

"如果我告诉你事实并不是你说的那样呢？"对方挑衅道，"如果你通过一面镜子来读这本书，就会发生一些你根本想象不到的事。"

保罗拽了拽他的衣角："我们要来不及回家吃晚饭了。"

可是罗宾并没有理会朋友的小动作。"我可不信。"他对教堂看守说道。

"那你们只能去我那儿亲眼看看了。"

"我们为什么非得到你那儿去？"保罗怀疑地问道。

"倒也不是非得去，如果你们带了镜子的话，我现在就可以给你们看啊。"

这显然是眼前这个家伙的激将法，不过罗宾可比他更狡猾。"你去拿镜子，我们在这儿等你。"

"兔子"被罗宾的回答弄得无话可说。不过他很快笑道："可惜了，孩子们，我还以为你们会感兴趣呢。既然如此，我还是把它拿给那些比你们更厉害的人看吧。"说完，他转身就走。

保罗也抬腿继续向前走去，可罗宾却一动不动地盯着离开的"兔子"。

"嘿，你不走吗？"他的朋友问道。

罗宾这才不情不愿地跟了上去。

走到街角，两人该分道扬镳了。保罗要向右拐，他的家就是前面那栋绿色的房子。"你没事吧？"他发现罗宾看起来一副若有所思的样子。

"没事。"罗宾回答说。

"我们还是好朋友，对吧？"保罗怯怯地问。

"对，我们还是好朋友。"保罗向对方保证道。

两人就这样静静地看着对方，什么话也没说。

"那……再见。"最后，还是保罗先向朋友道了别，转身离开。

走了几步，罗宾扭头看向与他背道而驰的小伙伴。一个邪恶的声音在他脑海中悄声告诉他，保罗大概永远只能苟活在这个世界上。罗宾知道这个声音，那是他的父亲。只要有酒喝，弗雷德·沙利文就还算正常。可只要宿醉一旦开始消退，他反倒是变得残忍起来。那时，就算弗雷德不揍罗宾，也会找他的茬儿，尽管他并没有做错什么事。最要命的是，他会突然记起自己是一名父亲，然后开始向罗宾灌输起他的"金玉良言"。比如"女人只会做一件事情"，或者"不要让黑鬼操你"。不过他最喜欢说的还是"要和比你更优秀的人出去玩"。对罗宾来说，确定要和谁"出去玩"并不难，反正所有的人都比他优秀。事情难在怎么说服他们和自己"出去玩"。如果还要继续和"丑脸保罗"在一起，那他就不会有被别人接受的可能。

六月的那天，暮色渐晚，罗宾周围的一切逐渐被黑暗吞噬。不，他不能允许连"兔子"那样的教堂看守都嘲笑他们，讽刺他们是懦夫。也许是时候证明他与保罗是完全不同的两类人了。所以，他等着自己的朋友沿着人行道越走越远。

然后他又独自折返了回去。

回到教堂，罗宾敲响了通往地下室的门。他打算好好教训一下里面的那个家伙，抢走他的东西，然后离开这里。这样他就可以向别的孩子炫耀他的战利品，吹嘘自己勇敢的举动。正如他父亲所说，想要学会如何面对比自己强大的人，就需要从对付那些更弱小的人开始。

"兔子"打开门，发现站在门口的人是罗宾。"看来你改变主意了。"

"是的。"小男孩儿一副寻衅的语气。

"行，那就进来吧……""兔子"指了指自己身后的楼梯。

罗宾跟了上去。随着地下室的大门在身后合上，他突然有一种很不好的感觉。

沿着楼梯一路向下来到地下室。这里是放锅炉的地方，"兔子"的老巢被挤在地下室一角，是一个半边用金属网围起来的小空间，看上去倒更像是个鸡窝。

罗宾打量着四周。

这个看守住的地方让他感觉很不自在。阳光照不到这里，所以四处弥漫着一股煤油味儿。一张行军床、放了一堆破玩意儿的架子、一张工作台，还有一个铁柜。"兔子"随手打开组装在一个鞋盒里的晶体管收音机，一阵清晰、欢快的蓝调音乐传了出来，与周遭的环境显得那么格格不入。

"兔子"在行军床上坐了下来，伸手打开床头柜的抽屉，从里面取出一面小镜子，准备向罗宾展示隐藏在漫画书里的秘密。"来，坐到我身边来。"他轻轻拍了拍床。"兔子"的声音变了，他现在的语气里有一种让人毛骨悚然的温柔。

这时，罗宾感到害怕了。早知道就应该听保罗的话，因为他现在真的一刻也待不下去了。"我想我该走了。"他试探着说道。

"怎么了，你不喜欢这里吗？"看守做出一副生气的样子，"我相信我们能成为好朋友的。"

"不是，我真的得走了……妈妈肯定在等我了。"罗宾磕磕巴巴地说，"她肯定已经准备好晚饭了。"他的母亲最多就会弄来一只几天前从超市买的烤鸡，热都不热就砸在他的面前。可是现在，只要能离开这里，再难以下咽的东西罗宾都能吃得下去。

"牛奶和饼干你吃吗？""兔子"自顾自说道。他从柜子里拿出一瓶纸盒装的牛奶，把里面的液体倒进一个脏玻璃杯。

罗宾没有回答。

"兔子"失望地摇了摇头："为什么你们所有人都是这样？一开始自信满满，然后又开始退缩？"

"不，我不是要退缩。我只是想下次再来。"罗宾一步步往后退去。

"兔子"严肃起来。他盯着对面的小男孩："不好意思了，小家伙，我想你可能走不了了。"他递出手中的玻璃杯，"给，把你的牛奶喝了。"

38

　　尽管距离跟着教堂看守走进地下室的那天已经过去了三十多年，但对于罗宾·沙利文，也就是现在的彼得·福尔曼来说，那一天的一点一滴仍然历历在目。他仿佛还能嗅到地下室的味道，感受到那里的寒冷，听见那若有若无的声音。天呐，他甚至记得那段蓝调音乐的每一个音符。

　　记忆将往事的一幕幕如电影般投映在医院房间白色的天花板上。当画面逐渐消退，腹部伤口的疼痛便尖锐起来。缝线拉扯着他的皮肤，但他给自己扎的那一下恰到好处。他知道该把刀捅进哪里，当年他的母亲就是把菜刀插进了父亲身体的那个位置。当时医生就说了，尽管他的父亲失血十分严重，很幸运的是，菜刀没有伤到任何重要器官。

　　几乎整个童年时期，他的父母为他做出了一个糟糕透顶的榜样；而那个教堂看守，却在这样的情况下成了他的好老师。在将他囚禁起来的那三天里，这个混蛋占尽了他的便宜，却也教会他如何生活在他人的恐惧中，如何成为一个让他人闻风丧胆的神秘存在。

　　因为这便是那个"老兔子"所追求的：孩子们的恐惧是他的"精神食粮"，是他倍感振奋的源泉。

　　七十二个小时的折磨、虐待和心理上的摧残，罗宾最后得以侥幸逃脱，只是因为到了第三个晚上的时候，"老兔子"喝多了，忘了睡觉前把他绑在床角上。于是他溜出那个困了他三天的牢笼，随后向路过的一位女士求助，而后者立即陪同他去了警局。

可为什么他要带着那本兔子漫画书一起跑出来呢？

这个决定背后的原因也影响了他之后的行为：罗宾选择不把这件事情告诉别人。一开始他以为这只是出于羞耻，要不然就是害怕那个魔鬼会为此对他实施报复。可事实并非如此，这些事情的发生还有其他的原因。通过那本漫画书，或是那个奇怪的录像，"老兔子"在他的心里种下了什么。这，才是真正的原因。

短短三天的时间里，恐惧在罗宾的潜意识中挖出一个深渊。在那个遥远而陌生的地方，成年后的罗宾积攒起可耻的欲望、阴暗的念头、暴力的萌芽。可是对于当时只有十岁的他来说，还远远无法理解有什么东西正在那个无底洞中孕育、孵化。

某种存在。

他的身体里出现了另一个人。回到家后，罗宾就从父母的眼神里发现了这一点：母亲的眼中，倒映出一只兔子邪恶的身影；而且生平第一次，她和父亲对他产生了恐惧。这也是之后他们把他送走的原因。

在威尔逊农场，罗宾和别的孩子一同分享着之前从未品尝过的爱意。这些孩子与他一样，曾是大人们不择手段猎取的目标。他们用暴力抑或是谎言，剥夺了孩子童年的纯真。但罗宾又觉得自己与周围的孩子并不相同，因为他并不妥协于自己是受害者的处境。也许这就是塔米特里亚·威尔逊格外喜欢他的原因。她认为罗宾只是想摆脱过去那段可怕的经历，或是不希望余生再受那件事的影响，所以她帮助罗宾换了一个全新的身份，还帮助他获得了能够进入大学学习的资格。

几天前，当一个名叫布鲁诺·金柯的私家侦探出现在她面前，并向她询问一个名叫罗宾·沙利文的男孩的情况时，塔米特里亚照着他的脑袋狠狠打了下去，还把他关了起来。她就像一位真正的母亲，想要保护自己那个好不容易才抛下一段可怕过往的儿子，那个现在名叫彼得·福尔曼的儿子。

他爱塔米特里亚，却也同样不得不杀了她。因为那个女人并不明白事情最基本的真相：孩提时的罗宾·沙利文之所以不愿让自己过得像个受害者，是因为他已经知道自己终将成为那些施虐者的一员。

塔米特里亚的确对他总是随身携带的那本漫画产生了怀疑，却一直未能参透其中的真相。离开农场时，罗宾请求塔米特里亚为自己保管这本书，因为他觉得自己无法完全摆脱它，更重要的是，他觉得是时候让波尼从那些书页中走出来了。

罗宾早就暗暗想着要弄一个面具，用来更改自己的面貌。但这个面具不能是人的样子，因为"兔子"应该作为一个"神"出现。

塔米特里亚给他打电话，告诉他有个多管闲事的人找上门的那个晚上，罗宾也戴上了兔子的面具。他把老妇人的尸体埋在了谷仓后面，可必须杀掉自己的"养母"这件事让他十分不快。其实，他并不能从夺取他人生命的过程中获得快乐，尽管自己经常不得不这么做。

和"老兔子"不一样，罗宾喜欢女孩。

他一边幻想，一边在深网中搜寻自己的猎物。可那些人被带进他神秘的巢穴之后，活得并不长久。就像那些仓鼠或是金丝雀，几个月之后，最多一年，她们就病了。罗宾并不想看着女孩缓慢而痛苦地死去，于是他亲手终结了她们，以免她们受苦受难。在罗宾看来，他的行为是一种怜悯之举。

可萨曼莎的情况有所不同。

罗宾很快就发现她与别的女孩儿完全不同。首先，命运推动着她在二月那个无比普通的清晨，在上学的路上，主动走向了他那辆装着单向透视玻璃的汽车。那时的萨曼莎就像一只苍蝇，被自己在蛛网上的倒影吸引，却根本没有意识到自己已经飞得离危险太近。萨曼莎·安德烈蒂最终为自己的虚荣心付出了应有的代价。

起先，罗宾认为这个瘦小的女孩在迷宫中连一个月都挺不过去，可很快她就成了自己的骄傲。萨曼莎不仅撑过了十五年的光阴，她还很快就让罗宾改变了原本的想法。他决定让"兔子"远离世人的目光。

彼得·福尔曼得以娶上美丽的娇妻，还生下两个漂亮的女儿，完全是萨曼莎的功劳。

躲进平凡的家庭，隐匿于平静的生活，这个不善言辞的牙医过上了两种完美的生活。他的妻子甚至根本没有怀疑自己丈夫的身体里还住着另一个"人"。罗宾必须承认，昨晚戴着兔子面具把她吓得惊恐失色，再把她和孩子们一起关进地下室真的很有意思。哦，对了，之前梅格就是在地下室发现自己戴着兔子面具的，不过好在最后他还是说服了小女孩儿不要把事情说出去，因为这是父亲和女儿之间的小秘密。

家中的彼得总是和蔼可亲的，能够控制好自己的一言一行。但和萨曼莎在一起的罗宾却十分苛刻，而且不止一次两次。这一定是因为自己太爱萨曼莎了。然后就是孩子的事儿。每次和她发生关系时，他总是万分小心。而且萨曼莎好几年没来例假，所以他自然认为女孩并没有生育能力。然而她怀孕了。也许自己应该马上杀掉她的，可他并没有这么做。后来，他以为萨曼莎会在分娩的时候死掉，可真的到了关键的时候，他居然还帮着对方生下了那个孽种。凭借牙医所具备的基本医疗技能，他得以为她进行了最基本的剖腹产手术——这样她就不会在医院留下任何记录。然后他就走了，之后的一个星期再也没有踏足过迷宫。罗宾坚信回来之后就会看见两具尸体，但那个小婊子居然活下来了，根本没有如自己意料的那样死于失血。

把孩子从她身边带走是罗宾经历过的最困难的时刻。

当时孩子已经三岁了，看上去却只有一岁半的大小。小家伙似乎停止了生长，长期不见天日的生活也带来了各种各样的问题。

萨曼莎一直没有原谅他。在此之前，她会对他的行为做出反抗。但在罗宾夺去她活下去的唯一动力之后，后者开始用最糟糕的方式对待他。萨曼莎不理他了。积蓄的怒火无影无踪，一直以来的恐惧也烟消云散。

"兔子"再也无法让她感到害怕了。

在任由她自生自灭之前，罗宾决定给萨曼莎一次改变命运的机会。

一场游戏。

他把她塞进汽车后备厢，带到沼泽地。他脱去了她的衣服，最后一次欣赏她充满野性的美。

随后他放她离开。

罗宾过了一个小时才去找她。

寻找萨曼莎的过程很是费了一番工夫。罗宾在一条道路的路边发现她的时候，她已经受了伤。他戴上兔子面具穿过森林向她走去，一辆该死的皮卡却不知从哪里冒了出来。开车的那个家伙八成是个偷猎的，他跳下车，急急忙忙跑到萨曼莎身边。而罗宾只是躲在一棵树后，目睹了这一切。

萨曼莎搂住了那个陌生男人的脖子。

眼看着她搂住另一个人，罗宾觉得自己的灵魂被嫉妒撕得粉碎。直到此刻他才发觉自己爱上了她。不，是一直爱着她。这一发现催促着他从树后走了出来。

看见戴着面具的他，和萨曼莎——和他的萨曼莎在一起的那个年轻人犹豫了一下，最终还是跑开了。

这就对了，小家伙，这就对了。

皮卡离他们而去，萨曼莎尖声大叫起来。罗宾跑到她的身边，告诉她，自己有多么爱她。可萨曼莎随后说出的话深深伤害了他。

她低声说道："杀了我。"

明明他们在一起这么多年，明明一同孕育了一个可爱的孩子，然而在他表达了心中的爱意之后，这个胆小鬼却宁愿去死，也不愿承认自己同样被深情所缚。

罗宾无法接受这一点。看着萨曼莎明显已经骨折的右腿，他决定让对方自生自灭。"如果这就是你想要的，我可以成全你。"说完，他转身离去。

罗宾真的再也没有转身看萨曼莎。但在兔子的面具之下，痛苦的泪水从他脸上滑过。

回到家之后，电视上已经铺天盖地都是萨曼莎被找到的消息。人们对此简直难以置信，纷纷涌上街头庆贺。他应该为自己感到担忧才是。很久以来，警察早已不记得萨曼莎·安德烈蒂，这也意味着他们同样忘记了罗宾。而现在，警察又要开始追捕自己了。然而奇怪的是，罗宾竟然觉得他完全不在意这件事情。

接下来的几个小时里，罗宾发现自己完全无法扮演好和家人在一起时那个话不多的牙医角色。悲伤肆意蔓延，堪堪就要越过他在两种生活间小心翼翼垒起的高墙；在黑暗的深处，"兔子"心生绝望，痛苦的喊叫声仿佛要冲破深渊。

然而在太阳落山之前，他发现自己找到了事情的真相。

她也是爱我的。这就如同发生在所有夫妻身上的那样，我们有时也会争吵。对，就是这样，不过是恋人之间简简单单的一次争吵罢了，一切的起源只是我那荒唐的嫉妒心。他不该如此骄傲，不该就这样生气地走掉，他该立刻把所有的一切都解释清楚才对。

是的，这才是他该去做的事。

他相信，只要自己去医院找她就行了。如果能和她说上话，自己一定会把所有事情都解释清楚，他们俩的关系也一定可以回到从前。所以，他根本不惧怕用刀子捅伤自己。这是爱的证明，萨曼莎会为此感动的。

为了完成计划，罗宾甚至还设法利用了自己的老朋友保罗·马钦斯基。几星期前，为了找个园丁，他去了无业人员聚集的商业中心停车场。在那里，他通过脸上的胎记认出了儿时的伙伴。出现在对方面前确实有些冒险，但他抵挡不住那份好奇心：他想知道保罗能否认出他来。

不，他没有认出来。罗宾对自己说。

在计划引开警察和那个傻瓜侦探的时候，他发现这次偶遇一定是天意。当他们把所有的注意力都集中在保罗·马钦斯基的身上时，自己就可以不受任何干扰地做任何想做的事了。

住进圣凯瑟琳医院的外科病房后，他甚至为自己和萨曼莎的未来做了打算。等他们一起从医院跑出来之后，可以先躲上一阵子。也许"迷宫"是个不错的选择，那儿毕竟可以算得上是他们的爱巢。当然，前提是这段时间警察没有发现那儿。"迷宫"其实就在他从小长大的地方，那所房子的地下室。亲生父母双双死于肝硬化之后，那是他们留给自己的唯一遗产。

不过，他们也不能在那儿停留太长时间。所以，罗宾考虑从银行取上一大笔钱，买辆二手车后就去别的地方。他们可以去全国各地走走，抹去两人的行踪。然后，他们会去大山深处找一个宁静的村庄，在那里度过余生。到时候再换掉现在的名字，他们就可以买一栋属于俩人的房子，找上两份体面的工作，或许还能试试再生一个孩子——甚至也有可能是两个。

对，就是这样，太棒了，两个逃亡中的恋人。

他现在所要做的就是把这件事和萨曼莎说说，告诉她自己对两人未来的规划，请求她与自己一同实现这个梦想。当然，他得先向她道歉。不过萨曼莎是那么聪明，又那么善解人意：她已经原谅过自己很多次了，这次也一定会原谅他的。

罗宾又望向病房的天花板。他温柔可爱的萨曼莎就在烧伤科，离他不远，只有两层楼的距离。他简直不敢相信自己能够忍耐这么久不去找她。伤口的缝合处依然发疼，罗宾费了些劲儿，总算坐了起来。他很高兴。

终于等到这一天，他很快就能把心爱的女人拥入怀中了。

39

通往消防楼梯的防火门只是虚掩着。

罗宾·沙利文已经注意它很久了，他还注意到有警察在那里谨慎地进进出出。走到门边，罗宾很快闻到了一股明显的烟味儿。他向外推开门，两个正在聊天抽烟的警察就站在外面。看见罗宾，两人对着他仔细上下打量起来：推门出来的人只穿了一身轻便的病号服和一双毛巾拖鞋。罗宾冲警察们点了点头；后者见状，便像什么事都没有发生似的，继续抽着烟聊了起来。

罗宾倚靠在栏杆上。头顶是美丽绚烂的天空；一阵微风，炎热也变得似乎不那么难以忍受。真是一个完美的夜晚。他做了几个深呼吸，一只耳朵却仍悄悄听着身后的动静。其中一个警察用墙摁灭了烟，把烟头从楼上丢了下去。然后他向自己的同事道别，准备重新回到他的岗位上。外面只剩下他和另一个警察，罗宾把手放进了口袋。

第二个警察也抽完烟了。但是当他走到墙边，准备掐灭烟头的时候，罗宾掏出不久之前从药房弄来的注射器，迅速地插进了他的脖子，然后立即向后退了几步。警察的反应也很快：他一手捂住脖子，转过身惊讶地盯着罗宾；同时伸出另一只手想要抓住对方。但直接注射进颈静脉的强效镇静剂已经抵达了他的中枢神经系统。他踉跄了几步，跪倒在地上。

罗宾走上前，确定警察已经失去了意识。

然后，他开始一件件脱下对方身上的警服。

烧伤科在医院的顶楼。病房都集中在大楼的内侧，没有窗户，因为阳光和热量很有可能会给患者的皮肤造成伤害。让萨曼莎在这儿接受治疗还是挺聪明的想法，罗宾心想。这样警察们就可以更好地保护她。

罗宾乘坐员工专用梯上了顶层。电梯门刚打开，两名女警就朝着他走了过来。罗宾低下头，尽量把脸藏在帽檐之后。对方根本没有注意到他，径直走了过去。

走廊里只有医生和护士了。大部分的警力都集中在医院周围，只有一支巡逻队在楼层间巡查。因为不论发生什么事，医院都需要尽量为其他病人保持一个无菌环境。

罗宾走过一个个病房，寻找着萨曼莎所在的房间。他很遗憾自己只能空着手去见心爱的女人。罗宾很想带上一些礼物，比如一束花就很不错，但那样太容易引起别人的注意，他不想冒这个险。不过他早想好了该怎么做：他要跪在萨曼莎的面前，请求她的原谅。

罗宾很快认出了萨曼莎的病房，因为房门口有警察看守。他迎了上去。

当发现有人走近，看门的警察打量了他一眼，大概是想知道他为什么会来这里。"什么事？"警察问。

"我也不知道。"罗宾回答说，"他们让我来这儿的。"

警察看了一眼手表："真奇怪，换班的时间应该是两点啊。"

罗宾耸了耸肩："他们就是这么告诉我的。"

警察拿起挂在警用腰带上的对讲机："那我问一下头儿怎么回

事吧。"

罗宾阻止了他的动作："一定是弄错了，我下去告诉他们一声就是了。"

"好吧。"警察对此没有什么异议。

"里面怎么样？"罗宾指了指门，好像只是有些好奇一般。

"侧写师说休息一下，女孩儿应该正在睡觉。"

罗宾点点头，转身离开。但他很快又走了回来："既然我都来了，你可以去抽根烟或者喝口水，我可以替你五分钟。"

"哦，没错。"对方马上回答道，"谢谢你，好伙计。"

罗宾看着看守的警察逐渐走远，消失在走廊的拐角处。他又等了一会儿，这才背靠门，伸出胳膊抓住门把手。确定没有人在看他之后，罗宾打开门，迅速地溜进了房间。

房间里一片漆黑，唯一的光线来自摆放在病床周围的医疗器械。罗宾等待着眼睛适应这昏暗的环境。慢慢地，房间里的物体逐渐出现在他眼前。床上传来呼吸声——规律、平稳。

我心爱的人睡着了，罗宾心想。她看见我的时候一定会很高兴的。在一起共度了十五年，也算是一种别样的婚姻了。

罗宾向她走去，希望用一个吻唤醒爱人。

他在床边停下脚步，笑了。罗宾伸出手，想要抚摸心中思念的人，却怎么也摸不到她。

床是空的。

"你好呀，'兔子'。"

一个男性声音从他身后传来。罗宾本能地想要转过身。

"别动。"对方命令道。

他清楚地听见房间四处响起靴子沉重的声音，有人把他作为目标围了起来。罗宾甚至能想象得到周围多少把枪正指着他，也能想象得到警察们戴着夜视仪的样子。他们为我还弄了个特别行动组啊，罗宾心想。能受到这么大的关注，他还真有点受宠若惊。但是故事居然已经来到了结尾，罗宾难以置信地摇了摇头，随后举起手，表示投降。

"跪下。"还是刚才的那个人在说话。

声音里听不出傲慢，倒是充满了冷静与耐心。这倒是让罗宾感到些许欣慰。

"把手放到脑后。"

罗宾照做了。此刻，他觉得自己的心成了一捧碎片，一滴眼泪顺着脸颊滑落。一切都结束了，这很痛苦，却远远比不上自己不能再见到心中所爱。警察们按住罗宾，给他戴上手铐。"我能知道抓住我的人是谁吗？"他问。

"西蒙·贝里什。"那个声音说道。

40

发现沙利文的床空了之后，警察就知道这个混蛋已经可以在
医院里大摇大摆地走动了。直接对他进行抓捕会将太多无辜的人
卷入危险当中，因此贝里什的建议很快得到了所有人的赞同。

没有必要移动萨曼莎·安德烈蒂，只需要在另一间病房外安
排一个看守的警察，然后他们在房间里等着那个混蛋掉入陷阱就
可以了。

他们终于抓住了沙利文。被警察带走的时候，那个家伙哭得
像个小孩。他的第一个要求十分特别：牛奶和饼干。

在前往行动指挥车的路上，贝里什一直在想这件事。希区柯
克只能被留在车外的空地上，还好有人给它放了一碗水。已经凌
晨三点了，天气却还和中午一样炎热。很明显，在这种不正常的
天气下，大狗比人遭的罪更多。"我们一会儿就回家了，好吗？"
贝里什摸了摸这只霍夫瓦尔特犬的鼻子。虽然不抱什么希望，他
还是给米拉打了一个电话。可是，这位"灵薄狱"负责人的手机
仍然处于关机状态。

瓦斯克兹，你他妈的到底在哪儿？

他不知道米拉到底在调查什么案子，也不知道为什么她会一
连失踪好几个星期。最后一次见面的时候，米拉对他说自己找到
了一个非常有用的线索。可是当他问是关于什么的线索时，米拉

却非常粗暴地打断了他。

"别管我，贝里什。"

对于米拉来说，这并不是什么新鲜事。然而这次，贝里什却在心中暗自发誓，自己再也不会原谅她。他的这位朋友经常忘记自己作为一位母亲的职责：爱丽丝还太小，仍然需要米拉的照顾与陪伴。等她执行完这项该死的任务，自己一定会直截了当地把这一切想法都告诉她——原原本本地全告诉她。

"您的电话已经转接到自动语音信箱。"预先录制好的声音传了出来。贝里什正打算说话，却又突然停了下来。

鲍尔和德拉克鲁瓦正朝他的方向走过来。

"能和我们解释一下吗？"鲍尔问道，"你和布鲁诺·金柯是怎么混到一起的？"

"昨天晚上他去了'灵薄狱'，我们就是这么认识的。他来找罗宾·沙利文失踪案的资料。"

"然后你就给他了？"鲍尔难以置信地摊了摊手，"你甚至都不是'灵薄狱'的人，随便什么人跟你提要求你都会答应吗？"

贝里什受不了他了："嘿，伙计们，我们先把这件事说清楚：你们是在给你们的无能找替罪羊吗？"

鲍尔正要说话，德拉克鲁瓦却插了进来："没有人想在这儿指责谁，我们只是想知道事情的前因后果。"

贝里什再次开口前考虑了一下当下的境况："金柯跟我说了他调查的发现：漫画、波尼、脸上长了一块胎记的男人……我觉得他迫切需要解决手头的问题。"贝里什回想起对方苍白的面孔，显然他在处理这个案件时付出了很大的精力，"所以我不小心就知道了案件的所有细节。"

"你用什么和他做交换了？"鲍尔的情绪愈发激动。

"一张照片。"贝里什毫不犹豫地回答说,"金柯想知道罗宾·沙利文小时候长什么样……'灵薄狱'的卷宗里有一张他和他的一个朋友小时候拍的照片。"

"听上去可真感人。"鲍尔讥讽道。

贝里什没搭理他,而是继续和德拉克鲁瓦说道:"几个小时前,圣凯瑟琳医院的一位医生给我打了个电话:她说这里有个病情危重的病人和她提到了我的名字——她以为我是他的亲戚或者朋友。到这里之后,他们告诉我第一个给金柯施救的是一个叫做保罗·马钦斯基的人,这个人还陪着金柯一起来了医院。他们指给我看谁是马钦斯基的时候,我才发现我们一直弄错了人。'灵薄狱'的照片里那个脸上有胎记的小孩根本不是罗宾·沙利文,这也就意味着牙医说了谎。"

德拉克鲁瓦上下打量着他,也许是想弄明白他是否说出了全部的真相。

贝里什知道自己在同事当中并没有什么太好的名声,多年来他一直就是个被遗忘抛弃的人。也许这就是为什么他和布鲁诺·金柯十分谈得来。"你们应该谢谢那个私家侦探。"他说,"要没有人家,萨曼莎·安德烈蒂可能就危险了。"

"他二十分钟前去世了。"鲍尔突然说了一句便转身离开了。

这个消息让贝里什有些措手不及。他几乎不怎么认识布鲁诺,但还是感到难过不已。

"他和我说过,等案件结束之后想见见萨曼莎。我想也许他因为某些事情,希望能够当面和她道歉……"

德拉克鲁瓦拍了拍贝里什的肩:"没有用的。"

贝里什惊讶地看着他:"为什么?"

"局长会在半个小时之后召开新闻发布会。"

德拉克鲁瓦在说什么鬼玩意儿？

"有一条消息我们还没有宣布，正是关于萨曼莎·安德烈蒂的……"

41

她把被子扯过头顶。不，她不想再被站在单面镜另一边的人肆无忌惮地打量，也不想再听见床头柜上那部黄色电话的铃声。

他知道我在哪里，他就要来了，来把我带回那个迷宫。她满脑子想的都是那个曾囚禁自己的牢笼：灰色的墙壁，百寻不见的出口。

"精神病院的房间就会被漆成灰色，还有那些监狱里最高戒备等级的牢房也是如此。包括动物园的笼子……"格林医生这样和她说过，"长远来说，这种颜色会让你变得温顺。"

对了，格林医生去哪儿了？距离他出门去清理衬衣上的三明治污渍已经过去了至少一个小时。他明明说过很快就会回来，可现在却还是把她一个人丢在这里。

被子是她给自己织的一层茧，是她最后的防线。

一开始还有些作用，这样的动作似乎足够让她恢复平静。但很快就有什么东西一点、一点钻了进来：除了那些她早已习惯的医院里的声音，还有墙上那个心脏的跳动声。

这是那个小女孩儿的心跳，她出生于自己被囚禁之时，却被忘得干干净净。那是自己的女儿啊，可也是那个恶魔的孩子。

不，别跳了，求求你，别跳了。可声音一直没有停下。

萦绕在耳边的心跳声快把她逼疯了。她知道必须做些什么，否则自己会一直被这个噩梦纠缠。于是她鼓足勇气，慢慢从被子下探出头来。

有人说了，他可以在这块单面镜的后面看看那个女人。所以现在分隔开西蒙·贝里什和萨曼莎·安德烈蒂的，只是一块薄薄的玻璃。

直至当下，除了救下她的那个偷猎者、警察、参与到案件里的那名侧写师，以及囚禁她的那个混蛋，还没有人知道长大后的萨曼莎是什么样子。在绝大多数人的记忆中，她还是十三岁那年的样子；在医院之外的世界里，萨曼莎还只是一个孩子。

在为数不多知道真相的人当中，贝里什占据了其中的一席之地。

在他眼里，镜子对面只是一个脆弱而且毫无防备能力的女人。德拉克鲁瓦告诉他，萨曼莎之所以在逃跑过程中摔折了腿，是因为长期的囚禁已经让她的骨骼变得脆弱不堪。同时，她的免疫系统也遭到了破坏，这也是医生们决定让她住在无菌病房的原因。

真的有人会对一个天真、无辜的女孩儿做出这样的事儿吗？

墙上的那个心脏正变得越来越大，而且完全没有停下来的趋势。

它只是白墙上的一块水渍而已。她在心里不断告诉自己。这是幻觉，是那个混蛋打到我身体里的精神类药物搞的鬼，等点滴里的解毒剂弄干净我的血液和大脑，这种现象很快就能消失了。

心跳声如一阵阵鼓点传来，不停呼唤着她。

她是我的孩子，她需要妈妈的拥抱。可她的妈妈呢，却把她抛弃了。一阵泪意涌上心头。不，不要相信这一切，她是恶魔的女儿，她只是想把你拉回那个迷宫。你知道她在那里，她在等你。如果你不想回到那个地方，就一定要把她忘了。

不，我忘不掉。我是她的妈妈，我忘不掉。

她猛地掀开被子，从床上坐了起来。然后她张开双腿，拔出导尿管丢了出去——一摊尿液在地板上蔓延开来。然后她又小心翼翼地拔出输液的针头，毕竟一会儿自己还得再把它插回去。也不知道是否有足够的力气站起来，因为第一次尝试站立的结果仍历历在目：她摔倒在地板上，还好格林医生很快赶了过来，带着古龙水的味道。于是她移动右腿，先让右脚踩在地面上，接着又用双手抬起打了石膏的左腿，把它一点点向床的外侧移去。移到床边之后，她又借助臀部的力量把腿举出床外，再慢慢地放到地上。最后，她双手撑住床面，深吸一口气，站了起来。

天旋地转。好在她努力没有让自己摔倒。好极了，她鼓励自己。稍稍适应一下，她立刻走向白墙上的那颗心脏。

她要向自己的大脑证明，这并不是一颗真正的心脏。它是假想、是幻觉。她迈出右腿，倾着身子，拖着左腿向前走去。目测自己与目标之间不过几米的距离，她相信自己一定能成功。

每一步都是那么地困难。第四步，她停下来喘了口气。墙上的心脏跳动得越来越快。我一定要走过去，一定要让它停下来。

距离白墙还有不到一米的距离时，她笑了。距离自己的这个小目标已经很近了，最后加把劲儿，走吧。

马上就到墙边了，可她也快坚持不住了。她伸长胳膊，轻轻地把一只手覆在那颗心脏之上。心脏停止了跳动。

它终于平静了下来。

似乎有什么湿润的东西顺着脸颊流了下来。看，我没错吧，这就是一块讨厌的水渍。

可是收回手之后，她感觉自己的心跳也停了下来。

贝里什盯着躺在医院病床上的女孩，心下为她感到无比难受。

"有一条消息我们还没有宣布，正是关于萨曼莎·安德烈蒂的……"德拉克鲁瓦曾这样和他说。

贝里什能够理解警局对此的抗拒，因为公众一旦得知事情的真相，他们必然会怒斥警察的无能，指责他们在漫长的十五年中都没能够救出萨曼莎·安德烈蒂。

"我知道您在想什么。"一个女人的声音从身后传来。

贝里什转过身，眼前是一位四十来岁的黑人女士，样貌、举止端庄大方。"他们说的都是真的吗？她处在一种昏迷状态下？"贝里什问。

"也不完全是。"女士回答道，"确切来说，是强直性昏厥。她现在时而有部分意识，时而完全没有。"

"德拉克鲁瓦向我描述萨曼莎的状态时，用了另外一些词……"

"哦？"

"他说她就像一个永远被困在噩梦中的人，再也无法醒来。"

黑人女士叹了口气："起初我们还希望她能够提供一些有用的信息，帮助我们抓到绑架犯，或是找到囚禁了她十五年的地方。可是我们的每一次尝试都成了竹篮打水。"她顿了顿，接着又摇了摇头，说道："真正的牢笼在她的大脑里，我们已经不可能把她从那里救出来了。"

贝里什明显看出来女士脸上的失望，他很想知道对方在萨曼莎·安德烈蒂这个案件中扮演怎样的角色。"我是警官西蒙·贝里什。"他伸出手。

女士握了握贝里什的手，回以他一个淡淡的微笑："我是负责跟进这件案子的侧写师，我叫克拉拉·格林。"

水渍下的墙是灰色的。

而她的手掌，也沾上了一层白漆。不，这不可能。她心想。一阵恐惧将她紧紧包裹。不，这不是真的。这样的事不会发生在我身上。

她必须赶快把这件事告诉什么人。对了，黄色的电话。现在它已经不再是她的恐惧，而是她的朋友。

她不顾身后拖着的那条打着石膏的腿，以最快的速度走到床头柜旁，一把抄起话筒举到耳边。她按格林医生所说的按下数字9……话筒里一片安静，电话线路是断的。

她想大叫，又克制住了自己的冲动。

她转身向门的方向走去，准备寻求一下别人的帮助。可如果眼下发生的一切都是真的，那她根本就不可能期望能有人来帮助自己。

尽管如此，她仍是发了疯一般向门口走去，内心却又害怕发现事情的真相。到了门边，她先试了试门把手：没有上锁。她认为这是一个好兆头。

打开门，她一眼就看见了守在门口那个警察的背影。她开心地几乎想要冲上去抱住对方。可是这种兴奋并没有持续多久，她很快察觉自己眼前站着的只是一个没有生命的物体。

一个微笑的假人模特，和超市里的那些并无二致，只不过是多穿了一身警察的制服。

小桌子上，一台老式的便携式音响与注射器和药品堆放在一起：医院里各种各样的声音正是从那儿传出来的。还有一台电视，格林医生就是用它给自己看过医院外实时情况的直播，但她现在才意识到这台机器只是连着一台录像机而已。

一堆泛黄的旧报纸，自己意外被找到的消息就刊登在最上面的一张报纸上。一旁的椅子上搭着一顶茶色的假发和一件护士服。"接着休息吧，亲爱的，休息。"护士给她更换点滴时温柔的声音似乎还在耳边。

终于，她抬眼看向四周。灰色的墙面，走廊两边一扇扇的铁门。如果说刚才心中还存着一丝丝也许是自己弄错了的侥幸，那现在已经被现实击得粉碎。她现在彻底明白了。

这只是一场游戏。

她从不曾走出这座迷宫。

"他们和我说了您那位朋友的事，那个私家侦探。节哀顺变。"格林医生说。

"我们不是朋友。"虽然这么说，但贝里什很想告诉对方，自己多么希望能够与布鲁诺·金柯有更多的交流。"不过还是谢谢您。"

"一起去喝杯咖啡吗？"女士提议道。

"好。"贝里什最后看了一眼单面镜的那一边。谁知道外面还有多少个萨曼莎·安德烈蒂被囚禁在世界的某个角落。没有人知道她们的处境，没有人能够拯救她们。

他又想起了那本漫画，那个长着心形眼睛的兔子。又有谁知道有多少个孩子被黑暗侵蚀，在长大之后变成了魔鬼。

谁知道外面还有多少个"兔子"。

42

我不是萨曼莎·安德烈蒂。

突如其来的想法似乎瞬间将她压垮。必须离开这里。尽管她知道希望渺茫，也希望眼前的一切只是幻觉，可自己那个愚钝的大脑此刻却拒绝接受这个想法。

这是那个恶魔的游戏，以虐待她为乐的游戏。

她沿着走廊继续向前走。打着石膏的腿如同一件沉重的死物阻碍着她的步伐。也许所谓的骨折也只是一场骗局，目的是把我困在床上，阻止我四处走动发现事实的真相。而那面让自己无比害怕的单面镜后面也根本没有人，有的只不过是另外一堵该死的灰墙。

走了大概二十来米，她突然停下了。一个细微的声音吸引了她的注意力。那是从右边第三个房间传来的。

听上去像是广播的声音。

她朝着房间的方向走去，在门前不远处停下脚步。她仔细听了听：是两个人对话的声音。

她决定走过去看看房间里的情形。

格林医生背对着她站在那里，他的面前正是那台纪录他们谈话的设备。医生戴着耳机。设备音量一定开得很大，因为耳机里对话的声音断断续续漏了出来。

"我不知道做得到做不到。"

她认出了自己的声音。接着是医生的。

"听我说，萨曼莎。这个人他对你所做的事，你是想让他付出代价的，是吗？更重要的是，你不希望他再对别人做出同样的事……"这正是医生对自己说过的话。那时她刚刚苏醒，失去了之前的记忆，而医生给她看了当时的传单，传单上还有萨曼莎·安德烈蒂十三岁时的照片。"我不是警察。我没有枪，也不会冒着挨枪子儿的危险四处追捕犯人。说实话，我甚至还没有那个勇气。"她听见医生说这句话时的笑声，"但我可以向你保证一件事：我们会一起抓住他。对，我和你。他不知道，有一个地方他永远都跑不出去。不是外面的任何地方，而是你的记忆：我们就在那儿抓他。"

格林的最后一句话让她浑身一颤，就和第一次听见这句话时一模一样。

"怎么样，你愿意相信我吗？"

她记起自己伸出手，要回那张传单时的样子。不知不觉中，她开始了一场新的游戏。

"很好，很好，我的孩子。"

我才不是你的什么孩子，我当时做得也一点都不好。

你根本不是什么医生，你也不想帮助我。

你就是他。

知道了对方的长相，这个恶魔在她心中变得更加可怕起来。一个那么普通、平凡的躯壳之下，竟然隐藏着一个如此邪恶的灵魂，这件事比任何一个噩梦都要让人恐惧和不安。

现实中的恶魔和童话中的恶魔并没有什么两样，他们邪恶、可怕，让受害者不禁在心中升起幻想，幻想自己能够击败他们。

可是受害者也只是普通的存在，普通得甚至连自我救赎的希望都没有。

也许对方给自己的鸡肉三明治真的是他妻子做的。离开这里之后，他就会走进无数普通房子里的其中一栋，躺到温暖的床上，躺在他妻子的身边。他也许有孩子，有孙子，当然还有那些朋友或者同学。他们自认为很了解他，但其实对他一无所知。

只有我知道他的真实面目。

这时，她再次注意到了对方挂在腰带上的那串钥匙。

然后她低下头看着自己的肚子，用手指摸索着上面疤痕的印记。如果我能活到现在，那就意味着我比现在印象中的自己要更加强大。她觉得现在是时候直面那个自己一直有意回避的问题了。

我是谁？

43

　　"我有一个超级棒的消息。"格林医生回到了房间,"我们抓到他了,我们抓到那个绑架你的人了!"

　　她装出一副惊讶得说不出话来的样子。其实真正让她难以做出反应的,是心中滔天的恐惧。她默默祈祷对方不要注意到她的反常。"怎么抓住的?"

　　"我现在还不能和你说当中的细节。不过你要知道,如果没有你的帮助,我们根本抓不到他。"他看上去很兴奋,"你应该为自己感到骄傲。"

　　"这样的话,一切就都结束了吧?"

　　"当然,亲爱的。"格林医生一边回答,一边拿起搭在椅背上的外套。"你的父亲已经到医院了,"他说,"我们聊了一下:我向他解释了一下,对你而言现在马上见他还有些困难。不过他说,在你做好准备和他见面之前,他会一直等你的。"

　　"您要走了吗,格林医生?"

　　对方朝她笑了笑:"我要回家了,不过我保证很快就回来看你。"

　　"您有一栋漂亮的房子吗?"

　　"是的,还有一大笔抵押贷款。"

　　"您妻子叫什么名字?"她很快看出自己的问题让对方十分

意外。

"阿德里安娜。"犹豫了一会儿，他回答道。

鬼知道他说的是不是真话。"您是不是有不止一个孩子？"

格林医生惊讶地看着她。"是。"他十分简单地回答说。

"他们叫什么名字？"

"你怎么会对我的生活这么好奇？"他笑了，但是这次的笑容有些尴尬，"我可是一个十分无趣的人。"

"我就是想知道。"她一点也不害怕。

格林医生重新把外套搭在椅背上，在自己原先的位置上坐了下来。他突然不急着离开了："老大叫乔安娜，已经三十六岁了。老二叫乔治，三十四岁。最小的是马可，二十三岁。"

她点了点头，似乎相信了他说的话。不过这还不够："他们都是做什么的？"

"马可还在读大学，还差三门考试他就能拿到法律专业的毕业文凭了。乔治和几个朋友一起建立了一家小型计算机服务公司。乔安娜是一名房产经纪人，去年刚结婚。"

她仔细打量着对方的脸，想弄明白他是不是在糊弄自己。没有，他说的都是真的。"您是怎么认识您的妻子的？"她又问道。

"我们高中的时候就认识了。"他的语气听不出什么情绪，"从那时候算起，我们已经在一起四十多年了。"

"追她难吗？"

"我当时追求的其实是她的闺蜜，就是她后来介绍我和我的妻子认识的。看见我妻子的第一眼后，我就一直缠着她，直到她同意和我交往。"

格林医生紧紧盯着她，她的目光却没有任何回避。"您很快就向她求婚了吗？”

“一个月之后。”

“带着戒指？”

“我当时还买不起戒指，所以只是问了她愿不愿意嫁给我。”

“我的点滴里是什么药？”

“一种精神类药物。”

“我的记忆都是真的吗？”

“一部分是，另一些只是诱发的幻觉。”

“我在这儿多久了？”

“快一年了。”

“您为什么要让我认为自己是萨曼莎·安德烈蒂？”

“游戏而已。”

“您到底是谁？”

对方没有回答。

她用一种挑衅的眼神紧紧盯着对面的人。“我又是谁？”她问。

男人笑了，只不过他的神情已经发生了变化。属于格林医生的和蔼与温柔早就消失不见。

“不好意思，”她说，“这次是我赢了。”

对面的恶魔深吸了口气：“恭喜你，你很厉害。”

“接下来会发生什么？”

“和以前一样，”男人从外套口袋里掏出一支准备好的注射器，“我给你打一针，你睡个好觉。等醒来的时候你就什么都不记得了。”

“这个游戏我们玩过多少次了？”

"那可数不清了，"他笑道，"这可是我们最喜欢的游戏。"

男人走到床边。她伸出右胳膊，让对方知道自己已经准备好了。"结束这一切吧。"他是个人渣，他只是一个人渣——她在心中不断提醒自己。

就在男人准备给她注射药物的时候，她突然伸出左手，一把抓住输液杆使劲拽了过来。输液瓶砸在这个假侧写师的后脖颈上，碎了一地。

男人重重摔到床上之后又落到了地上，眼睁睁看着她抽回自己的胳膊。他被砸得有些发蒙，却还没有完全失去意识。她知道自己的时间不多，这个恶魔很快就会清醒过来，而自己也会再次变成对方的猎物。

她放任自己摔到男人的身上，取下对方挂在腰带上的迷宫钥匙。虽然感觉喘不上气，嗓子里也像有一团火在烧，但她还是跨过男人，向着屋门的方向扑了过去。打了石膏的腿真是一个不小的累赘，但她必须成功，必须！一步接着一步，但挂在腿上的重量让她和屋门之间的距离变得无限漫长。她时不时地回头查看身后的情况。

那个混蛋慢慢缓过劲儿来了。他用手捂住了脑袋，随即发现腰间的钥匙已经不见了踪影。意识一下清醒过来，那个温文尔雅的格林医生彻底不见了，恨意从他脸上毫无掩饰地涌了出来。

她看见对方站了起来，如同一头狂暴的野兽向自己猛扑过来。男人的手打到了她，却没能抓住她的睡衣。可是再来一次，她就不见得有这么幸运了。

她终于来到屋门前。铁门已经被身后的男人漆成白色，好让她以为这就是医院一间普通的病房。她用最快的速度把门打开。

走出门后，她又抓住门把手，把门拉向自己的方向。

关门几乎就是一瞬间的事情，但她却觉得时间无比漫长，似乎每一个动作都被无限放慢。这一幕似曾相识，对，上次她和那个恶魔派来杀她的女孩儿对峙时，就是这样的场景。不过谁知道那是真实发生的事情，还是在化学药物催化下产生的幻觉。就在屋门关上的那一刹，她分明看见了男人脸上表情的变化，从愤怒，到轻蔑，再到万分的吃惊。

她寻找着屋门的钥匙，双手不停地颤抖。她试了几把，都不对。钥匙串上挂着足足二十多把钥匙。不，我做不到。她甚至险些把钥匙掉到地上。但是试到第五把钥匙的时候，她听见了钥匙转动的声音。

一圈、两圈、三圈。

屋里有什么东西狠狠撞在了门上。是那个魔鬼，他想从房间里出来。她能听见对方的大喊，听见他使劲砸着铁门。虽然担心里面的人最终能打破屋门的束缚，但她还是决定不再理会。她开始搜寻整个迷宫，因为心中坚信自由就在不远的地方。

她用手里那串钥匙试了这里的每一把锁。走过了一个个空荡荡的房间之后，她终于找到了一间特别的屋子。那里有一把生锈的铁梯通往高处，梯子的尽头是一个类似井盖的东西。

不过想要爬上去，就必须先去掉裹在腿上的石膏。她开始用力踢向铁门，直到石膏上出现了缝隙。她用手指扒住缝隙，终于把石膏一片一片拆了下来。

接着她便毫不迟疑地顺着梯子爬了上去，心中却完全不知道自己会在门的那边看见什么。也许只是另一个迷宫——在经历了这些之后，她已经无法相信任何事情了。

走到梯子尽头，她用双手使劲转动起关住井盖的安全阀。花费了不小的力气，井盖才被抬起一道小缝。但这足以让清冷的空气伴着白日惨淡的光线挤了进来。她推得愈发使劲。随着一阵金属的砸落声音，井盖终于向外翻了出去。

她直起身，想要弄清楚自己现在的处境。

她的头顶是一座废弃的磨坊，现在只剩大火洗劫后的残骸。周围直至目光所及之处，都是被大雪覆盖的树林。

没有声音，没有人影，甚至连动物的踪迹都遍寻不见。没有标识性的建筑，这里可以是任何一个地方。那个魔鬼每次都是怎么过来的？她还以为自己能找到一辆汽车。那家伙应该把车停在了很远的地方——毕竟他还是十分谨慎的。她不知道路在哪里，或者说这里到底有没有路。她赤着脚，只穿着一件轻薄的上衣。这么低的温度我可活不了多久，她心想。如果晚上之前都找不到帮助的话，我一定会冻死的。她也可以重新回到迷宫，为下一次的冒险做好准备。甚至可以好好休息一阵，等恢复了足够的力气再出发。

可她只想尽快离开这里，不惜一切代价。

不过在离开之前，她又抬起了井盖。脚下的洞口，还能听见那个男人的嚎叫声在迷宫里回荡。她撒开手，井盖重重落回洞口。震耳的响声很快弥散在空气之中，恶魔终于得到了他应有的下场。

活埋。

她转身走进雪中。积雪已经埋到小腿，虽然很冷，但她却感到无比自由。然后她发现，眼下不利的环境虽然威胁着她的身体，却给自己的大脑带来了好处，因为一段段记忆的碎片突然回到了脑海里。

肚子上的疤痕：我的确是一个女孩儿的母亲，但我并不是在迷宫里生下的她。孩子现在在家，她很安全。

绑架我的恶魔：是我自己找上的他。

我是一名警察，在"灵薄狱"工作。我的名字是玛利亚·埃莱娜·瓦斯克兹。

但是大家一直叫我：米拉。

Donato Carrisi

L'uomo del labirinto

© Donato Carrsi

2023 SHANGHAI TRANSLATION PUBLISHING HOUSE (STPH)

All rights reserved.

图字：09－2019－186 号

图书在版编目(CIP)数据

迷宫中的人 /（意）多纳托·卡瑞西著；陈波译
. —上海：上海译文出版社,2023.3
 ISBN 978－7－5327－9094－4

 Ⅰ.①迷… Ⅱ.①多… ②陈… Ⅲ.①长篇小说－意
大利－现代 Ⅳ.①I546.45

中国国家版本馆 CIP 数据核字(2023)第 030595 号

迷宫中的人

［意］多纳托·卡瑞西 著 陈 波 译
责任编辑/黄雅琴 装帧设计/周伟伟

上海译文出版社有限公司出版、发行
网址：www.yiwen.com.cn
201101 上海市闵行区号景路 159 弄 B 座
江阴市机关印刷服务有限公司印刷

开本 890×1240 1/32 印张 9.25 插页 2 字数 150,000
2023 年 4 月第 1 版 2023 年 4 月第 1 次印刷
印数：0,001—5,000 册

ISBN 978－7－5327－9094－4/I·5649
定价：68.00 元